AF140527

Zur Autorin

Paula Maedel, geb. 1941 in Berlin, lebte ab 1946, nach dem frühen Tod ihrer Mutter, mit ihrem Vater, dem älteren Bruder und später auch ihrer jüngeren Schwester in einer kleinen Bauernschaft in Westfalen.

Im Anschluss an den Besuch eines Gymnasiums genoss sie in Glücksburg eine Ausbildung zur Gymnastiklehrerin. Sie ist verheiratet und hat zwei erwachsene Kinder.

Nach wiederholten Suizidversuchen und erfolgreichen Suiziden im engsten und engeren Umfeld ihrer Familie erkrankte sie seelisch und verbrachte mehr als zwanzig Jahre immer wieder Wochen und Monate in verschiedenen, teils geschlossenen, psychiatrischen Einrichtungen. Diagnostiziert wurden psychiatrische Erkrankungen wie Depressionen, Psychosen und Schizophrenie.

Durch behutsame Führung eines erfahrenen Neurologen und Psychiaters überstand sie die ersten schwierigen zwanzig Jahre ihrer Erkrankung. Nach dessen Ausscheiden aus dem aktiven Berufsleben wurde sie durch eine junge Psychiaterin auf neu entwickelte Medikamente umgestellt und weiterhin psychiatrisch behandelt. Langsam begann der Gesundungsprozess.

Heute fühlt sich Paula Maedel gesund und verzichtet weitestgehend auf medikamentöse und psychiatrische Behandlung. Sie ist wieder ganz *sie selbst*: aufgeschlossen, aktiv und lebensbejahend.

Paula Maedel

Als ob der Mond die Erde berühre

© 2014 Paula Maedel
Herausgegeben von Ingeborg Lüder

Umschlaggestaltung: Ingeborg Lüder

ISBN 978-3-7347-4028-2

Herstellung und Verlag:
BoD – Books on Demand, Norderstedt

Danke!

Ich danke meinen Eltern, die mich in diese schöne Welt gesetzt haben.

Weiterhin danke ich meiner Familie für die Nachsicht und Geduld, die meine Kinder, aber besonders mein Mann mit mir hatten.

Ganz besonderen Dank meinen Ärzten für die unendliche Mühe und Arbeit.

Ich bitte alle um Verzeihung, denen ich wehgetan habe!

Mit tiefer Wärme denke ich an die höhere Macht, welche mich so wunderbar beschützt hat.

Meine Geschwister haben mir das Schreiben erleichtert und mich immer wieder ermutigt; dafür ein ganz besonderer Dank.

Dank an meine Freunde, Nachbarn und Kollegen, dass sie zu mir gehalten haben.

Diese Zeilen schreibe ich, um vielleicht anderen mit einer ähnlich schweren Erkrankung Mut zu machen, ihr Schicksal anzunehmen.

Angst

Sie ergriff langsam von ihr Besitz, lähmte die Glieder, umnebelte das Gehirn. Ich werde mich nie daran gewöhnen können, dachte sie, obwohl sie ein ganzes Leben darunter litt.

Es war der 29. 3. 1982, ein heller und für die Jahreszeit sehr warmer Frühlingstag. Laura hatte angerufen, völlig aufgelöst! Er geht mir von der Matte, schrie sie immer wieder weinend, nach Atem ringend! Laura war kaum zu beruhigen. Ihr Mann war seit einigen Wochen in einer Nervenklinik untergebracht, nachdem er einen totalen Zusammenbruch erlitten hatte. Jahrelang hatte er vergeblich um Hilfe nachgesucht: Einmal hielt man ihn für einen Simulanten, ein anderes Mal verordnete man ihm leichte Medikamente. Man wusste leider noch nicht so viel über die Erkrankung, und auch die Medikamente waren noch nicht ausgereift.
Er hatte einfach keine Chance!

Sein Zimmer war klein und dunkel. Er war als Notfall eingeliefert worden, und so konnte man ihm nur dieses Zimmer mit dem winzigen Fenster anbieten. Er schaute direkt auf eine Betonwand. Schon ein gesunder Mensch hätte Alpträume bekommen. Dazu kam noch, dass er noch nie krank, geschweige denn in einem Krankenhaus gewesen war. Er war sonst ein kerngesunder Mensch, nur die Psyche machte ihm zu schaffen.
Stockend berichtete Laura vom vergangenen Tag.

Dieter war übers Wochenende zu Besuch bei seiner Frau.

Endlich fand er eine Ärztin, zu der er Vertrauen gefasst hatte.

Diese erkrankte jedoch ganz plötzlich, sodass ein anderer Arzt seine Betreuung übernahm.

Dieter sollte am Sonntagabend wieder in die Klinik zurückkehren.

Schon während der Heimfahrt war ihm der Schweiß über Gesicht und Nacken gelaufen, sodass er ihn ständig mit dem Taschentuch abwischen musste.

Zu Hause angekommen, versuchte er die Einkommensteuer, längst überfällig, zu erledigen, starrte aber nur mit leerem Blick auf die Papiere.

Gegen Nachmittag bittet Dieter seine Frau, ihn früher in die Klinik zurückzubringen, er will sich noch etwas die Beine vertreten. Sie lässt ihn also vor der Klinik aussteigen und verabschiedet sich. Sie wendet den Wagen und fährt nach Hause zurück. In der Wohnung angekommen, schaltet sie das Fernsehgerät an, versucht sich abzulenken. Es gelingt nicht, eine große innere Unruhe hat sie ergriffen. Ziellos läuft sie im Haus hin und her, gibt auch das bald auf. In ihrer Verzweiflung hängt sie sich ans Telefon, um mit den beiden Brüdern ihres Mannes zu sprechen.

Erst danach wurde sie ruhiger.

Jörg, Charlottes Mann, berichtete ausführlich von dem Telefonat, seine Stimme klang müde und brüchig. Seine Frau schaltete das Fernsehgerät aus. Eigentlich wollte sie sich mit ihm unterhalten, ihn beruhigen, doch ihre Gedanken glitten ab. Sie kauerte sich in die Sofaecke, fröstelnd, eine furchtbare Ahnung stieg in Charlotte auf. Lieber Gott, lass es ihn schaffen, betete sie. Ich werde es nicht noch einmal aushalten können. Wieder beschlich sie die Angst, die sie von Kindesbeinen an kannte. In ganz abgeschwächter Form, wenn sie während des Krieges nachts aus dem Bett gehoben wurde, um mit ihrer Mutter sowie dem älteren Bruder in den Luftschutzkeller zu laufen.

Der Krieg hatte seinen Höhepunkt erreicht. Jede Nacht gab es Bombenalarm. Die Sirenen heulten, die Menschen eilten in Panik in die Luftschutzkeller. Charlotte war noch zu klein, um die Tragweite dessen, was um sie herum geschah, zu begreifen. Fühlen konnte sie nur die Angst ihrer Mutter, wie kleine Kinder es tun. Sie spürte ihre stummen Schreie, die emporstiegen zu den Wolken, die sie davontrugen, als hätte es sie nie gegeben. Die große Angst überfiel sie erst, als alles schon vorbei war.

Die Mutter war mit den beiden Kindern Charlotte und Peter aus der Großstadt Hamburg aufs Land geflüchtet. Es gab in den Großstädten kaum noch etwas zu essen. Aus Liebe zu ihren Kindern hungerten vor allem die Mütter. Wer eben konnte, flüchtete mit den Kindern an einen besseren Ort. Als der Krieg dem Ende zuging, kehrte auch der Vater heim. Die Mutter war wieder schwanger. Das Kind sollte bald kommen.

Der Aufenthalt in der ländlichen Umgebung bekam allen sehr gut. Es gab wieder mehr zu essen, und kein Sirenengeheul störte die nächtliche Ruhe. Die Kinder konnten herrlich spielen. Charlotte liebte es besonders, wenn die Mutter auf dem kleinen Balkon stand, um nach ihnen zu sehen oder sie zu rufen. Sie lief mit schnellen Schritten die steilen Stufen ins Obergeschoss hinauf, kuschelte sich an die Mutter. Sie freute sich auf ihr neues Geschwisterchen. Ihr kleines Herz quoll über vor Liebe und Zärtlichkeit.

Das Kind kam. Es war ein Mädchen.

Der Vater fuhr jeden Tag mit dem Fahrrad ins Krankenhaus. Charlotte spielte mit ihrem Bruder in der Pappelallee, die vor ihrem Haus vorbeiführte.
Sehnsüchtig wartete sie auf die Rückkehr des Vaters. Sie liebte ihn unendlich, und auch er war ganz vernarrt in seine kleine Tochter. Wenn sie ihn kommen sah, sprang sie ihm leichtfüßig entgegen. Um sein Töchterchen auf den Arm nehmen zu können, lehnte er sein Fahrrad an einen Baum. Dann herzte und küsste er sein Kind, während er von der Mutter und dem neuen Schwesterchen berichtete. Stundenlang konnte sie ihrem geliebten Vater zuhören, gierig sog sie jedes Wort in sich auf.

Ein Apriltag. Die Knospen an den Bäumen waren aufgesprungen. Sie genießt den warmen Frühlingswind. Wie immer wartet sie an der Allee auf ihren Vater. Ungeduldig späht sie nach ihm aus. Sie sieht ihn kommen. Doch warum schiebt er sein Fahrrad, warum kommt er nicht wie sonst so geschwind daher? Voller Entsetzen sieht sie, dass er weint!
Nie zuvor hatte Charlotte ihren Vater weinen sehen!
Ihr kleines Herz krampft sich zusammen.
Schnell versteckt sie sich hinter einem Strauch mit weißen Beeren. Spielend zertraten sie die Kinder immer, damit sie knallten. Plötzlich kommt Peter, ihr neunjähriger Bruder, aus dem Haus gestürzt. Er klammert sich an sie, weint, schreit. Das kleine Mädchen fürchtet sich fast zu Tode. Die Angst war so

gewaltig, dass sie sich an die ersten Tage nach diesem Erlebnis nie mehr richtig erinnern konnte.

Irgendjemand erzählte dem Kind, dass die Mutter im Himmel sei. Warum musste sie nun an der Hand ihres Vaters, der alle Fröhlichkeit verloren hatte, hinter diesem Pferdewagen hergehen? Schwarze Bänder flatterten im Wind, und eine mit Frühlingsblumen geschmückte Kiste stand auf dem Wagen.
Viel später stellte sich heraus, welchen Schock die Farbe Schwarz bei dem knapp fünfjährigen, sensiblen Kind ausgelöst hatte.

In der darauffolgenden Zeit war sie häufig bei ihrer früh verwitweten Tante zu Besuch. Mit zwei Cousinen sowie einem Cousin bewohnte sie ein wunderschönes altes Haus, umgeben von einem großen Garten, in dem uralte Bäume standen. Alles war wie ein großzügiger Park angelegt. Da die Kinder ihrer Tante einige Jahre älter waren, kamen sie für Charlotte als Spielgefährten nicht mehr in Frage. So beschloss man, das Mädchen in den Kindergarten zu geben. Die Tante zog das kleine Mädchen hübsch an. Sie hatte es auf den Kindergarten gut vorbereitet. Sie erzählte von den vielen Kindern und netten Schwestern. Es war ein katholischer Kindergarten, welcher von Nonnen geleitet wurde. Das Kind war gespannt auf die schönen Dinge, die man dort machen konnte. In freudiger Erwartung schritt sie mit schnellen Schritten neben ihrer Tante her. Plötzlich tauchte ein lang gezogenes Gebäude vor ihnen auf. Die Fenster waren mit bunten Bildern geschmückt und fröhlicher Lärm drang an ihre Ohren. Auf ein leichtes Klopfen hin wurde eine Tür geöffnet, und eine freundlich lächelnde Nonne trat ihnen entgegen. Nur ein weißer Rand an Kopf und Brust milderte den düsteren Anblick der schwarz umhüllten Gestalt. Charlotte war ein gut erzogenes, folgsames Kind. Doch jetzt war sie nicht einmal bereit, der Schwester die Hand zu geben, geschweige denn ihr in den Kindergarten zu folgen. Je mehr man sie drängte, umso lauter schrie sie. Zuletzt trat und schlug sie um sich. Unverrichteter Dinge traten beide den Heimweg an.

Schweigend gingen Charlotte und Jörg zu Bett.
Unruhig wälzten sich beide hin und her. Irgendwann fiel sie in einen unruhigen Schlaf. Im Traum hörte sie das Telefon klingeln, aber sie konnte nicht aufwachen. Es war ein lang anhaltendes, gedämpftes Klingeln.
Plötzlich merkt sie, dass es kein Traum ist, denn durch die geschlossene Wohnzimmertür hört sie das Telefon. Sie blickt auf den Wecker, der auf ihrem Nachttisch steht. Oh, Gott, es ist kurz nach drei Uhr! Wer ruft mitten in der Nacht an? Zuerst wusste sie nicht, wer am Apparat war, doch dann erkannte sie die Stimme ihres Schwagers Sven.

Dieter ist tot, sagt die Stimme - ruhig, fast schon zu ruhig.
Er hat sich vor einen Zug geworfen, sagt die Stimme.

Langsam, ganz langsam nahm sie es auf. Eine große Kälte breitete sich auf ihrer Schädeldecke aus. Immer und immer wieder schlug sie auf den Stuhl, vor dem sie kniete. Sie schrie und schrie: Es ist nicht wahr, es ist nicht wahr!

Wie lange sie in der Hockstellung verweilte, sie wusste es später nicht mehr zu sagen. Irgendwann erhob sie sich - sie war ganz steif geworden -, um ins Obergeschoss zu gehen. Lange betrachtete sie ihren schlafenden Mann. Immer wieder streckte sie die Hand nach ihm aus, um ihn sanft zu wecken. Sie konnte sich aber einfach nicht überwinden, wenn sie in sein friedliches Gesicht sah. Als ob er ihre Blicke spürte, begann er sich zu räkeln, schlug die Augen auf und schaute erstaunt in ihr bleiches Gesicht. Hastig berichtet Charlotte ihrem Mann von dem nächtlichen Telefonat. Er verliert alle Farbe aus seinem Gesicht. Schweigend steht er auf, um sich frisch zu machen. Seine Frau weiß nun, was zu tun ist: Sie holte den Koffer vom Boden, legte einige Kleidungsstücke hinein und bereitete ein karges Frühstück. Schweigend saßen sie sich gegenüber, niemand von ihnen bekam einen Bissen herunter. Charlotte bereitete ein Lunch-paket für die Bahnfahrt, während Jörg sich nach einem geeigneten Zug in Richtung Bonn erkundigte.

Sie brachte ihren Mann zum Zug.
Schweigend umarmten sie sich.

Charlotte wartete, bis der Zug sich aus dem Bahnhof geschlängelt hatte, um dann mit gesenktem Kopf den Bahnsteig zu verlassen. Sie fror entsetzlich, ihre Zähne schlugen aufeinander, als sie mit ihrem kleinen Auto den Weg nach Hause wählte. Krampfhaft über-legte sie, wie sie die entsetzliche Nachricht ihren Kindern Michael und Dunja beibringen sollte. Froh war sie, dass sie noch schliefen, denn so konnte sie in Ruhe nachdenken. Aber es war nichts mehr so wie vor dem schrecklichen Ereignis...!

Als hätte ein dunkler Schatten sich über die Erde gelegt.

Wenn ich nur weinen könnte, dachte sie, vielleicht würde dann der schreckliche Druck in meinem Kopf nachlassen. Nie hatte sie sich so hilflos gefühlt! Obwohl Schicksalsschläge Charlotte nicht fremd waren.

Sie schaute aus dem Fenster, aber selbst das Sonnenlicht war noch gedämpft. Obwohl sie die ersten Blumen im Garten besonders liebte, konnte sie keine Freude empfinden. Sie war völlig emotionslos, so als ginge sie das alles gar nichts mehr an. Wie war es möglich, dass sich ausgerechnet jetzt, da die Natur zum Leben erwachte, Dieter das Leben genommen hatte? Die Vögel spielten in den noch kahlen Ästen der Bäume und Sträucher. Sie probierten ihre neuen Lieder aus und spähten in liebevoll aufgehängte Vogelkästen, um sich einen geeigneten Brutplatz zu suchen.

All das sah Charlotte, aber es war, als gehöre es nicht mehr zu ihrem Leben.

Nachdem sie aus dem Obergeschoss Geräusche gehört hatte, begann sie in der Küche das Frühstück zuzubereiten. Nacheinander kamen Dunja und Michael die Treppe herunter. Sie begrüßten ihre Mutter und nahmen am Tisch Platz. Nach langem Zögern und mit tonloser Stimme begann sie von den schrecklichen Ereignissen zu berichten, woraufhin ihre Tochter gleich in Tränen ausbrach. Doch als ihr Blick ihren Sohn streifte, erschrak sie zutiefst. Alle Farbe war aus seinem Gesicht gewichen, und er biss die Zähne so kräftig aufeinander, dass sich die Gesichtshaut spannte.

Charlotte plante mit den Kindern nach Bonn zu fahren, um an der Beerdigung teilzunehmen. Die sechzehnjährige Dunja sagte gleich zu. Fast zornig lehnte es Michael ab. Die Mutter drängte ihn nicht, ahnte sie doch den Grund. Aber es war, als ob alle Energie aus ihrem Körper wich. Stumm zündete sie sich eine Zigarette an, setzte sich in die Sofaecke und starrte aus dem Fenster. Die Tulpen bewegten sich im Wind. Sie dachte nur: Wie ist es möglich? Danach versank sie in ein tiefes Grübeln! Sie spürte nur Verlangen nach Kaffee und Zigaretten. Obwohl ihre Tochter liebevoll ein köstlich riechendes Essen zubereitet hatte, konnte sie keinen Bissen herunterbekommen. Sie war zutiefst in ihre Gedanken verstrickt. Das Mühlrad in ihrem Kopf begann sich zu drehen! Später konnte sie sich nicht mehr daran erinnern, worüber sie nachgedacht hatte. Die Gedanken glitten vorbei. Ihr Körper fühlte sich ausgelaugt und zerschlagen an.
Am Abend ging sie nur widerwillig zu Bett, wie tröstlich wäre es da gewesen, läge Jörg an ihrer Seite. Charlotte war übel und schwindlig von dem Kaffee. Auch die Zigaretten hatten das Ihre bewirkt.
Trotz der großen Erschöpfung konnte sie kein Auge schließen.

Die schier endlos scheinende Nacht ging über in einen klaren kühlen Morgen. Mühsam erhob sie sich aus dem Bett. Am liebsten wäre sie liegengeblieben, doch sie musste die täglichen Arbeiten in Angriff nehmen.

Als sie nach dem Duschen in den Spiegel sah, erschrak sie vor dem bleichen, übernächtigten Gesicht, das ihr entgegenstarrte. Die Augen lagen in tiefen Höhlen, sie waren von einem grauen Schleier überzogen. Sie dachte nur: Du musst dich zusammennehmen, der Kinder wegen! Wieder wie immer - für sie da sein, nur nichts anmerken lassen!

Eine große Nervosität hatte sie ergriffen. Verzweifelt versuchte sie durch übermäßig schnelles Arbeiten ruhiger zu werden. Doch so viel sie auch rannte und rannte, nichts wollte helfen. Als ein befreundeter Nachbar an der Haustür klingelte, er wollte wie abgemacht Jörg abholen, war sie nicht in der Lage, eine vernünftige Erklärung abzugeben. Sie hätte nur zu sagen brauchen, wo er war. Stattdessen überschlug sich ihre Stimme, wurde laut, schrill und aggressiv! Es kam ihr vor, als höre sie sich selber unbeteiligt zu, während sie neben sich stand. Was ist mit mir? dachte sie. Das schöne Wetter hatte angehalten, aber noch immer war es Charlotte, als läge ein grauer Schleier über der Welt.

Der Tag der Beisetzung rückte näher. Geplant war eine Urnenbestattung. Das war auch gut so, war doch die Feier in der Kapelle, so konnte man sein Gesicht besser vor neugierigen Blicken verbergen. Es war ganz klar, dass einige Menschen nur mitgingen, um die Reaktion der Angehörigen des Toten hautnah mitzuerleben, damit sie später viel zu erzählen hatten. Gab es doch für diese Art Menschen nichts Schöneres, als sich an dem Leid anderer zu ergötzen. So fuhr sie also nur mit ihrer Tochter nach Bonn. Die Fahrt wurde lang und anstrengend, da sich die beiden Frauen zweimal ziemlich verfuhren. Die Reise fiel genau in die Osterferien, die Autobahnen waren stark befahren. Am Ziel wurden sie schon sehnsüchtig erwartet. Alle umarmten sich schweigend, sie versuchten sich ein wenig Wärme und Geborgenheit zu geben.

Laura erzählt noch einmal ausführlich, wie sich alles zugetragen hat. Charlotte kann einfach nicht zuhören. Sie ist unkonzentriert und fahrig. Außerdem leidet sie unter einer permanenten Übelkeit. Da sich jeder insgeheim vor einer weiteren schlaflosen Nacht fürchtet, bleiben sie lange beieinander.

Am Tag der Trauerfeier schien die Sonne von einem fast wolkenlosen Himmel, aber es wehte ein kalter Nord-Ostwind. Fröstelnd, eng aneinandergeschmiegt, stand die Familie zusammen. Charlotte sah alles wie durch eine gläserne Wand. Sie stand draußen und konnte nicht zu den anderen kommen, so sehr sie sich auch bemühte. Sie konnte keine Menschenseele erreichen, und auch ihr Innerstes war wie verschlossen. Es war, als gehöre sie einfach nicht dazu. Sie warteten vor der Kapelle auf das Eintreffen von Freunden, Arbeitskollegen, Bekannten. Nachdem die Trauergemeinde versammelt war, betraten alle die kleine Kapelle. Viele Ansprachen wurden gehalten. Freunde weinten, Arbeitskollegen hielten ergreifende Reden, doch niemand verstand den Suizid …
Als Charlotte sich am Grab verabschiedete, rief eine innere Stimme: Dieter, wo bist du?

Sie wurde von einem Luftzug gestreift, klagend fiel eine Frau in Ohnmacht.

In Lauras Wohnung angekommen, saß die Verwandt-
schaft beieinander und trank Kaffee. Niemand wollte
etwas zu essen. Jörg beschloss mit seiner Frau und
Tochter noch ein paar Tage in Bonn zu bleiben,
nachdem seine Schwägerin ihn darum gebeten hatte.
Nach und nach verabschiedeten sich die Familienan-
gehörigen. Dunja ging früh zu Bett, da die Ereignisse
sie sehr angestrengt hatten: Ihr Onkel war bei allen
sehr beliebt gewesen. Er war immer für eine Über-
raschung gut, machte Spaß mit den Nichten und
Neffen, kam überraschend zu Besuch, die Taschen
voller nützlicher Geschenke. Er war ein sehr
gebildeter, belesener Mann, den man immer alles
fragen konnte. Sein Tod hatte alle mitten ins Herz
getroffen.
Spät gingen auch die anderen schlafen. Nach langem
Grübeln fiel Charlotte in einen unruhigen Schlaf.
Plötzlich wachte sie durch eine Berührung auf. Sie
stand im Zimmer von Lauras Mutter! Was tust du
hier? fragte Laura, die Charlotte gefolgt war. Ich weiß
es nicht, entgegnete Charlotte, denn sie konnte sich
nicht daran erinnern, wie sie dort hingekommen war.
Nach dem frühen Tod ihrer Mutter war es häufiger
vorgekommen, dass man sie des Nachts antraf, wie sie
durchs Haus geisterte. Jetzt war es das erste Mal,
seitdem sie erwachsen war, dass sie wieder schlaf-
wandelte. Sie ging zurück ins Bett, für den Rest der
Nacht wälzte sie sich schlaflos herum. Ihre Gedanken
drehten sich im Kreis. Sie dachte tiefer und tiefer,
wollte wieder zurückdenken, so erschrocken war sie
über ihre eigene Denkweise. Was für ein Blödsinn ist
das? Man kann doch nicht vor- und zurückdenken.

Sie begann über sich nachzudenken. Die Grübelei hielt die ganze Nacht an. Bist du eigentlich glücklich? dachte sie.

Zu ihrem Erstaunen konnte sie sich die Frage nicht mehr beantworten. Sie hatte sich immer für einen glücklichen Menschen gehalten. Doch die letzten Jahre waren sehr schwer gewesen. Und manchmal, wenn sie sich überraschend im Spiegel sah, entdeckte sie einen sehr melancholischen Ausdruck in ihrem Gesicht. In der letzten Zeit hatte sie sich häufig müde und niedergeschlagen gefühlt. Das hatte Spuren in ihrem Gesicht hinterlassen. Einer ihrer früheren Vorgesetzten hatte einmal gemeint, wenn Charlotte hereinkäme, sei es, als wehe ein frischer Wind durchs Haus. Sie hatte sehr intensiv strahlende Augen, in denen sich ihre Lebensfreude widerspiegelte. Davon war jetzt nicht mehr viel zu sehen.

Sie war, als die Kinder in den Kindergarten gehen konnten, wieder in ihren alten Beruf zurückgekehrt. Es war praktisch, dass sie im Schuldienst tätig war. Sie konnte die Kinder abholen, die schon gegessen und eine kurze Mittagsruhe gehalten hatten. Sie machte es sich zur Gewohnheit, während die Kinder spielten, sich für zehn Minuten hinzulegen. Wie auf Kommando schlief sie ein, das reichte, um für den Nachmittag fit zu sein.

In der Schule fühlte sie sich sehr wohl. Es war ein anstrengender, aber ausfüllender Beruf, nein, für sie war es eigentlich Berufung. Sie mochte sich sehr gern mit Kindern beschäftigen, ihnen etwas beibringen. Man konnte sagen, sie hatte ein sehr sicheres Händchen im Umgang mit ihnen. Nur für ihre eigenen fehlte es ihr manchmal an Geduld!

Außer den beiden Kindern waren da noch ihr Mann, ein Hund, ein Haus sowie ein großer Garten. Sie konnte sich über Arbeitsmangel nicht beklagen. Doch sie verfügte über eine ungeheure Energie und hatte einen sehr erholsamen Schlaf.

Seitdem sie in Bonn waren, schlief sie höchstens noch zwanzig Minuten an einem Stück, wenn überhaupt. Jörg half Laura, den Papierkram zu erledigen. Auch sonst machte er mit ihr die Behördengänge. Die beiden Frauen beschäftigten sich im Haus.
Langsam verlangte der Körper sein Recht, und alle konnten wieder essen. Sie waren froh, dass sie beieinander waren, so konnten sie sich ein wenig Geborgenheit geben.
Es folgte die schwere Stunde des Abschieds. Vor allem für Laura war es schlimm, blieb sie doch allein zurück. Dieter und sie hatten keine Kinder. So verlief die Rückkehr nach Kiel sehr schweigsam.
Abgespannt, aber ein wenig erleichtert, kamen sie zu Hause an. Die Rückfahrt war ihnen viel kürzer vorgekommen als die Hinfahrt, aber das ging Charlotte meistens so.
Der Hund brachte sich vor Wiedersehensfreude bald um, was für die Familie die reinste Therapie war. Alles ging wieder seinen gewohnten Gang. Da noch Osterferien waren, konnten sich alle ein wenig ausruhen. Das gute Wetter hatte angehalten. Das Frühjahr war für Charlotte immer die schönste Jahreszeit. Die verschiedenen Grüntöne sanft und frisch, nach den schmuddeligen Farben des Winters. Das Gras begann wieder zu wachsen und breitete sich wie ein zarter Teppich aus. In den Beeten leuchtete es überwiegend weiß, rot und gelb, auch lag ein würziger

Duft in der Luft. Schneeglöckchen, Narzissen, Oster-
glocken, sogar die ersten Primeln streckten neugierig
ihre zarten Köpfchen der wärmenden Sonne entgegen.
Es roch nach frischer Erde, man merkte, dass die
Natur zum Leben erwachte. Die Vögel spielten in den
Bäumen, sie bauten neue Nester, in die das Weibchen
ihre Eier legen konnte. Wenn die Jungvögel geschlüpft
waren, wurden sie sorgsam von den Eltern großge-
zogen.

Charlotte suchte nach innerer Ruhe. Sie ging deshalb
häufig mit dem Hund in die Natur. Meistens schlug sie
den Weg zum Friedhof ein. Es war dort friedlich und
still, und sie konnte ihren eigenen Gedanken nachhängen. Sie musste an der Grabenkante durch das hohe
Gras laufen. Heute trat sie besonders vorsichtig auf,
wohl wissend, wie viele Kleinstlebewesen sie mit
ihren großen Füßen zertrat. Wieder einmal wurde ihr
bewusst, dass das Leben aus Fressen und Gefressen-
werden bestand, was in ihrem Innern eine tiefe Traurigkeit hervorrief. Sie dachte: Die Starken töten die
Schwachen! Gehörst du eigentlich zu den Starken
oder zu den Schwachen?

Sie begann über sich nachzudenken. An all ihre
Versäumnisse im Leben, alles, was sie wissentlich
oder unwissentlich falsch gemacht hatte.

Wie so oft in der letzten Zeit begann sie zu frieren.
Hatte nicht das Wort Mörder auf ihrer Stirn gestanden? Damals seit dem schrecklichen Erlebnis mit
ihrem Sohn.

Sie schauderte, wenn sie daran dachte.

Michael war gerade achtzehn Jahre alt geworden. Die
Familie hatte seinen Geburtstag gebührend gefeiert,

doch Charlotte merkte, dass er total unglücklich war. Bei der nächsten sich bietenden Gelegenheit wollte sie mit ihm reden! Sie hatte es sich fest vorgenommen. Doch es sollte anders kommen.

Jörg und Charlotte saßen gerade zusammen am Frühstückstisch, die Kinder schliefen noch, so nahmen sie es jedenfalls an, da klingelte es an der Haustür. Erstaunt ob der frühen Störung eilte Charlotte durch den großen Flur. Durch die Türscheibe sah sie die Umrisse von zwei Gestalten. Sie öffnete die Tür, zwei Polizisten vor sich. Verwundert bat sie beide herein. Sie waren sehr verlegen und stellten sich erst einmal namentlich vor. Dann erklärte der kleinere, sie hätten eine schlimme Nachricht zu überbringen. Trotz völliger Ahnungslosigkeit war es, als drücke etwas Charlotte die Luft ab! Ein älterer Herr, der mit seinem Hund einen Spaziergang machte, hat ihren Sohn gefunden. Er lag mit durchgeschnittener Pulsader neben seinem Auto.

Eigenartig, sie war nicht überrascht!

Nachdem die Polizisten das Haus verlassen hatten, ging sie zu ihrem Mann in die Küche. Da er alles mit angehört hatte, brauchte sie keine Erklärung mehr abzugeben. Mit kreidebleichem Gesicht saß er auf seinem Stuhl. Ganz ruhig deckte sie den Frühstückstisch ab.

Jörg schaute sie ruhig an und sagte: Mein Gott, bist du kalt!

Sie war nicht kalt, sie hatte es nur geahnt. In Michaels Augen hatte eine tiefe Traurigkeit gelegen. Sie hatte ihm nicht helfen können!

Sie war erleichtert, er lebte!

So fuhren beide ins Krankenhaus. Als Michael seine Eltern sah, biss er die Zähne fest aufeinander. Der Arzt, der ans Krankenbett geeilt kam, sah Charlotte stumm und fragend an, doch sie konnte ihm keine Antwort geben. Lag nicht etwas wie Vorwurf in seinem Gesicht? Wieder spürte sie das Kainszeichen auf ihrer Stirn.

Kein Vorwurf, keine Träne, nicht einmal der Reue!

Ja, sie war kalt, etwas in ihr war erstarrt, gestorben. Nicht einmal Gott danken konnte sie, weil er noch lebte, ihrer beider Sohn. Zu viel Schuld hatte sie auf sich geladen. Es war keine Absicht gewesen, einfach nur Leichtsinn, purer Leichtsinn.

Sie war ihrem Mann nicht immer treu gewesen, obwohl sie ihn liebte; aber die Glut in ihrem Körper war stärker. Sie flirtete gern und war stets glücklich, wenn ein Mann darauf reagierte. Es lag wohl in erster Linie daran, dass sie sich nicht für besonders hübsch hielt. Man hatte es sie oft genug wissen lassen, was sich in ihrem Gedächtnis einbrannte. Immer wieder verglich man sie mit ihrer schönen früh verstorbenen Mutter. Obwohl: Sie hatte eine reizvolle schlanke Figur, wo die Rundungen an der richtigen Stelle saßen. Ihr Haar war dicht und von einem natürlich glänzenden Blond. In ihrem schmalen Gesicht leuchteten zwei intensiv blaue Augen. Sie lachte viel und gern, was sie sehr anziehend machte. Sie sprühte vor Lebensfreude und Charme. Vielleicht war das der Grund, warum sie so viel Erfolg bei Männern hatte. Jedenfalls feierte sie gern und war dort stets Mittelpunkt.

Jörg und sie hatten einen großen Freundeskreis, und man traf sich häufig an den Wochenenden, um zu trinken und sich zu amüsieren. Mit einem Ehepaar waren sie besonders vertraut. Hatten sie doch auch zwei Kinder im gleichen Alter. Die beiden Frauen verstanden sich ausnehmend gut. So verbrachten sie unter der Woche viel Zeit miteinander. Sie gingen mit den Kindern auf den Spielplatz, Eis essen oder ins Schwimmbad. Die Frauen kochten zusammen, und wenn die Kinder schliefen, aßen sie gemeinsam mit den Männern, was sie zubereitet hatten. Anschließend führten sie lange Gespräche über Gott und die Welt. So wurden sie sich langsam immer vertrauter, kamen sich näher und verliebten sich jeweils in den anderen Partner.

Es bedurfte keiner gegenseitigen Verständigung, als sie begannen, Zärtlichkeiten auszutauschen.

Charlotte glüht vor Begierde, wenn Thomas sie nur ansieht. Schauer durchströmen ihren Leib, sie fühlt sich schwach und überwältigt. So ist es nur eine Frage der Zeit, bis sie auch miteinander schlafen.

Es war erregend, aber obwohl sie sich die ganze Nacht liebten, war ihre Lust nicht gestillt.

Die Freunde hatten besprochen, wenn einer von ihnen anfing, unter der Situation zu leiden, wollten sie den Partnertausch sogleich beenden. Aber das war leichter gesagt als getan. Als sich die Freunde am nächsten Morgen zum Frühstück trafen, sahen nur Thomas und Charlotte glücklich aus. Anja und Jörg saßen tief enttäuscht auf ihren Stühlen. Es ist vorbei, sagten beide wie aus einem Munde. Keiner wollte darüber reden! Traurig gingen die Freunde nach der Mahlzeit auseinander, ohne sich wieder zu verabreden.

Das war's, dachten alle …

Doch ein paar Tage später, Charlotte spielte gerade mit den Kindern, klingelte es an der Haustür. Sie öffnete, Thomas stand vor ihr. Verlegen räusperte er sich und schaute sie warm an. Sehen wollt' ich dich, nur sehen. Es war so schön mit uns beiden. Wieder spürt sie ein heißes Verlangen. Wie einen lebenden Schutzschild zieht sie ihren kleinen Sohn vor sich.
Wir müssen uns an die Abmachung halten, es geht nicht anders, was soll denn nur dabei herauskommen? Nur mühsam kann sie ihre Tränen zurückhalten. Sie bittet ihn auch nicht ins Haus, denn sonst hätte sie sich in seine Arme gestürzt. Zu sehr fühlt sie sich zu ihm hingezogen.

Die Freunde sahen sich über einen längeren Zeitraum nicht. Jeder musste erst mit den vorangegangenen Ereignissen fertig werden. Es wurde Sommer, und der Geburtstag von Jörg stand vor der Tür. Er hatte mit seiner Frau beschlossen, keine Feier zu veranstalten. Sie wollten nur unter sich sein. Als sie am Abend gemütlich bei einem Glas Wein saßen, klingelte es an der Haustür. Wir wollten nur eben gratulieren und ein Ständchen bringen, sagten Anja und Thomas wie aus einem Munde. Sie strahlten über das ganze Gesicht, als ob niemals etwas gewesen wäre. Sie packten für Jörg kleine, sorgfältig verpackte Geschenke aus. Ja, es wurde ein total schöner Abend. Die vorangegangene Begebenheit wurde mit keiner Silbe erwähnt.
Auch Charlotte war sehr erleichtert über diesen Sinneswandel. Hatten ihr die Freunde doch entsetzlich gefehlt. So unternahmen die Frauen wieder gemeinsam etwas mit den Kindern. Alle trafen sich regel-

mäßig, es stand ein toller Sommer vor der Tür. Das Wetter war herrlich, es lud nur so zum Feiern ein.

Die Grillsaison war in vollem Gange. An jedem Wochenende wurde woanders gemeinsam gesessen. An einem schönen Sonnabend saßen sie wieder mit mehreren Personen um den Holzkohlegrill, lustige Lieder trällernd. Thomas beobachtet Charlotte immer wieder heimlich von der Seite. Sie spürt die Blicke und fühlt wieder ein starkes Verlangen. Thomas steht auf, berührt wie zufällig ihren Arm. Sie wartet noch einen Moment, dann folgt sie ihm.

Es ist, als sei sie hypnotisiert, in Trance. Willig geht sie zu ihm in die Garage. Vor Begierde reißen sie sich fast die Kleider vom Leib. Ohne Vorspiel dringt er hart in sie ein. Seine Stöße sind nahezu schmerzhaft. Ein tiefes, lustvolles Stöhnen dringt aus ihren Kehlen.

Doch plötzlich wurde die Garagentür geöffnet, und mit einem fassungslosen Gesichtsausdruck stand Anja in der Tür. Thomas und Charlotte waren wie erstarrt, schweigend zogen sie sich an. Nicht einmal mehr ansehen konnten sie sich, denn sie fühlten sich schuldig. Sie hatten sich nicht an die Abmachung gehalten. Sie wussten beide, das war nun endgültig das Ende! ...

Charlotte trat ohne Jörg den Heimweg an. Sie fühlte sich wie eine Verräterin, war sie auch. Wie sollte sie das nur Jörg erklären? Sie lag die ganze Nacht wach, auch als ihr Mann nach Hause kam. Er wollte nicht darüber reden. Er wusste schon alles. Am nächsten Morgen versuchte sie mit ihm darüber zu sprechen, aber Jörg sagte nur: Du hast mir sehr wehgetan.

Sie wusste, was zu tun war. Obwohl sie sich schwach, elend fühlte, schlug sie den Weg zu Anja und Thomas ein. Thomas war Gott sei Dank nicht zu Hause. Auf ihr Klingeln öffnete Anja die Tür. Was willst du? fragte sie. Ich wollte mich bei dir entschuldigen, sagte sie. Ich verspreche dir, es kommt nicht wieder vor. Sie begann zu weinen, sie schluchzte so haltlos, dass Anja sie in den Arm nahm. Wenn du es versprichst, dass es vorbei ist zwischen euch, will ich es vergessen. Charlotte hatte sich selten glücklicher und erleichterter gefühlt. Sie umarmte die Freundin innig.

Beschwingt trat sie den Heimweg an, doch je näher sie dem Haus kam, umso schwerer wurde ihr Herz. Die Äußerung von Jörg stand Charlotte wieder vor Augen! Hätte er getobt oder sie beschimpft, es wäre nicht so schlimm gewesen. Sie hätte es hingenommen, weil sie es verdient gehabt hätte. Aber der besagte Satz brannte sich unauslöschlich in ihrer Seele ein.

Die nächsten Wochen waren für niemanden einfach. Jörg war noch schweigsamer als üblich, während Charlotte sich viel Mühe gab, ihren Mann zu verwöhnen. Sie kochte all seine Lieblingsspeisen, doch sie konnte das Eis nicht brechen. Wenn sie ihn umarmen wollte, schob er sie weg.
So ging es viele Wochen lang.
Jeder blieb auf seine Art einsam.

Später wurde Thomas ziemlich krank. Er zog sich ein Magenleiden zu. Der Arzt stellte einen Kurantrag, der auch bewilligt wurde. An einem grauen, nebligen Montag - der Herbst war ins Land gezogen - verabschiedeten die Freunde mit einem riesigen Bahnhof und viel Tam Tam den Ehemann, Familienvater und Freund. Sie winkten mit Handtüchern, Laken und was sonst zu finden war. Es war ein gelungener Abschied. Alle hatten einen Heidenspaß. Gut gelaunt verließen sie den Bahnhof, nachdem der Zug außer Sichtweite war.

Dort begann das Verhängnis.

An einem Abend in einem gemütlichen Tanzlokal lernte Thomas eine andere Frau kennen. Obwohl auch sie verheiratet war, außerdem drei Kinder hatte, verliebte sich Thomas unsterblich in sie. Bei dieser Frau fand er, wie vorher bei Charlotte, Erfüllung. Dann ging alles sehr schnell. Es folgten Scheidung und Umzug in eine andere Stadt. Anja stand völlig unter Schock, sie verlor ihre große Liebe und die Kinder einen hingebungsvollen Vater. Aber er war durch nichts und niemanden zum Bleiben zu bewegen. Charlotte fühlte sich Zeit ihres Lebens mitschuldig daran.
Anja heiratete später erneut, wohl mehr, damit sie gut versorgt war als aus Liebe. Die Ehe wurde nicht besonders glücklich. Der zweite Mann akzeptierte die alten Freunde nicht. Eine wunderbare Freundschaft ging zu Ende.

Die Osterferien näherten sich dem Ende. Charlotte schlief bald überhaupt nicht mehr. Es war wie nach der Selbsttötungsabsicht ihres Sohnes, nur schlimmer. Da hatte sie sich die Nächte um die Ohren geschlagen, indem sie auf seinem kleinen Balkon stand und heimlich auf seine Rückkehr wartete. Wenn sie ihn in seinem Auto um die Ecke biegen sah, schlich sie schnell ins Bett und stellte sich schlafend. Meistens lag sie dann noch lange wach, während sie sich das Hirn zermarterte. Während Michael im Krankenhaus lag, hatte sie einige Abschiedsbriefe von ihm gefunden. Er sprach zwar seine Eltern von aller Schuld frei, doch sie wusste es besser.

Charlotte suchte jetzt viel Ruhe in der Umgebung. Gedanklich war sie meistens mit sich selbst beschäftigt. An einem kühlen, sehr windigen Tag ging sie wieder mit ihrem Hund in die Natur. Ganz automatisch schlug sie den Weg in Richtung Friedhof ein. Wieder dachte sie: Wer bist du eigentlich?
Ganz plötzlich war es, als sähe sie durch ein großes Rohr, welches sich mit rasender Geschwindigkeit verlängerte und nach unten verjüngte. Sie sah sich am anderen Ende ganz klein, mit einer Zopfspange im Haar. Gleichzeitig sah sie sich aber auch oben stehen, als gestandene 40-jährige Frau. Sie war mehr als erschrocken. Was ist das? dachte sie, ich werde einen Arzt aufsuchen müssen, denn das ist sicher nicht mehr normal.

Am nächsten Morgen rief sie einen ihr bekannten Psychiater an. Ihre ganze Familie war schon bei ihm in Behandlung. Sie erzählte ihm telefonisch von der Begebenheit, woraufhin er sie in seine Praxis bestellte. Dr. Heller war Charlotte auf Anhieb sympathisch gewesen. Als ihr Sohn nach dem Suizidversuch bei ihm in Behandlung war, hatte er auch die Eltern einbestellt. Wegen eines Anfallsleidens waren auch ihr Mann und ihre Tochter bei ihm in Behandlung. Sie kannte ihn also seit vielen Jahren und hatte großes Vertrauen zu ihm. Als sie damals, nach dem Suizidversuch ihres Sohnes, zu dritt in der Praxis erschienen, hatte er beruhigend auf sie eingeredet. Sie hatten sich sehr ernsthaft unterhalten, während Charlotte mit den Tränen kämpfte. Beim Abschied war er ihr gefolgt und hatte leise in ihr Ohr geflüstert: Nur Mut, nur Mut! Das hatte sie ihm nie vergessen. Er hatte sie nicht wie die anderen vorwurfsvoll angesehen, sie vorverurteilt. Obwohl er ihre Last nicht leichter machen konnte. Jetzt saß sie also vor ihm und berichtete ihm vom Tod ihres Schwagers Dieter, ihren Schlafstörungen, den Selbstvorwürfen und was sich sonst noch alles zugetragen hatte. Er hörte sich alles aufmerksam an. Nach einer längeren Zeit meinte er: Niemand kann sein ganzes Leben an einem einzigen Tag erzählen.

Sie wusste, sie hatte wieder viel zu schnell gesprochen, so wie sie es in der letzten Zeit immer tat. Ein wenig getröstet, verließ sie seine Praxis und trat den Heimweg an. Dr. Heller hatte ihr einen neuen Termin mitgegeben, den sie auch unbedingt wahrnehmen wollte.

In der darauffolgenden Nacht machte sie kein Auge zu. Sie war am nächsten Tag so erledigt, dass sie kaum aufstehen konnte. Die Schule hatte wieder begonnen, doch sie war zu erschöpft, um einen richtigen Unterricht zu gestalten. Sie war sehr dünn geworden, die Kleidung schlotterte am Leib, und da war es nicht verwunderlich, dass die Kollegen über ihr schlechtes Aussehen entsetzt waren. Aufs Essen hätte sie verzichten können. Meistens klebten die Speisen unter dem Gaumen und ließen sich nicht herunterschlucken.

Als sie das nächste Mal zu Dr. Heller kam, schrieb er sie erst einmal krank. Ihre Gedanken hatten sich in gefährliche Bahnen begeben! So überlegte sie allen Ernstes, ob sie für ihre Umwelt gefährlich sei. Sie begann alle spitzen Gegenstände, wie Messer, Scheren sowie Brieföffner, zu verstecken. Ihrem Arzt erzählte sie nichts davon. Sie wurde sich selbst schon unheimlich.

Als sie bei einer weiteren Sitzung vom frühen Tod ihrer Mutter berichtete, schaute sie ihn voll an. Er blickte ihr tief in die Augen und sah sie unverwandt an: Plötzlich sah sie ihre eigenen Augen, sie waren groß, schwarz und voller Hass oder Angst Sie wusste es nicht zu definieren. Sie floh fast aus der Praxis, so erschrocken war sie.

Zu Hause deckte sie immer schon am Abend den Frühstückstisch. Sie hatte das Gefühl, etwas Schreckliches käme auf sie zu, und sie würde ihren nächsten Geburtstag nicht mehr erleben. Sie konnte nie länger als zehn Minuten am Stück arbeiten, wenn sie in ihrer Wohnung Ordnung machen wollte. Dann musste sie sich unbedingt wieder hinlegen, so erschöpft war sie. Früher hatte sie die Hausarbeit immer dazu genutzt, um in Ruhe über etwas nachdenken zu können. Auch dachte sie sich die Unterrichtsstunden für den nächsten Tag aus.

Sie war wahrhaftig in einem desolaten Zustand. Wie sollte es nur weitergehen? Wusste sie doch, dass sie an einer schweren Depression litt und dass sie Wahnvorstellungen hatte. Alles, was sie in ihrem Leben falsch gemacht oder worin sie gesündigt hatte, kam jetzt auf sie zurück. Sie betete viel, wobei sie Gott um Verzeihung bat.

Lange hatte sie nicht mehr mit Gott Zwiesprache gehalten.

Als Kind war sie sehr fromm gewesen. Keinen Abend ging sie zu Bett, ohne für ihre Eltern, Geschwister und sich selbst zu beten. Als sie eingeschult wurde, bekam sie eine ganz junge Klassenlehrerin mit Namen Eva, an der sie sehr hing. Die Lehrerin sah die Einsamkeit des Kindes. Eines Tages nahm sie Charlotte zur Seite und sagte: Du hast keine Mutter mehr, das ist sehr schlimm! Sie schenkte dem Kind ein Marienbildchen. Das soll fortan deine Mutter sein. Sie soll dich behüten und beschützen. Wenn du Kummer hast, kannst du zu Maria sprechen, denn sie ist Gottes Mutter, sie kann für dich Fürbitte bei Jesus einlegen. Das Kind hütete das Bildchen wie seinen Augapfel. Es zeigte Maria mit einem leuchtenden Herzen und dornigen Rosen auf ihrem Weg.
Charlotte wurde im katholischen Glauben erzogen. Jeden Sonn- und Feiertag ging sie in die Kirche. Dort hielt sie sich sehr gerne auf. Sie liebte die Statuen und Heiligenbilder, besonders Maria mit dem Jesuskind auf dem Arm. Wenn sie sah, wie man Jesus ans Kreuz genagelt, ihm eine Dornenkrone aufs Haupt gedrückt hatte und ihm das Blut übers Gesicht rann, dachte sie nur: So müsste man die Menschen lieben können! Weniger folgte sie dem Gottesdienst als dass sie ihren eigenen Gedanken nachhing. Nur der Predigt lauschte sie andächtig, liebte sie doch die spannenden Geschichten.

Als sie etwas älter war, ging sie auch zur Beichte. Sie wusste eigentlich nie so richtig, was sie sagen sollte, so dachte sie sich einfach ein paar Sünden aus. Nach dem frühen Tod der Mutter hatte der Vater die Kinder einmal in einer Zinnbadewanne, wie es nach dem Krieg so üblich war, gebadet. Selbstvergessen stand das Mädchen hinter ihrem Bruder. Die Reihenfolge ging nach dem Alter. Die kleine Schwester war noch bei Verwandten untergebracht, da der Vater sich nicht ausreichend um sie kümmern konnte. Charlotte stand also und träumte, während sie mit der Hand an der Scheide spielte. Plötzlich ertönt ein lautes Pfui, sie spürt einen brennenden Schmerz. Der Vater hat dem Kind kräftig auf die Hand geschlagen. Mit dem Fingernagel hat sie sich an der Schamlippe verletzt, was jedoch nicht so schlimm ist. Der Schrei hat sich unauslöschlich in ihrer Seele eingebrannt. Seitdem hat sie das Gefühl, dass sie ihrem Vater nichts mehr verheimlichen kann. Es ist, als schaue er Charlotte immer mitten ins Herz.

Sie wird ein *Heimliches Kind*.

Sie nahm ihm Geld aus der Jackentasche, was sie allerdings nicht ausgab, sondern in ihrem Puppenwagen versteckte.
So beichtete sie: Ich habe genascht, gelogen, meinen Vater bestohlen und Unkeuschheit betrieben!
Die Beichte war Charlotte stets unheimlich. Nicht nur, weil es im Beichtstuhl fast dunkel war, sondern weil sie den Pastor durch die Gitterstäbe nicht erkennen konnte, zumal er sich ein weißes Tuch vor das Gesicht hielt, damit er den Atem seiner Schützling nicht riechen musste. Das Vater Unser und Ave Maria, das Charlotte als Sühne für ihre Sünden auferlegt bekam, ratterte sie schnell herunter und floh aus der eiskalten Kirche in ihren geliebten Wald.

Ihre neue Heimat, in die der Vater mit den Kindern gezogen war, gefiel dem Mädchen. Der Ort war nur für die Geschwister neu. Für den Vater war es sein Geburtsort. Das Haus lag am Waldrand, außerdem wurde es von Feldern eingeschlossen. Ein kleines Flüsschen schlängelte sich am Haus vorbei. Am liebsten hielt Charlotte sich im Wald auf.

Zum Träumen legte sie sich unter eine Hainbuche, ihren Lieblingsbaum. Er hatte weit ausladende Äste, selbst die Blätter waren im Hochsommer noch von einem hellen, zarten Grün. Im Frühling, wenn die Knospen aufbrachen, konnte man sie essen.

Charlotte hielt sich sehr gern allein im Wald auf. Manchmal entfernte sie sich so weit von zu Hause, dass ihre Großmutter, welche das Haus hütete und die Kinder so lange versorgte, bis der Vater eine geeignete Haushälterin gefunden hatte, sie schalt und im Haus behielt. Sie fürchtete sich niemals allein im Wald. Ja, eigentlich war sie nur dort restlos glücklich, weil sie tun und lassen konnte, was sie wollte.

Sie hatte eben doch immer schon einen großen Freiheitsdrang!

Je weiter sie heranreifte, desto mehr fürchtete sie den Vater. Sie fürchtete seine Strenge und seine Unausgeglichenheit.

Die Furcht war größer, als wenn sie im Winter des Abends vom Nachbarn Milch holen musste.

Die Milch war noch warm. Die Kanne wurde bis oben hin gefüllt. Sie war nicht nur schwer, sondern auch der Weg war lang und einsam. Bei Einbruch der Dunkelheit versank alles um sie her in einer grauen Nebelschicht. Bäume und Sträucher sahen so gespenstisch aus, dass sie bei jedem Geräusch zusammenzuckte.

Charlotte lief immer mitten auf dem Weg, fühlte sie sich dort ein bisschen sicherer. Gern schaute sie auch den Mond an, manchmal war es, als schicke er seine Strahlen wie einen dichten Teppich auf die Erde und bat sie in den Himmel. Dann dachte sie an ihre Mutter, ihre Sehnsucht wuchs ins Unermessliche.

Schlimm war, dass sie diese Erlebnisse mit niemandem teilen konnte. Diese Strafe ihrer Großmutter war besonders wirkungsvoll, zumal Charlotte durch eine Krankheit oft ans Haus gefesselt war. Sie litt an einer Haut- und Lungentuberkulose. Während des Krieges hatte sie sich bei dem Freund ihres Vaters angesteckt. Nach langem Leiden war jener schließlich daran gestorben. Immer wenn die Hautstelle nässte, musste Charlotte das Bett hüten. Aus diesem Grund wurde sie auch jeden Mittag ins Bett geschickt, einen Mittagsschlaf zu halten, was sie ganz besonders hasste. Sie schlief nie! Vielmehr vertrieb sie sich die Zeit damit, dass sie sich Geschichten ausdachte.

Am Abend kamen dann die Nachbarskinder, versammelten sich auf der Treppe des Hauses, wo sie ihre Geschichten zum Besten gab. Sie las gerne und viel, was ihre ohnehin schon lebhafte Fantasie noch anregte. So verlief ihr Leben in geordneten Bahnen. Nur wenn der Vater verzweifelt weinend in den Wald rannte, zog sich ihr kleines Herz zusammen, und sie nahm sich Besserung vor.

Kleine oder größere Sünden beging sie nur noch heimlich.

Als es für die Großmutter zu viel wurde mit den drei Kindern, denn die kleine Schwester war nun auch wieder bei der Familie, kam eine Haushälterin. Sie war eine derbe, aber herzensgute Frau, welche von einem Bauernhof stammte und ordentlich zupacken konnte. Außerdem hatte sie das Vertrauen der Kinder. Das war besonders wichtig für den schwierigen Bruder. Er konnte den plötzlichen Tod der Mutter nicht verwinden. Er bekam einen Sprachfehler und begann zu stottern. Wenn er aufgeregt war, bekam er keinen Ton heraus.

Anna, die Haushälterin, verliebte sich in den Vater, was diesem sehr missfiel. Jedenfalls war sie eines guten Tages verschwunden. Die Kinder waren anfangs sehr traurig darüber, denn Anna hatte sie manchmal auf den Bauernhof ihrer Eltern mitgenommen.

Sie konnten dort nicht nur herrlich herumtollen, sondern es gab auch immer wieder neue Tiere, Katzen, Hunde aber am niedlichsten waren die Kälbchen, welche im Frühsommer geboren wurden. Wurden sie gestreichelt, versuchten sie an den Fingern zu nuckeln. Sie schauten mit ihren großen dunklen Augen neugierig in die Welt, ihre Mäuler waren weich, warm und feucht.

Nirgendwo sonst hatte Charlotte das Essen jemals wieder so gut geschmeckt! Wenn sie nur an die dicken gelben Pflaumenpfannkuchen dachte, lief ihr das Wasser im Mund zusammen. Eigentlich war sie eine schlechte Esserin, aber wenn sie dort vom Tisch aufstand, hatte sie jedes Mal das Gefühl, sie würde gleich platzen.

So ging also auch dieses Kapitel zu Ende.

Es kam wieder die beinahe achtzigjährige Großmutter ins Haus, die mit den Kindern überhaupt nicht fertig wurde. Meistens hielt sie den Kochlöffel drohend in der Hand, wenn sie die Kinder rief. Es gehorchte trotzdem keines von ihnen. Das ging eine ganze Weile so, bis der Vater einen Ersatz gefunden hatte. Es kam eine Haushälterin, sie hieß Maria und war sehr nett. Maria hatte nur einen Fehler, sie wurde mit dem halbwüchsigen Bruder nicht fertig. Der Vater, freiberuflich tätig, kam häufig nur zu den Wochenenden nach Hause. Meistens beklagte Maria sich heftig über Peter, der dann in den Wald geschickt wurde, wo er sich eine Weidenrute schneiden musste. Charlotte, die wusste, was kam, versteckte sich hinter einem kleinen Holzhäuschen und wimmerte, während der Bruder sich fast die Seele aus dem Leib schrie. Einmal ging sie mutig hin und ließ sich für ihren Bruder schlagen. Sie war überrascht, wie weh es tat, aber weinen kam für sie nicht in Frage. Sie fühlte sich nicht einmal unschuldig, denn nur allzu oft hatte sie ihren Bruder geärgert, sodass er sich nur gewehrt hatte. Wenn das Wochenende sich näherte, standen die Kinder immer unter einem erheblichen Stress, wobei der Vater Charlotte ein wenig vorzog. Er nahm sie am Sonntag mit in die Kirche, anschließend ging er Karten spielen. Dort konnte sie dann so viel Limonade trinken, wie sie mochte. Seine Freunde waren alle sehr nett, sie gaben dem Kind schon mal einen Groschen für die Spardose.

Außerdem ging sie leidenschaftlich gern mit ihrem Vater zum Fußballplatz. Sie liebte die ganze Atmosphäre, die schreienden Menschen, meistens waren es Männer, kleine Mädchen schon überhaupt nicht. Das störte sie jedoch wenig. Weil ihr Vater ein sportbegeisterter Mann war - in seiner Jugend war er ein guter Läufer gewesen - versuchte Charlotte es ihm gleichzutun. Schon recht früh baute sie sich im Wald eine Sprunggrube und steckte sich zwischen den Bäumen eine Laufbahn ab. So trainierte sie sich schon früh, was nicht nur ihrer Gesundheit zuträglich war, sondern sie wurde eine gute Sportlerin. Viel später sollte das auch einmal ihr Berufswunsch werden. Nur das Lernen kam dabei etwas zu kurz. Dafür war sie dann auch schon recht früh sehr trainiert und widerstandsfähig.

Gefühlsmäßig war sie bei ihrem Vater immer hin- und hergerissen. Sie fürchtete sich vor seiner Strenge! Er brauchte sie nur ernst anzusehen, dann brach sie schon in Tränen aus. Zärtlich wischte er seiner Tochter dann die Tränen aus dem Gesicht, und alles war wieder gut. Wenn er aber den Bruder schlug oder durchs Haus brüllte, fürchtete sie sich vor ihm. Viel später begann sie ihn manchmal dafür zu hassen.

Die schönste Erinnerung hatte sie an Weihnachten. Sie durfte mit in den Wald gehen, wenn er den Tannenbaum schlug. Zusammen schleppten sie ihn dann nach Hause. Am Heiligen Abend standen sie mit Maria vor der Tür zum Wohnzimmer, in dem der Vater dem Christkind half. Sie sangen Lieder und sagten Gedichte auf, bis hell ein Glöckchen erklang. Nacheinander gingen sie in den nur von Kerzenlicht erleuchteten Raum. Der Baum war wundervoll geschmückt, mit echten Kerzen, welche einen wohlriechenden Duft verströmten. Lametta und viele Süßigkeiten hingen daran. Die wurden verteilt, wenn der Baum abgeschmückt wurde. Der Vater war bester Laune, er lachte und scherzte und ließ sich die gut belegten Brötchen schmecken. Die Kinder bekamen alle etwas Besonderes. Für Charlotte gab es immer eine große Tüte Walnüsse extra. Sie aß sie für ihr Leben gern. An den Feiertagen gab es köstliche Speisen. Maria konnte hervorragend kochen.

Der Vater, der nun in der Milchwirtschaft tätig war, tauschte bei den Bauern Käse gegen Geflügel. So hatten sie auch nach dem Krieg schon ausreichend zu essen. Ihr kleiner Bruder Eckehard war während des Krieges an Unterernährung gestorben. Er war nur ein paar Monate alt geworden. Das sollte nicht noch einmal passieren! Außerdem gab es zu Weihnachten einen Schlitten, einmal lagen für die Kinder sogar Schlittschuhe unter dem Baum. Später gab es dann auch noch Rollschuhe. Alle Kinder waren sehr sportlich. Im Winter spielte Charlotte mit den Jungen Eishockey. Sie gingen nicht gerade zimperlich mit dem Mädchen um. Manchmal bekam sie den Hockey-schläger gegen die Schlittschuhe, worauf sie meter-weit über das Eis flog. Ohne zu jammern, stand sie schnell wieder auf, damit sie weiter mitspielen durfte.

Da sie viel mit älteren Jungen zusammen war, war sie es gewohnt, etwas rauer behandelt zu werden.

Die ersten Schwimmversuche machte sie auch nicht ganz freiwillig. Sie stand mit ihrem Bruder am Mühlenbach, so hieß das Flüsschen, welches an ihrem Haus vorbeiführte. Es war ein sehr heißer Tag, die Kinder wollten sich ein wenig abkühlen. Da nahm Peter das Mädchen und warf es in einen Kolk, eine Untiefe in dem Flüsschen. Charlotte riss vor Entsetzen die Augen auf und ruderte mit den Armen herum. Plötzlich sah sie einen Sonnenstrahl, sie paddelte darauf zu und stellte sich hin.
Das waren also die ersten Schwimmversuche.

Mit dem Fahrradfahren ging es Charlotte nicht anders.

Der Bruder stellte sie an einen abschüssigen Schlackenweg, setzte sie aufs Rad und gab ihr einen Schubs. Auf halbem Wege bekam sie es mit der Angst zu tun und sprang auf die Erde. An den Schlacken schürfte sie sich die Knie auf. Die Zähigkeit, die sie damals entwickelte, sollte ihr im Erwachsenenalter zugutekommen. Diszipliniert stand sie auch während ihrer schweren Depression jeden Morgen auf. Sie zwang sich dazu, sich zu duschen und sich sauber anzuziehen, es war egal, wie schlecht sie sich fühlte.

Wenn Angst oder Hass sie quälten, betete sie und bat Gott um Beistand und Verzeihung. So gut es ging, sorgte sie auch weiter für ihre Familie. Auch das Autofahren ließ sie sich nicht aus der Hand nehmen, schließlich hatte ihr Mann keinen Führerschein.

Obwohl:
Manchmal war es schon etwas leichtsinnig, wenn sie so unkonzentriert und müde war. Aber sie wollte sich nicht abhängig machen. So kämpfte sie sich durch die Tage und Nächte. Häufig hatte sie ein starkes Klingeln in den Ohren, oder der Kopf fühlte sich völlig verdreht an. Sie hatte starke Schmerzen in den einzelnen Hirnregionen, aber das behielt sie alles für sich. Sie dachte, das gehöre dazu und der Arzt wisse es ohnehin schon.

Sie hatte es sich angewöhnt, nach Autoschildern zu fahren. Sie las an den Schildern ab, ob es ihr gut ging, zum Beispiel H V - heiter vorsichtig. Sie machte es schon lange, wenn sie sehr müde war und vom Dienst kam. Später, als die Krankheit weiter fortgeschritten war, dachte sie, dass die Autos nur ihretwegen führen.

Als eines Tages ein weißes Auto vor ihrem Wagen an der Ampel mit dem Nummernschild WV-T stand, assoziierte sie: Wieder vorsichtig, Tod. Sie dachte, wenn du dir das Leben nimmst, bist du reingewaschen, also weiß. Doch dann sah sie plötzlich ihren Nachbarn in dem besagten Auto, da wusste sie, dass sie sich geirrt hatte.

Die Farben schwarz und weiß spielten zu diesem Zeitpunkt eine große Rolle in ihrem Leben.

Ein anderes Mal, als sie beim Zahnarzt im Wartezimmer saß, hatte gegenüber eine Mutter mit ihrem etwa fünfjährigen Sohn Platz genommen. Der Kleine schaute sich ganz interessiert eine Zeitschrift an. Plötzlich rutschte er von seinem Stuhl herunter, kam auf Charlotte zu und sagte: Kann man den Strich wegmachen? Das Titelbild zeigte ein Mädchengesicht, von einem schwarzen Strich geteilt. Sie sagte: Du kannst es mit dem Finger wegrubbeln, aber gedacht hatte sie, man kann aus schwarz nicht einfach weiß machen. Der Kleine schaute sie unverwandt an und sagte: Wie heißt du? Als sie ihren Vornamen nannte, schaute er sie versonnen an und schien in seiner Erinnerung nachzukramen. Kinder waren jetzt besonders lieb zu Charlotte, spürten sie ihre hohe Sensibilität. Waren sie doch selber so sensibel.
Wenn sie Sportunterricht erteilte, lief das bald von alleine, nicht nur weil sie die Kinder gut im Griff hatte, sondern weil die Kinder merkten, dass es ihr schlecht ging und sie sich trotzdem viel Mühe gab. Das tröstete sie immer sehr und spornte sie zum Weitermachen an.

Dann kam die Kommunion ihres Neffen. Er war auch Charlottes Patenkind. Sie mussten nach Köln fahren, ihr Mann, die Kinder und sie. Eigentlich wollte sie selber am Lenkrad sitzen, so war es geplant, eventuell sollte ihr Sohn sie vertreten, wenn sie weiterhin so schlecht schlief, aber das sollte ganz kurzfristig entschieden werden.

Das Frühjahr war sonnig und mild, man konnte sich schon in leichter Bekleidung im Freien aufhalten, dazu wehte ein leichtes Lüftchen. Das war eine Zeit, in der man tief durchatmen und allen Ballast abwerfen konnte, aber nicht so Charlotte. Da ihr Sohn sich in der Nacht irgendwo aufhielt, nur nicht zu Hause, machte sie sich ständig Sorgen. Sie lag im Bett und lauschte in der Dunkelheit den Geräuschen der Nacht. Früher hatte sie, wenn die ersten Frühjahrestürme ums Haus tobten, der Regen an die Scheiben prasselte, sich in die Kissen gekuschelt und andächtig gelauscht. Jetzt sah sie in die dunkle Nacht und fürchtete sich noch mehr vor dem Leben.

Der Tag der Abfahrt rückte näher. Wieder stand Charlotte im Zimmer ihres Sohnes, starrte aufgewühlt und schlaflos aus dem Fenster, wartend, dass er heimkam. Erst als sie den Schlüssel in der Tür hörte, schlich sie ins Bett. An Schlaf war nicht mehr zu denken. Sie wurde auch nicht mehr warm im Bett, obwohl sie sich Socken angezogen hatte. Zu gerne hätte sie sich bei ihrem Mann gewärmt, aber sie wollte ihn nicht stören. So lag sie da, auf das Ende der Nacht wartend.

Manchmal, wenn sie sich nicht so schlecht fühlte, fasste sie ihre Gedanken in Gedichtform zusammen:

Schwarz ist die Nacht und sternenlos
wölbt sich das Firmament zur Stunde.
Wach lieg ich da und steig hinab
auf meiner Seele Grund.

Sie ist von Zweifeln angefüllt
und Angst vor jedem Tag.
Vor allem unbekannten Schmerz,
der mich erreichen mag.

Mehr als ein halbes Leben
liegt schon hinter mir.
Ich fühle mich oft so müde
und völlig sinn- und
zweckentfremdet
in diesem Weltgetriebe.

Wie eine Woge schwappt die
Einsamkeit
über mich dahin.
Ich suche nach dem Leben
und frage nach dem Sinn.

Die Antwort kann mir keiner geben,
wenn ich es nicht vermag.
Die Stunden wollen nicht verrinnen,
ich warte auf den Tag.

Der Morgen graut,
wie Nebel zieh'n Gedanken von mir
fort.
Ich stehe auf und schon reißt mich
das Leben mit sich fort.

Wie hatte sie es vor ihren Depressionen genossen, mal wach im Bett zu liegen, während sie in Ruhe ihren Gedanken nachhängen konnte.

Meistens waren es schöne Einfälle gewesen, liebte sie doch ihre Familie. Wenn sie ihre Kinder am Abend zu Bett brachte, las sie ihnen immer noch eine Geschichte vor. Das war für sie die schönste Zeit des Tages.

Sie hoffte, dass sie nicht so jung sterben würde wie ihre Mutter, damit die Kinder nicht nur mit dem Vater aufwachsen müssten. Jetzt aber wünschte sie sich nichts sehnlicher, als mal eine Nacht durchschlafen zu können.

Manchmal schlief sie auch, oder es war zumindest etwas Ähnliches. Sie hörte alles, was um sie herum geschah, war sie eigentlich nur in einem Dämmerzustand. Bleich, erschöpft und völlig durch-gefroren stand sie am Morgen auf. Hätte sie sich gehen lassen, wäre sie im Bett liegengeblieben, aber das entsprach nicht ihrem Naturell. So quälte sie sich ins Bad, duschte heiß und kalt, aber die Benommen-heit wollte nicht weichen. Es war völlig ausge-schlossen, sich so ans Steuer ihres Autos zu setzen. Das Fahren musste sie schon ihrem Sohn überlassen, obwohl er in der vergangenen Nacht auch nur sehr wenig Schlaf bekommen hatte. Aber er war jung und einfach der bessere Autofahrer! Sie konnte ihm voll vertrauen, und das tat sie auch.

Charlottes einzelne Hirnregionen schmerzten, in ihren Ohren klingelte es, als wäre alles in Aufruhr. Das war es wohl auch!

Sie bereitete das Frühstück vor, anschließend weckte sie ihre Familie. Die Kinder freuten sich auf die Fahrt und die anschließende Feier, und es kam gleich ein munteres Gespräch auf. Nur Charlotte saß schweigend und übermüdet am Tisch. Sie war so teilnahmslos, dass es selbst Dunja und Michael auffiel. Ihr Mann hatte sich an den ständigen Wechsel zwischen völliger Schweigsamkeit und überdrehtem Gerede schon gewöhnt. Zumindest wusste er, dass er keinen Einfluss darauf hatte, wie sehr er sich auch bemühte.

Das Wetter war schön. Die Sonne stand am Himmel und schickte wärmende Strahlen auf die Erde. Welch' ein Frühjahr, dachte Charlotte, wenn sie doch nur alles etwas heller sehen könnte. So schön, wie alles war. So bunt und farbenfroh überall in den Blumenbeeten. Die Bäume waren schon gut belaubt, und die Blätter leuchteten in zarten Grüntönen. Warum konnte sie keine Freude mehr empfinden, sie war so gleichgültig, so teilnahmslos. Die ersten Schmetterlinge, eigentlich noch viel zu früh für die Jahreszeit, suchten sich die schönsten Blumen aus. Die Tiere erwachten aus dem Winterschlaf. Die Vögel, welche nicht hier überwinterten, kehrten in ihre vertraute Umgebung zurück. Es war ein Zwitschern und Jubilieren.
Früher hatte sie lange am Fenster gestanden, um alles, was um sie herum geschah, zu beobachten. So fühlte sie sich immer mitten im Geschehen. Es war eine wunderbare Kindheitserinnerung. Im Wald war sie den Tieren immer so nahe gewesen. Manchmal fand sie Vogelnester, in denen Eier lagen. Jeden Tag ging sie hin, um nachzuschauen, ob noch alles in Ordnung war. Wie glücklich war sie, wenn eines schönen Tages kleine nackte Vögel im Nest lagen. Sie beobachtete,

wie ihnen zuerst Flaum und anschließend kleine Federn wuchsen.

Ihr Bruder Peter zog hilflose, aus dem Nest gefallene Jungvögel groß. Während sie heranwuchsen, machte er sie handzahm. Er ließ sie später frei, aber sie kehrten immer wieder zu ihm zurück. Einmal besaß er eine gezähmte Dohle. Kamen wir aus der Schule, flog sie uns im Sturzflug entgegen, ließ sich auf unseren Köpfen nieder und hackte mit ihrem kräftigen Schnabel zu. Erst wenn wir nach dem Vogel schlugen, ließ er von uns ab und machte sich davon. Sah er unseren Bruder Peter dagegen kommen, flog sie zu ihm, setzte sich auf seine Schulter, stieß kleine Laute aus, während sie beinahe zärtlich an seinem Ohr knabberte.

Wie sehr sehnte sich Charlotte nach ihren unbeschwerten Kindertagen im Wald.

Niemals wieder in ihrem Leben hatte sie sich so frei gefühlt.

Nun war sie erwachsen, das Schicksal drohte sie einzuholen.

Die Fahrt nach Köln sollte eine der erlebnisreichsten Begebenheiten werden, die sie je erlebt hatte. Sie saßen alle zusammen im Auto, während ihr Sohn fuhr. Charlotte schaute aus dem Fenster, die Landschaft zog an ihren Augen vorbei. Ihr Kopf schmerzte, und so lehnte sie sich weit zurück und schloss die Augen.

Wenn du die Fahrt aushalten willst, musst du dich entspannen!

Sie wusste später nicht mehr genau zu sagen, wie es angefangen hatte.

Man müsste einen Knopf haben, den man betätigen könnte, dachte sie!

Dann wäre alles vorbei, die Menschen sind ohnehin schlecht, das Leben ist nicht lebenswert.

Sie konnte gar nicht aufhören, alles Negative vor ihrem inneren Auge vorbeiziehen zu lassen. In ihrem Kopf rumorte es, als würden hunderte von Gewittern aufziehen. Immer wieder lehnte sie sich, wenn es unerträglich wurde, zurück, sich zu entspannen. Doch die Gedanken ließen sich nicht so einfach abstellen. Sie konnte auch den Gesprächen im Auto nicht mehr folgen. Wie wäre es, wenn du ein Opfer brächtest, dachte sie, vielleicht könnte man das Schicksal dann besänftigen. Es müsste ein unschuldiges Opfer sein. Sie erschrak zutiefst vor diesen Gedanken! Aber sie ließen sich nicht mehr verdrängen. Wie wild begann ihr Herz zu klopfen, ihre Kehle war wie zugeschnürt, das Atmen fiel so schwer, als läge Charlotte eine Zentnerlast auf der Brust. Ihre Gedanken wanderten weiter.

Plötzlich dachte sie an ihren Neffen, der gerade neun Jahre alt geworden war. Sie hatte die Idee, sein Herz zu pfählen, und ihr fiel ihr Stielkamm ein mit dem langen spitzen Griff, den sie immer bei sich in der Handtasche trug. Ihre Not wuchs, Schweiß drang aus allen Poren. Sie wollte ihrem Mann, der vorne neben ihrem Sohn saß, die Tasche in die Hand drücken. Doch Jörg schaute sie verständnislos an und fragte, was er damit solle? Charlotte konnte ihm darauf keine Antwort geben. Sie war allein mit ihren Gedanken und in ihrer Welt. All das konnte sie mit niemandem teilen. Es waren Halluzinationen, aber das wusste sie am Anfang ihrer Erkrankung noch nicht. Alles war neu und furchterregend. Niemals zuvor hatte sie sich so allein gefühlt. Wie erstarrt saß sie im Auto. Je näher sie ihrem Ziel kamen, umso größer wurde ihre Panik. Es stellte sich ein ungeheurer Druck auf ihren Darm ein.

In Köln angekommen, stürzte sie an allen vorbei aus dem Auto, rannte auf die Toilette, wusch sich die Hände, holte ihren Stielkamm aus der Tasche, kämmte sich damit - und die Angst verflüchtigte sich. Es war, als hätte der Kamm seine Faszination verloren. Erst danach ging sie zu den Wartenden, begrüßte einen nach dem anderen und nahm ihren Neffen auf den Arm. Sie war beinahe glücklich!-

Ihre Schwester Birgit zeigte mit mächtigem Stolz ihre neue Eigentumswohnung. War sie doch erst vor vier Jahren aus Afrika zurückgekehrt, nachdem ihr Mann, der ebenfalls an Depressionen litt, sich dort das Leben genommen hatte. Das war damals schon ein schwerer Schock für alle gewesen, da niemand von dieser Krankheit auch nur die leiseste Ahnung hatte.

Nach großen Schwierigkeiten und auf vielen Umwegen konnte Birgit mit dem Kind endlich wohl-behalten in ihre Heimat zurückkehren. Ihr Mann kam aus Äthiopien, ein sehr schöner, gebildeter Einheimi-scher. Nach dem Sturz des Kaisers Haile Selassie musste er um sein Leben fürchten. Viele seiner Freunde wurden ins Gefängnis geworfen oder waren schon umgebracht worden. Jedenfalls ging es ihm sehr schlecht. Und so fand Birgit eines Tages, als sie mit ihrem Sohn von einem Spaziergang zurückkehrte, ihren Mann erschossen im Schlafzimmer. Nur unter Schwierigkeiten bekam sie ein Ausreisevisum für sich und ihren Sohn. In diesen Ländern ist es nicht üblich, dass man ein farbiges Kind mit der Mutter ausreisen lässt. Außerdem musste sie noch das gemeinsame

Haus verkaufen. Nach all den Erlebnissen und Schwierigkeiten kam sie, krank an Leib und Seele, in Deutschland an.

Aufnahme fanden sie bei Charlotte und Jörg. Sie brachte auch noch ihre halb verwilderte Siamkatze mit, welche es gewohnt war, sich in Freiheit zu bewegen. Durch gewaltige Sprünge auf die Türklinken öffnete sie alle Türen, sodass der Familienhund ständig auf der Flucht war. Häufig brachte sie kleine Gastgeschenke in Form von toten Mäusen oder sogar Vögeln ins Haus. Für Charlotte, besonders aber Jörg, der eigentlich ein Großstadtkind war, etwas erschreckend. Einmal gelangte Necko, so hieß die Katze, sogar in den Taubenschlag eines Nachbarn und sorgte dort für helle Aufregung.

Trotzdem sollten sie so lange bei ihnen bleiben, bis Birgit Wohnung, Auto und eine Anstellung gefunden hatte. Das erwies sich schwieriger als angenommen.

Nach langen Bemühungen kam Birgit in einer Schule in Köln unter. Alle halfen beim Umzug mit in der Hoffnung, dass sie dort schnell Fuß fassen würde.

Nun wohnten sie schon fast vier Jahre dort und hatten sich gut eingelebt. Charlotte war darüber immer sehr glücklich gewesen. Hatte sie doch an ihrer jüngeren Schwester so etwas wie Mutterstelle vertreten. Sie hatten damals alle auch ihren farbigen Mann mit offenen Armen aufgenommen, was keinem schwerfiel, da er ein zurückhaltender, sehr höflicher und schöner Mann war.

Sein früher Tod, er war gerade einmal sechsunddreißig Jahre alt geworden, hatte alle tief betroffen gemacht.

Birgit hatte ihn in England kennen und lieben gelernt. Als er bei ihren Eltern um Birgits Hand anhielt, waren alle zuerst bestürzt, nicht weil er ein Farbiger war, sondern weil er sie mit nach Äthiopien nehmen wollte. Sie kamen dann häufiger zu Besuch, um den Eltern, Geschwistern sowie auch Freunden nahe zu bleiben.

In einem schönen Sommer, mit für Deutschland ungewöhnlich hohen Temperaturen, waren sie mal wieder bei Schwager und Schwester. Inzwischen hatte sich Nachwuchs eingestellt, ein entzückender kleiner Sohn mit hellbraunem Teint sowie blauschwarzem, ganz glatten Haar. Mit dunklen Kulleraugen sah er neugierig in die Welt. Sie blieben eine Zeitlang, zur Freude aller.

Mit Makonnen konnte man sich nur in seiner Muttersprache, die niemand beherrschte, oder aber auf Englisch unterhalten. So wurden es also lustige Ferien.

Anschließend fuhren Birgit und Makonnen noch zu den Eltern. Der Abschied fiel allen nicht leicht. Ihr gemeinsamer Vater war wieder verheiratet. Er hatte, als Charlotte halbwüchsig war, Maria zur Frau genommen, eine hübsche dunkelhaarige Frau mit den schönsten blauen Augen, welche Charlotte jemals gesehen hatte. So dunkelblau wie der Himmel an einem sonnigen Abend leuchteten sie von innen heraus. Seine Kinder hatten ihre Zustimmung gegeben, selbst der schwierige Peter. Maria hatte ihre Sache so gut gemacht, wie sie nur konnte. Da sie selber bei der Großmutter aufgewachsen war - auch ihre Mutter war früh verstorben -, gab es natürlich einige Defizite. Als ihr Vater dann auch noch relativ jung starb, musste sie ihre drei Halbgeschwister großziehen. Sie hatte also wirklich kein leichtes Leben.

Der Tag der Erstkommunion ihres Neffen Jochen rückte näher. Am Abend nahm Charlotte in der Hoffnung auf ein wenig Schlaf eine Schlaftablette. Doch was sie nicht ahnen konnte, es verschärfte die ganze Situation noch. Nicht nur dass sie überhaupt kein Auge zu tat, sie war so nervös, dass sie dachte, jeden Moment durchzudrehen. Immer wieder stand sie leise auf, um ihren Mann nicht zu wecken, während sie im Hotelzimmer auf und ab ging. Ihre Beine kribbelten, und sie dachte, dass das eine geeignete Foltermethode sein könne, Gefangene zum Reden zu bringen. Die Nacht schien kein Ende zu nehmen. Erst als der Morgen graute, war es, als ob eine ungeheure Last von Charlotte abfiel. Doch sie fröstelte, kam es von der durchwachten Nacht oder weil sie innerlich so kalt war?

Zum Frühstück bekam sie nur mit allergrößter Mühe etwas herunter. Eigentlich aß sie nur, um die Familie nicht misstrauisch zu machen. Sie freuten sich doch alle so! Danach ging die versammelte Gesellschaft in die Kirche. Es war sehr feierlich. Charlotte betete zu Gott. Sie betete nicht nur für ihren Neffen sowie jedes einzelne Familienmitglied, sondern ganz besonders um Mut und Stärke für sich selber.

Die Mädchen schritten in weißen Kleidern und einem Blütenkranz im Haar zum Altar, während die Knaben im schwarzen Anzug mit Oberhemd und Fliege folgten. Es war alles wunderschön anzusehen, und Charlotte vergaß für einen Moment ihre Erkrankung, um die sonst all ihre Gedanken kreisten! Sie liebte doch ihre gesamte Familie, wie konnte sie dann nur auf die absurde Idee kommen, ihrem Neffen etwas anzutun.

Nach der Kirche genoss sie die warmen Sonnenstrahlen, die sich zur Feier des Tages durch die Wolkendecke gedrängt hatten! Sie freute sich auf ein köstliches Mittagessen. Es war seit langem das erste Mal, dass sie wieder Hunger verspürte. Vielleicht dachte sie, es wird doch noch alles wieder gut und die Depressionen verschwinden so, wie sie gekommen sind. Die Feier wurde in einem Lokal ausgerichtet.

Nachdem alle Gäste angekommen waren, gab es zuerst einen kleinen Umtrunk. Charlotte nahm nur einen Orangensaft. Bewusst verzichtete sie auf Alkohol, denn sie ahnte, dass es ihr im Moment nicht gut bekommen würde. Eine lange Tafel, wunderschön eingedeckt, war zusätzlich mit zarten Blumengebinden geschmückt. Sie bot Platz für alle Gäste.

Nachdem die ganze Gesellschaft Platz genommen hatte, wurden leckere Gerichte aufgetragen. Zwischen den einzelnen Gängen kam es zu lebhaften Gesprächen. Alle schienen sich wohlzufühlen, so auch Charlotte. Ihr Kopf fühlte sich leichter an, sie war konzentrierter.

Zum Kaffee ging es zu Birgit in die Wohnung. Als sie begann, die Torten aufzuschneiden, starrte Charlotte gebannt auf die Messer. Sie übten plötzlich die gleiche Faszination aus wie vorher der Stielkamm. Ich verliere den Verstand, dachte sie, wenn es so weitergeht. Da war sie wieder, die gläserne Wand. Es war, als stünde sie draußen, isoliert von den anderen. So sehr sie sich auch bemühte, sie konnte nicht zu ihnen gelangen.

Zum ersten Mal bekam sie Selbstmordgedanken, obwohl eine Selbsttötung für sie nicht in Frage kam. Aus Erfahrung wusste sie, wie schmerzhaft das für die Angehörigen war. Außerdem war sie der festen Überzeugung, dass das Leben ein Geschenk ist, was man nicht so einfach wegwerfen darf.

Sie schwor bei Gott, es nicht zu tun, und wenn sie bis ans Ende der Welt rennen müsste. Aber die Gedanken ließen sich nicht wie gewollt fortschieben, sie kamen und gingen, ohne dass sie etwas dagegen tun konnte. Sie fühlte sich völlig machtlos!

Als sie einmal mit ihrem Mann und Freunden mit dem Fahrrad unterwegs war, hatte sie wieder so schreckliche Gedanken. Während der ganzen Radtour hielt sie Ausschau nach hohen Türmen sowie Autobahnbrücken, wo sie ihr Leben beenden könnte. Sie fühlte einen brennenden Schmerz im Herzen, so als ob jemand mit einer glühenden Eisenstange in eine offene Wunde stieß. Später kam dieser Zustand noch häufig vor, insgeheim nannte sie es *Seelenbrand*.

Nach Hause zurückgekehrt, setzte sie sich in die Sofaecke und hing ihren eigenen Gedanken nach. Je länger sie nachdachte, umso ruhiger wurde sie, und die trübsinnigen Gedanken vergingen. Sie war wieder einmal fast glücklich. Die Zuversicht wuchs, dass sie es schaffen würde.

Die Rückkehr aus Köln verlief friedlich. Michael lenkte das Fahrzeug. Gott sei Dank, denn unterwegs riss das Bremsseil und der Wagen musste mit der Handbremse zum Stehen gebracht werden. Die Nerven hätte Charlotte nicht gehabt, dessen war sie sicher. In so einer Situation hatte sie sich noch nicht befunden, und vor allem, was unvorhergesehen geschah, fürchtete sie sich, sodass Charlotte sehr schnell die Nerven verlor. Sie nahm regelmäßig die verordneten Tabletten und wurde weiterhin bei Dr. Heller vorstellig.

Eines schönen Tages, es ging ihr eigentlich recht gut, fasste sie den Entschluss, ihm von der Fahrt nach Köln zu berichten. Zumal Birgit, ihre Schwester, Charlotte gestanden hatte, ihren Arzt von Köln aus angerufen zu haben. Er hatte gemeint, sie sei erst am Anfang einer Depression, es sei alles nicht so schlimm. Sie saß also vor ihm, nach den richtigen Worten suchend. Sie hatte noch nicht die halbe Begebenheit erzählt, da fing seine Hand, in der er den Bleistift hielt, mächtig an zu zittern. Er warf den Stift auf den Schreibtisch, sprang von seinem Stuhl auf, stellte sich ans Fenster und sah zum Himmel mit den Worten: Das wird ein Problem mit Michael.

Über seine Reaktion war Charlotte so erschrocken, dass sie ebenfalls wie elektrisiert von ihrem Stuhl aufsprang, um fluchtartig die Praxis zu verlassen. Sie vergaß auch ganz, sich einen neuen Termin geben zu lassen. Sie setzte sich hinter das Steuer ihres Autos, um die Heimfahrt anzutreten. Ein nie gekannter Seelenbrand stellte sich ein, außerdem fiel sie in eine totale Schlaflosigkeit. Das hielt sie nur ein paar Tage aus, dann rief sie wieder bei ihrem Therapeuten an.
Es schien Charlotte so, als gäbe er ihr nur widerwillig einen Termin. Kam es ihr doch so vor, als wäre er ein wenig ungehalten. Vielleicht weil sie beim letzten Mal ohne Gruß gegangen war.

Beim nächsten Mal verweigerte sie den Platz, der ihr angeboten wurde. Sie stellte sich hinter den Stuhl mit den Worten: „Zu ihnen wollte ich eigentlich gar nicht mehr kommen."

Ich hasse alle Männer und habe mir vorgenommen, sie alle zu vernichten!

Hassen sie mich jetzt auch? fragte er sie.

Stille!

Was haben sie geplant?

Nichts, entgegnete sie, absolut nichts.

Sie kam sich klein und erbärmlich vor. Sie wusste, dass sie eine gespaltene Persönlichkeit war. Einerseits voller Hass, andererseits wand sie sich in Selbstmitleid und Reue.

Wieder fror sie. Ich werde nach Hause fahren und mich hinlegen, nichts tun, nichts denken und nichts fühlen. Eine unendliche Sehnsucht nach dem Tod ergriff sie. Wenn ich doch nur eine andere Krankheit hätte, an der ich normal sterben könnte! Meine Familie würde um mich trauern, der Schmerz nachlassen! Keine Fragen nach dem Warum, keine Schuldgefühle! In gleichem Atemzug wieder die Bitte um Verzeihung. Sie drehte sich im Kreis. Es war immer dasselbe.

Die Gedanken müssten sich anhalten lassen, einfach nicht mehr nachdenken, treiben lassen.

Nahmen sich darum so viele Menschen das Leben, weil sie vor ihren Gedanken flohen, sie einfach nicht mehr aushalten konnten?

Sich einfach nicht mehr aushalten konnten?
Diese Mühle im Kopf, die sich nicht anhalten ließ, sich drehte und drehte bei Tag und bei Nacht.

Als Kind, nach dem frühen Tod der Mutter, hatte sie lange sehr schlecht geschlafen. Der Vater, wenn er denn mal zu Hause war, ging immer sehr spät ins Bett. Sie leistete ihm nur zu gerne Gesellschaft, und auch er hatte nichts dagegen. Zwar ermahnte er sie zwischendurch oft, nun endlich zu Bett zu gehen, doch sie ließ sich nur überreden, wenn sie sein Bett anwärmen durfte. Spät in der Nacht trug er sie dann in ihr kaltes Bett, wo sie gleich weiterschlief.
Charlotte war ein total auf den Vater bezogenes Kind.
Als sie älter wurde, hatte sie einen ungeheuren Respekt vor ihm.
War er zu Hause, schlichen die drei Kinder leise im Haus herum. Eines schönen Tages wollte Charlotte etwas aus dem Nebenzimmer holen. Sie öffnete also leise die Wohnzimmertür, wo der Vater gerade seinen Mittagsschlaf hielt, da sah sie, dass seine Hose brannte. Sie überlegte doch tatsächlich, ob sie ihn wecken durfte. Mit der Zigarette in der Hand war er eingeschlafen. Es war schon ein Loch in der Hose, und sie qualmte gewaltig. Mit den Worten: „Vati, darf ich dich mal wecken, deine Hose brennt" begann sie ihn vorsichtig zu berühren. Erschrocken sprang der Vater auf und kippte sich ein Glas Wasser über seine Beinkleider. Dankbar und froh darüber, dass sie ihn geweckt hatte, begann er sie in den höchsten Tönen zu

loben. Sie war darüber erfreut, jedoch ziemlich überrascht. Hatte sie doch tatsächlich eine andere Reaktion
erwartet. Ja, der Vater war sehr streng, alle mussten
aufs Wort gehorchen! Versuchte sich eines von ihnen
einmal zu verteidigen, dann hieß es gleich: „Halte
deinen Mund und gib keine Widerworte!"

Selbst Maria, seine zweite Frau, fürchtete ihn. Hatte
sie einmal ein Ei zu hart gekocht oder das Spiegelei in
der Pfanne war zerlaufen, gab es ein Riesentheater.
Sie stand dann in der Ecke und zitterte. Das Zittern
stellte sich übrigens bei allen Kindern mit zunehmen-
dem Alter ein. Sie standen auch meistens unter Stress,
wenn der Vater zu Hause war. Gab es doch immer
etwas, worüber er sich aufregte. Bei Tisch redete nur
der Vater. Die Mutter antwortete! Die Kinder saßen
kerzengerade, während sie schweigend ihre Mahlzeit
einnahmen.
Abends hielt der Vater immer einen Dämmer-
schoppen, dazu ging er in eine Kneipe in der Nachbarschaft. Dort spielte er Karten mit Freunden. Alle
sprachen wohl tüchtig dem Alkohol zu. Kam er dann
irgendwann nach Hause, machte er erst einmal das
ganze Haus wach. Er rief nach Frau und Kindern,
doch kein Mensch rührte sich. Erst wenn er weiter
polterte, lief Charlotte leichtfüßig die Treppen hin-
unter, zog ihm die Schuhe aus, lachte über seine
Späße, während sie in ihrem dünnen Nachthemd fror.

Wenn er getrunken hatte, war er auch total lustig, so
wie er immer war, als seine erste Frau noch lebte.

Für ihren Vater hätte sie alles getan. Wann sich dieser Zustand änderte, wusste sie eigentlich nie so recht zu sagen. Zog er sich zurück, war sie es?

Jedenfalls, als sie älter wurde, zerbrach dieses innige Verhältnis! Sie kam in die Pubertät!

Eines Morgens wachte sie auf, Blutspuren in der Unterwäsche! Sie erschrak fürchterlich, wusste sie doch überhaupt nicht, was geschehen war. Keiner hatte sie aufgeklärt.

Sie schämte sich schrecklich.

Wen sollte sie um Rat fragen?

Wem sich anvertrauen?

Spürte sie doch die Hemmschwelle zu ihrer Stiefmutter, also konnte sie ihr auch nicht davon erzählen. Sie fühlte sich alleingelassen. Es blieb ihr großes Geheimnis.

Erst als dieser Zustand regelmäßig eintrat, wusste sie, dass es nicht so schlimm sein konnte.

Damit niemand etwas bemerkte, ging sie heimlich zum Mühlenbach, um ihre Unterwäsche zu reinigen.

Im Wald hatte sie genügend Verstecke, wo sie ihre Wäsche trocknen konnte. Da merkte sie, dass sie beobachtet wurde. Hinter einem Baum erblickte sie ihren Bruder! Schnell lief sie nach Hause, Schamröte im Gesicht. Sie sprachen nie darüber, auch nicht, als sie erwachsen waren.

Von der Grundschule kam sie aufs Gymnasium, etwas später als üblich, bedingt durch ihre lange Erkrankung. Die Lunge machte Charlotte noch immer zu schaffen, sodass sie häufig in der Schule fehlte. Nachbarskinder brachten zwar die Schulaufgaben vorbei, aber es war nicht dasselbe, als ob sie in der

Schule dem Unterricht folgte. Zumal sie zu Hause allein davor saß. Sie hatte keine Hilfe, höchstens wenn der Vater ausnahmsweise mal da war. Er war ein ausgezeichneter Mathematiker, seine Welt bestand aus Zahlen. Textaufgaben begriff Charlotte nicht, so sehr sie sich auch das Gehirn zermarterte. Es half alles nichts, sie musste vor dieser Logik kapitulieren. Der Vater nannte sie dann „Mein kleines Dummchen". Sie fühlte sich geliebt, glücklich, geborgen. Später konnte er sich über so viel Dummheit nur wundern.

Da begann sie selber an sich zu zweifeln, obwohl sie wusste, dass sie ein ungeheuer gutes Zahlengedächtnis hatte. Das Einmaleins beherrschte sie vor- und rückwärts, das Kopfrechnen fiel auch nicht schwer. Überhaupt konnte sie sich Dinge gut merken.

In der Sexta gehörte sie mit zu den älteren Schülern, dadurch hatte sie einen guten Start. Vor allem die Klassenlehrerin gefiel dem Mädchen sehr. Frau Isermann war jung, hübsch und voller Wärme. Sie wurde von allen Schülern umschwärmt. Sie unterrichtete die Fächer Deutsch und Sport. Was sowieso Charlottes Lieblingsfächer waren. Nach Diktaten folgten Bildbeschreibungen. Aufsätze gelangen meistens besonders gut. Häufig wurden sie vorgelesen, was sie mit Stolz und Freude erfüllte. Die Hausaufgaben erledigte sie gewissenhaft. Sie spürte die Sympathie ihrer Lehrerin. Um ihrer Aufmerksamkeit sicher zu sein, beteiligte sie sich übermäßig am Unterricht.

Für jede Aufmerksamkeit war sie dankbar.

Als ein Schulausflug anstand, waren alle Mädchen darauf aus, neben Frau Isermann zu gehen. Da blieb Charlotte etwas zurück, verletzte sich mit einer Glasscherbe am Knie, sodass sie für den Rest des Tages an der Seite ihrer geliebten Lehrerin gehen durfte.

Anders war es in den Fächern Mathematik und Englisch, denn die Lehrerin war ein ältliches Fräulein, verknöchert und streng. Vokabeln lernte das Mädchen grundsätzlich nicht. So war es nur eine Frage der Zeit, bis sie dem Unterricht nicht mehr folgen konnte. So saß sie nur da, träumte vor sich hin und ließ den Unterricht an sich vorbeiplätschern. So war es auch bald unmöglich, eine Arbeit mitzuschreiben.

Dementsprechend sahen die Noten aus. Trotzdem ging sie immer gern zur Schule. Für die Hausaufgaben hatte sie wenig Zeit, war sie doch meistens mit anderen Dingen beschäftigt. Sie absolvierte im Wald ihr Sportprogramm, stromerte herum oder legte sich zum Lesen unter einen Baum. Manchmal hob sie eine Erdgrube aus, bedeckte sie mit Ästen und Laub und versteckte sich darin, wenn niemand sie finden sollte.

Die Schulaufgaben erledigte sie kurz vor dem Unterricht. Willige Mitschüler ließen sie an geeigneter Stelle gegen kleine Gefälligkeiten abschreiben. Dazu legte Charlotte ihr Heft in eine Fensternische, die nicht von den Lehrern eingesehen werden konnte, wo sie dann eifrig abschrieb. Mitschüler, die gefällig waren, verschonte sie in der Sportstunde, wenn z. B. Völkerball gespielt wurde. Da Fangen und Werfen keine Schwierigkeiten darstellten, war sie sehr oft im Besitz des Balles, dirigierte das Spiel und blieb mit den verbündeten Mitspielern übrig. Auf diese Weise erwies sie sich für vorangegangene Gefälligkeiten erkenntlich.

Ein anderes Lieblingsfach war Kunst. Sie malte für ihr Leben gern! Für den Hausgebrauch so gut, dass die Bilder in der Schule oft die Wände zierten. Dieses Talent hatten ihre Geschwister auch, wohl ein Erbteil mütterlicherseits.

Nach Schulschluss holte sie oft eine schwere Einkaufstasche vom Kolonialwarenhändler, welche am Fahrrad so unberechenbar gegen das Vorderrad schlug, dass sie häufig einen Sturz nur verhindern konnte, indem sie vom Fahrrad sprang. Wenn im Winter eine weiße Schneedecke Wege und Straßen in eine undefinierbare, aber wunderbare Landschaft tauchte, fiel das Fahren besonders schwer. Die Reifen und Speichen waren voller Schnee und Eis. Wenn nicht gerade Mensch oder Tier ihre Spuren hinterlassen hatten, war es fast unmöglich, den richtigen Weg einzuhalten. Die Stecke war mehrere Kilometer lang. Oft rutschte das Vorderrad weg, sodass sie hinfiel. Zu Schulbeginn war sie jedoch pünktlich anwesend, da die Mutter sie zeitig genug von zu Hause losschickte. Sie konnte auch wunderbar aufstehen. Einmal Wecken genügte, waschen mit kaltem Wasser, das Frühstück einnehmen, ab ging es in die Kälte. Die Dunkelheit hüllte das Mädchen ein. So traf sie ziemlich müde, nein, eigentlich mehr abgekämpft am Zielort ein. So lernte sie schon in jungen Jahren eine gewisse Disziplin. Nie aufgeben, sondern ohne zu jammern weitermachen!

Wieder wurde Charlotte krankgeschrieben, die Tablettendosis heraufgesetzt.

Sie hatte eine schwere Psychose.

Das Misstrauen wuchs. Sie fühlte sich in Gefahr. Zu Hause schnitt sie die Psychopharmaka auf, weil sie an der Wahnvorstellung litt, von ihrem Arzt vergiftet zu werden, da sie sich so schlecht fühlte. Sie probierte vorsichtig das Innenleben der Medikamente und beruhigte sich, blieb sie doch leben.

Da sie immer mehr abnahm, sollte sie zur Kur geschickt werden. Dazu begab sie sich in eine psychosomatische Klinik. Dort besserte sich der Zustand ziemlich schnell.

Endlich kam sie etwas zur Ruhe!

Mit Leidensgenossen wurde sich ausgetauscht, außerdem gab es viele Ergotherapien. Mit großem Eifer malte, töpferte und schnitzte sie. Also das, was in Kinder- und Jugendtagen ihre Lieblingsbeschäftigungen waren. Ganze 6 Wochen sollte der Aufenthalt dauern. Mit ihrem Psychotherapeuten kam sie gut zurecht, außerdem stellte sie fest, wie viele Menschen an den unterschiedlichsten psychischen Störungen litten. Es gab dort unter anderem einen noch sehr jungen Mann, der seine Nahrung nicht mehr hinunterschlucken konnte. Bei jeder Mahlzeit versuchte er es aufs Neue, Qualen im Gesicht, doch es ging einfach nicht. So wurde er mit Astronautenkost ernährt, um einen weiteren Verfall aufzuhalten.

Charlotte atmete insgeheim auf, als sich sein Zustand langsam besserte.

Eine andere Frau litt unter einem Waschzwang. Die ehemals zarten Hände waren rot, rau und rissig. Sie wusch sich nicht nur vor und nach dem Essen, sondern dauernd auch zwischendurch die Hände.

Das Zimmer teilte Charlotte mit einer anderen jungen Frau. Sie war trotz ihrer Erkrankung sehr positiv, sodass die beiden Frauen häufig lauthals lachten. Da es in der Klinik verboten war, über sein Leiden zu sprechen, vergaß Charlotte häufig ihre Beschwerden. Nur wenn sich mal wieder ein Patient selbst verletzt hatte, indem er sich zum Beispiel eine Zigarette auf Beinen oder Armen ausgedrückt hatte, damit er überhaupt noch etwas fühlte, wenn es auch nur der Schmerz war, wurde sie wieder daran erinnert, warum sie sich in der Klinik aufhielt.

Wurde ein Patient entlassen, gab es meistens eine kleine Party. Alkohol war streng verboten, zu viele Alkoholiker hielten sich in dem Haus auf.
Da Charlotte zum ersten Mal mit dieser Sucht in Berührung kam, spürte sie die Not der Patienten, wenn der Zeitpunkt kam, an dem sie eigentlich getrunken hätten. Unruhig liefen sie auf und ab, die Hände zitternd, manchmal auch alle Gliedmaßen.
Kam sie doch immer mehr zu der Überzeugung, dass jede Form der psychischen Erkrankung schwer auszuhalten sowie der Weg in die Normalität lang und schmerzhaft und eine unermüdliche Arbeit war.
Doch was ist schon Normalität?

Fühlte sie sich zu Beginn einer Psychose nicht normal?
Klug, schön, allwissend, Gott-gleich.
So, als hätte sie das Ei des Columbus entdeckt.

Nicht schreitend über die Erde, sondern schwebend, kaum die Erde berührend.

Es war ein herrliches Gefühl!

Sie sehnte es viele Jahre immer wieder herbei.

Sie war der Nabel der Welt, um den sich alles drehte!

Es war Größenwahn, aber das kam ihr nicht in den Sinn. In diesem Zustand spazierte sie einmal um einen kleinen See. Eine Entenmutter führte sorgsam ihre Jungen. Als sie Charlotte bemerkte, begann sie aufgeregt zu schnattern, was sicher als Warnruf für ihre Jungen galt, anders sah es Charlotte in ihrem Zustand. War sie doch der felsenfesten Überzeugung, die Entenfamilie würde sie freudig begrüßen.

Sie war voller Pläne, nichts ging schnell genug.

Ruhelosigkeit überkam sie. Alles anfangen, nichts zu Ende führen. Danach ging es abwärts, es stellte sich völlige Schlaflosigkeit ein, von Wahnvorstellungen gequält, bis hin zu Suizidgedanken.

Liebend gern ging sie mit ihrem Hund über den Friedhof, um dort die Gräber zu betrachten. War ein Verstorbener richtig alt geworden, rechnete sie sich aus, wie lange sie, bei gleichem Alter, noch zu leben hätte, und erschrak zutiefst. Die Qualen waren einfach nicht auszuhalten, ausgeschlossen, wenn es bis ans Lebensende so weitergehen sollte.

Verzweifelt wünschte sie sich wieder einmal eine schwere Erkrankung, an der sie normal sterben konnte.

Durch Umstellen der Medikamente besserte sich der Zustand langsam, aber stetig. Das hätte sie eigentlich aus Erfahrung wissen müssen, doch sie zweifelte ständig daran. War sie doch der felsenfesten Überzeugung, ständig in diesem Krankheitsbild zu verharren. Sie litt laut Ärzten an schizoaffektiven Psychosen, das heißt, sie war nicht nur schizophren, sondern sie litt auch unter Manien. Himmelhoch jauchzend, zu Tode betrübt. Das heißt, es fehlte die Ausgeglichenheit, die ruhende Mitte. Sie lernte autogenes Training, aber auch das brachte keine Besserung. Doch sie wollte alles tun, was in ihrer Macht stand, um diesen Zustand zu verbessern.

In der psychosomatischen Klinik hatte sie mit so viel Freude getöpfert, sodass sie beschloss, einen Kurs zu belegen. Zufällig traf sie eine Nachbarin aus früheren Zeiten, mit der sie ins Gespräch kam. Diese hatte sich zu einem Seidenmalkurs angemeldet. Da entschloss sich Charlotte spontan zu einer Teilnahme. Es traf sich ausgezeichnet, dass noch einige Plätze frei waren. Sie waren eine lustige Gruppe von 6 Frauen. Alle hatten viel Spaß an der Malerei, und besonders Charlotte war mit dem Ergebnis der ersten Stunden sehr zufrieden. Wollte sie doch Nägel mit Köpfen machen! So kaufte sie sich einen Rahmen, Seide und Farben. Es wurde ihr erstes großes Hobby!

Da ihr Sohn Michael bereits das Haus verlassen hatte, richtete sie sich in dem leerstehenden Zimmer not-dürftig ein. Sie malte in jeder freien Minute. Nicht zuletzt dadurch besserte sich ihr Zustand etwas. Sie übte und übte, wurde sicherer, sodass sie mit dem Er-gebnis oft zufrieden war. Das Wichtigste aber war ihre große Freude bei dieser Tätigkeit. Eines schönen Tages, an einem lauen Sommerabend, machte sie einen Spaziergang in der Südstadt. Plötzlich entdeckte sie einen kleinen Laden, in dem selbst-gefertigte Dinge verkauft wurden. Am nächsten

Tag sprach sie mit einer sehr jungen, sympathischen Frau. Ihre schönsten Seidensachen hatte sie mitgenommen. Die Geschäftsinhaberin war von den Seidenkissen, Schals, Tüchern und Karten angetan und bot an, sie für einen Aufpreis zu verkaufen. So sprang nicht nur ein kleines Taschengeld, mit dem sie ihre Malerei finanzierte, heraus, sondern sie wusste auch, wohin mit den vielen Gegenständen.

Ihr Blickwinkel begann sich zu verändern. Intensiv nahm sie Farben und Umgebung war. Als es ihr einmal sehr schlechtging, malte sich einen Sonnenauf- und einen Sonnenuntergang, legte die Bilder so hin, dass sie die Tageszeit dort ablesen konnte. Wusste sie häufig nicht, ob es Morgen oder Abend war. Oft verlor sie ihr gesamtes Zeitgefühl. Dann saß sie völlig verwirrt auf dem Fahrrad, trat heftig in die Pedale, da sie der Überzeugung war, durch schnelles Treten in eine andere Zeit zu gelangen. Sie war dann so aufgeregt, dass sich häufig eine Übelkeit einstellte. Niemandem konnte sie davon erzählen, denn wer hätte das schon verstanden?
Froh war sie, wenn sich dieser Zustand änderte.

Manchmal trank sie des Abends ein Glas Wein, um sich in eine bessere Stimmung zu versetzen. Langsam steigerte sich das, so wurde es manchmal eine ganze Flasche. Obwohl sie wusste, dass sich die Tabletten mit dem Alkohol nicht vertrugen, konnte sie nicht damit aufhören.
Es war eine neue Sucht, denn sie begann auch heimlich zu trinken. Erst als sie merkte, wie viel schlechter der nächste Tag war, drosselte Charlotte langsam wieder den Konsum. Bis sie eines schönen

Tages überhaupt keinen Alkohol mehr trank. Das hielt sie so lange durch, bis der Zustand sich besserte und sie stabiler wurde. Bis dahin war noch ein langer Weg!

Auf den Rat ihres Arztes hin stand sie des Nachts, wenn sie nicht schlief, auf, malte oder beschäftigte sich im Haushalt. Ihre Familie hatte sich mit der Zeit daran gewöhnt. Sie ließ sie einfach gewähren. Trotzdem stand sie in der Schule ihren Mann. Sie konnte mit äußerst wenig Schlaf auskommen. Dauerte dieser Zustand allerdings zu lange, wurde sie wieder krank.
Es war ein immerwährender Kreislauf!

An einem herrlichen Wintertag, mit hohem Schnee und klirrendem Frost, war sie so erschöpft, dass sie sich am liebsten in den Schnee gelegt, die Augen geschlossen hätte und eingeschlafen wäre. Hatte Charlotte doch gelesen, dass, hätte man die Kälte überwunden, ein Tod durch Erfrieren warm und sanft sei. Doch ihr Schwur, der eiserne Lebenswille sowie der Gedanke an ihre Familie hielt sie davon ab.

Wunderschön war die Sommerzeit, wenn der Fahrtwind sanft Charlottes Haut streichelte. Als Kind war sie die reinste Wasserratte. Bei jeder sich bietenden Gelegenheit vergnügte sie sich entweder im Mühlenbach oder in der Badeanstalt. Sie verließ das Wasser erst, wenn ihre Lippen blau wurden. Zu ihrem Leidwesen stand das Fach Schwimmen nicht auf ihrem Stundenplan. Den weiten Anfahrtsweg nahm sie in Kauf. Sie betrachtete die blühende Landschaft um sich herum, genoss den Gesang der Vögel, die warmen Sonnenstrahlen auf dem schon leicht gebräunten Körper. Sehnsuchtsvoll hielt sie bei geschlossenen Augen das Gesicht der Sonne entgegen, als wolle sie jeden einzelnen Strahl einfangen. Dabei kam sie oft vom Weg ab und landete im Straßengraben. In der Badeanstalt traf sie häufig auf Schulkameradinnen, da die meisten in der Stadt wohnten und somit keine andere Badegelegenheit hatten. Sie tollten im Wasser, drückten sich gegenseitig unter die Wasseroberfläche oder forderten sich zum Wettschwimmen heraus. Begann das Wasser ihre Körper zu sehr auszukühlen, spielten sie auf einem nahegelegenen Freizeitgelände Speckbrett, ein Spiel, dem Tischtennis ähnlich, nur auf einem großen Spielfeld, über ein straff gespanntes Netz. Da Charlotte im Sport sehr ehrgeizig war, gewann sie häufig. Selbst bei Regenwetter ließ sie sich nicht davon abhalten, ihre Runden zu schwimmen. Manchmal bezahlte sie dafür mit einer Sommergrippe. Eines war sicher, sie kannte keine Langeweile. Sie war ein ziemlich glückliches Kind.

Diese Lebensfreude, dieses Glücklichsein verlor sie ihr ganzes Leben nie mehr ganz, selbst während ihrer Erkrankung nicht. Es gab immer wieder zwischendurch Phasen, in denen sie von Herzen froh und dankbar war.

Weiterhin trainierte das Mädchen im Wald. In der Leichtathletik wurde sie so erfolgreich, dass sie immer zumindest eine Ehrenurkunde bekam. Einmal wurde sie sogar ausgezeichnet, weil sie von rund 800 Schülern die höchste Punktzahl erreichte. Sie freute sich darüber sehr, schämte sich aber trotzdem, als sie zum Podium kommen musste, denn im Grunde ihrer Seele war sie sehr schüchtern.

Einmal sollte sie von ihrem Vater aus bei ihr völlig fremden Menschen etwas bestellen. Während der Fahrt formulierte sie den genauen Text und lernte ihn auswendig. Trotzdem fuhr sie noch mehrere Male um den Häuserblock, bevor sie klingelte.

Nun ging sie auch in einen Sportverein, hatte also für die Schule noch weniger Zeit und Interesse. Nur in ihren Lieblingsfächern blieb sie gleichbleibend gut.

Für kurze Zeit hatten sie in Mathe sowie Englisch einen Studienreferendar, der Charlotte sehr zugetan war. Er meinte, es an ihrer Nasenspitze zu sehen, dass sie es wüsste. Daraufhin strengte sie sich wieder mehr an. Somit wurde sie auch in diesen Fächern gut. Das währte jedoch nicht lange.

Als er woanders eine feste Anstellung bekam, verfiel sie wieder in ihre Träumereien.

Sie träumte überhaupt gerne und ausgiebig.

Als sie klein war, nannte der Vater sie Träumerle. Später hieß es nur, schlaf' nicht so viel herum. So wurde ihr ganzes Naturell, was sie schon als kleines Kind hatte, später in Frage gestellt. Der Bruder Peter nannte sie nur Transuse. Diese Dinge machten sie unendlich traurig. Konnte sie doch an keinem Spiegel vorbeigehen, hineinzuschauen und zu fragen: Wer bist du?

Allen pubertierenden Jugendlichen geht das wohl ähnlich, aber bei Charlotte hielt das den größten Teil ihres Lebens an. Nach außen ließ sie es sich nicht so anmerken, aber in ihrem Inneren war sie ein ängstlicher, schüchterner Mensch. Nur wenn sie allein im Wald war, war sie ganz sie selbst.

In der Nachbarschaft lebte eine Familie mit sieben Kindern. Dorthin ging sie gern zum Spielen. Meistens waren es Ballspiele sowie Völkerball, Brenn- oder Schlagball. Sie konnte aber schlecht verlieren. Wurde sie getroffen, lief sie nach Hause mit den Worten: Zu euch komme ich nie wieder! Das hielt aber nicht lange an, hatte sie sich beruhigt, lief sie über die Felder wieder zurück und spielte weiter, so als sei nichts geschehen.

Während der Sommerzeit lief sie zu Hause meistens mit nackten Füßen herum. Waren im Herbst die Kornfelder abgeerntet, verletzten die stehengebliebenen Stoppeln die Fußsohlen, sodass die Füße sich häufig entzündeten. Aber das wurde am Abend abgewaschen und mit einer Heilcreme behandelt. Das war alles nicht so wichtig. Hatte eines der Kinder mal Ohrenschmerzen, wurde in einem kleinen Behälter Öl heiß gemacht, auf Watte geträufelt und ins Ohr getan. Allgemein hatten die Menschen nicht so viel Geld, dauernd den Arzt aufzusuchen. Die Leute waren auch nicht so empfindlich.

Charlotte hatte eine sehr zarte Gesundheit. Sie ging nicht gerade vorsichtig damit um. Lag sie doch viel im feuchten Gras oder saß auf kalten Steinen herum. Im Winter lutschten die Kinder Eiszapfen, egal ob das Wasser sauber war oder nicht. Alle Ermahnungen halfen nichts, die Kinder waren ein wenig verwildert. Sie lebten mit und in der Natur.

Ihre Stiefmutter gönnte es ihnen und ließ sie gewähren. So kamen sie alle gut miteinander aus. Nur der Bruder war und blieb schwierig. Die beiden Mädchen hatten keinerlei Aggressionen gegen die neue Mutter. Die kleinere Schwester wurde sogar tüchtig verwöhnt: Immer saß sie auf dem Schoß der Mutter, wobei

Charlotte manchmal dachte, eigentlich möchte sie auch mal gerne dort sitzen. Es war ihr aber leider nicht vergönnt.

Nur einmal in ihrer Kindheit hatte sie etwas wirklich Schreckliches getan. Sie hielten nach dem Krieg Puten, einmal sogar ein Schwein. Der Vater hackte manchmal hartgekochte Eier für die noch kleinen Küken. Einmal nahm sie ein Stück davon, worauf sie der Vater heftig schallt und auf die Finger schlug. Wutentbrannt lief sie in den Wald, wo gerade ein Küken ihren Weg kreuzte. Sie fing es ein und drehte ihm den Hals um. Anschließend fühlte sie sich so schlecht wie selten in ihrem Leben. In diesem Moment konnte sie sich überhaupt nicht mehr begreifen. Sie spürte nur unendliche Wut und Enttäuschung.
Diese Tat ließ sie ihr ganzes Leben nicht wieder los. Wie konnte sie nur einem so unschuldigen Wesen gegenüber so roh sein?

Sie wollte ihrem Vater wehtun, so wie er ihre Seele verletzt hatte.
War sie ein schlechtes Kind?
Jeder Mensch hat eine helle sowie eine dunkle Seite, das wusste sie. Aber war das auch schon bei Kindern so, oder reagierten sie einfach aus dem Gefühl heraus? Letzteres mochte zutreffen, denn eigentlich war sie sehr tierlieb.

Wieder einmal ging es Charlotte sehr schlecht. Sie war niedergedrückt, mutlos, voller Selbstzweifel und dachte nur über ihre Verfehlungen nach. Es war mittlerweile Hochsommer, so schön wie selten. Schon morgens zeigte sich der Himmel stahlblau, kein Wölkchen ließ sich am Himmel entdecken. Wie hatte es eigentlich angefangen? Da dachte sie wieder an das schreckliche Erlebnis mit ihrem kleinen Sohn.

Mit einer früheren Schulfreundin, welche sie auf Wangerooge besucht hatte, bereitete sie den Abschiedskaffee vor. Sie hatten einen wunderschönen gemeinsamen kurzen Sommerurlaub miteinander verlebt. Zu diesem Zweck stellte Magda einen Tauchsieder auf einen kleinen runden Tisch, den sie an die Wand schob. Keine der beiden Frauen achtete auf Michael, als dieser das Kabel, was unter dem Tisch hing, entdeckte, losstürzte und den Topf mit dem kochenden Wasser umriss. Das Erlebnis war so einschneidend, dass Charlotte noch viele Jahre später nicht in der Lage war, darüber zu reden, ohne in Tränen auszubrechen. Tagelang konnte sie die Augen nicht schließen, wenn sie schlafen wollte. Michaels Schreie gellten von den Wänden, trafen ihren Kopf mit ungeheurer Wucht und hallten unentwegt wider.

Verzweifelt wand sie sich in den Armen ihres Mannes. Jörg versuchte sie zu trösten, aber sie quälte sich mit Selbstvorwürfen. Sie traf die alleinige Schuld, denn sie hatte nicht genügend auf ihn geachtet. Gott sei Dank hatte er keine Verbrührungen im Gesicht. Hauptsächlich waren Brust und rechte Hand betroffen.

Nach ärztlicher Erstversorgung wurden Mutter und Kind mit einem Hubschrauber ins nahegelegene Krankenhaus geflogen. Dem Piloten gelang es trotz größter Bemühungen nicht, die Mutter von dem schreienden, sich windenden Kind abzulenken.

Drei Tage später verlor Charlotte, die wieder schwanger war, das werdende Kind. Fast gefühllos ließ sie alles über sich ergehen. Sie fühlte nur mit ihrem Sohn, weil er so klein war und so litt und sie konnte ihm nicht helfen.

Jeden Tag besuchten ihn die Eltern im Krankenhaus, spielten mit ihm und waren froh, dass er keine Schmerzen mehr hatte. Der Abschied war grausam, denn er wollte mit. Mit erhobenen Ärmchen jammerte und weinte das Kind hinter ihnen her. Im Krankenhausflur war Charlotte nicht mehr in der Lage zu laufen. Kreidebleich lehnte sie sich an die Wand, Übelkeit überkam sie. Hätte Jörg sie nicht energisch mitgezogen, wäre sie dort stehengeblieben, nur um ihrem Sohn nahe zu sein. Aber es half alles nichts, sie musste mit, denn zu der Zeit war es noch nicht üblich, dass die Mutter im Zimmer des Kindes schlafen durfte.

Diese Gedanken beschäftigten sie wieder, als Jörg sie fragte: Es ist so herrliches Wetter, wollen wir nicht angeln gehen? Sie stimmte in der Hoffnung auf etwas Zerstreuung zu.

Am Wasser war es herrlich. Ein leichter Wind streichelte sanft die Haut, und das Wasser glitzerte in der Sonne. Charlotte saß auf einem Liegestuhl, schaute in der Ferne den vorbeigleitenden Segelschiffen zu und hing ihren Gedanken nach. Ganz plötzlich überkam sie eine ungeheure Reue ob all ihrer Verfehlungen. Sie betete zu Gott, bat um Verzeihung, während ihr die Tränen über das Gesicht rannen.

Da war es, als ob in ihrem Gehirn ein Schalter umgelegt wurde, während die Sonne, welche eben hinter einer Wolke verschwunden war, mit aller Macht durch die Wolkendecke brach.

Ein Satz aus der Bibel drängte sich auf: Im Himmel freut man sich mehr über einen einzigen reuigen Sünder als über hundert Gerechte! Die Erleichterung ließen die Tränen versiegen. Sie fühlte sich für einen Moment angenommen und getröstet.

Wieder dachte sie: Du wirst es schaffen, mit dieser Krankheit ein zufriedenes Leben zu führen.

Noch vor ein paar Tagen hatte sie im Radio eine Ansprache eines Geistlichen gehört.

Unter anderem hatte er gesagt, wenn eines seiner Schäfchen müde und verzweifelt sei, solle es all seinen Mut zusammennehmen und springen, denn es würde aufgefangen.

Lange hatte sie über die Sätze nachgedacht, bis sie merkte, dass noch nicht genug Vertrauen da war. Sie konnte sich einfach nicht fallenlassen.

Sie dachte an einige Schüler während des Schwimm-unterrichts, wenn sie sich nicht trauten, sich aufs Wasser zu legen oder sich von Charlotte auf den Armen durchs Wasser gleiten zu lassen. Auch ihnen fehlte es an Vertrauen. Mussten sie sich doch ähnlich fühlen. Ohne Mut und Selbstvertrauen. Das war bei Charlotte früher anders gewesen.

Jetzt am Strand fühlte sie sich wohl. Sie genoss die frische Luft, den würzigen Geruch, der vom Meer herüberwehte, und das Kreischen der Möwen. In der Ferne schwang sich eine Lerche mit lautem Gesang zum Himmel empor. Ganz spontan entschloss sich Charlotte, ein Gedicht zu schreiben, um all diese Herrlichkeiten festzuhalten.

Endlich war ihr Geist etwas zur Ruhe gekommen.

Keine sich immer wiederholenden Gedanken, keine kreisenden Selbstvorwürfe.
War sie mal nicht mit sich selbst beschäftigt.
Es war ein befreiendes Gefühl.
Wieder war sie unendlich dankbar.

Jörg hatte ausgesprochenes Anglerglück. Einen zappelnden Fisch nach dem anderen zog er aus dem Wasser, um ihn in seinem Wassereimer zu transportieren. Die Fische taten Charlotte ein wenig leid. Sie verloren ihre wunderbare Freiheit, um in der Bratpfanne zu enden.
Bis zum Abend, es dämmerte bereits stark, blieben Jörg und Charlotte am Wasser. Bei der Heimfahrt waren beide vergnügt, was bis zum Einbruch der Nacht anhielt. Lange saßen sie beieinander, um sich über Gott und die Welt zu unterhalten. Das kam nicht mehr sehr häufig vor, da die Krankheit es nur selten zuließ. So genossen beide die unbeschwerten Stunden. Spät gingen sie zu Bett und fielen in einen langen, erholsamen Schlaf.
Am nächsten Tag nahmen sie sich vor, das öfter mal zu machen.

Im Moment war Charlotte wieder ausgeglichen und hatte ein positives Lebensgefühl. Sie genoss das Leben in vollen Zügen. Auch der Dienst machte wieder viel Spaß. Einen Wermutstropfen gab es allerdings, da sie befürchtete, dass sie wieder in einer manischen Phase war. Es ging alles wie von selbst. Jeder lobte ihr gutes Aussehen! Die Wangen waren rosig angehaucht, während die Augen klar und vor Unternehmungslust blitzten.

Wenn sie es nicht besser wüsste, würde sie glauben, sie sei gar nicht krank.

So waren selbst die positiven Lebensgefühle immer von einer gewissen Angst überschattet.

So konnte sie sich nie ganz frei und unbeschwert fühlen.

Auch lebte sie in der ständigen Befürchtung, etwas Schreckliches komme auf sie zu.

In dieser Zeit benötigte sie nur sehr wenig Schlaf. Trotzdem fühlte sie sich ausgeruht. Sehnlichst wünschte sie sich, es möge immer so bleiben. Aber das war ein Trugschluss, denn der Absturz, wie sie es nannte, folgte auf dem Fuße.

Sommer und Herbst waren ins Land gegangen. Dichte Nebel lagen über dem Land. Es wehte ein eiskalter Wind, und die ersten Nachtfröste überzogen alles mit einer weißen, glitzernden Schicht. Es deutete auf einen frühen Einbruch des Winters hin. Charlotte fröstelte! Wieder saß sie zu einer Therapiestunde bei ihrem Psychiater. Während sie erzählte, schaute er sie sorgenvoll an. Sie wusste es selber, es ging wieder los. Sie hatte sich im Auto aufgebäumt, geweint, die höhere Macht angefleht, es nicht zuzulassen, aber so einfach war das nicht. Sie war noch nicht reif genug. Sie fasste den Entschluss dagegen anzukämpfen, wenngleich es ihr nicht bewusst war, dass sie sich selbst bekämpfte, ihr Inneres, ihr Naturell.

Nun begannen sie wieder, die schlaflosen Nächte, die Grübelei, die Mühle im Kopf, welche sich ohne Unterlass drehte und drehte. Ich werde verrückt, dachte sie, dabei war ihre Realität an eine andere Stelle gerückt, ja sie war verrückt, fern der Realität.

Sie ging weiter zum Dienst, obwohl nichts mehr richtig klappte. Die Haut wurde vom wenigen Schlaf grau, die Augen klein und trübe. Unkonzentriert verrichtete sie ihr Tagwerk. Jedoch ließ sie es sich nicht nehmen, täglich zu duschen und sich frisch anzuziehen. Einerlei wie sehr sie sich auch aus dem Bett quälte, sie zwang sich einfach dazu. Lange dachte sie, fand sie zum Beispiel ein Buch, was sie nicht selber dahin gelegt hatte, es sei ein Fremder in der Wohnung gewesen. Sie fühlte sich ständig verfolgt und beobachtet. Als sie an einem Samstag mit ihrem Mann zum Markt ging, um frisches Obst und Gemüse zu kaufen, stellten sie sich an einem Stand an, wo sich bereits eine Schlange gebildet hatte. Plötzlich stecken drei Frauen die Köpfe zusammen, begannen zu tuscheln, um dann in schallendes Gelächter auszubrechen. Charlotte bezog die ganze Situation auf sich, floh gehetzt, gefolgt von ihrem erstaunten Mann, ins Auto und raste nach Hause. Es half nichts, dass Jörg versuchte die ganze Sache zu erklären. Er verstand seine Frau nicht mehr. Das alles überforderte ihn einfach!

Es war der 13. November 1987: Sie stand am Schulfenster und blickte hinaus. Ihre Rektorin trat neben sie, gemeinsam sahen sie einigen verirrten Schneeflocken zu, die langsam zur Erde tanzten. Es wird einen frühen Winter geben, sagte Charlotte. Sie wusste nicht warum, aber sie war sich ganz sicher.

Nach Schulschluss suchte sie noch ein Lebensmittelgeschäft auf, um einzukaufen. Obwohl sie vor jedem Regal verharrte, konnte sie sich nicht erinnern, was an Vorräten in Kühlschrank oder Truhe fehlte. So fuhr sie also unverrichteter Dinge heim, um ein Mittagessen für ihre Familie zu kochen. Völlig planlos begann sie etwas in Töpfe und Pfannen zu werfen. Es war, als hätte sie noch niemals in ihrem Leben gekocht. Ein gewaltiger Berg türmte sich auf. Es schien Charlotte, als sei er nicht zu überwinden. Mutlos und verzweifelt setzte sie sich auf einen Stuhl, um die Zeitung zu lesen. Aber auch das misslang, da sie sich überhaupt nicht konzentrieren konnte.

Suizidgedanken begannen sie zu quälen. Als ihr Mann nach Hause kam, äußerte sie diese Vorstellungen ihm gegenüber zum ersten Mal. Jörg erfasste die Situation sofort. Nach einem Blick in die Küche - leerer Kühlschrank, höllische Unordnung, fehlendes Mittagessen - wusste er Bescheid: Sofort bestellte er ein Taxi und nahm seine Frau an die Hand, um Dr. Heller aufzusuchen. Dort angekommen, betraten sie sogleich das Behandlungszimmer. Der Arzt sprach zuerst mit Jörg, der ihm berichtete, wie er alles zu Hause vorgefunden hatte. Bestürzt sei er über die Suizidgedanken, zumal seine Frau noch niemals solche Vorstellungen geäußert habe. Charlotte saß teilnahmslos auf ihrem Stuhl. Sie hörte kaum zu und antwortete nicht auf die Fragen ihres Arztes.

Plötzlich wusste sie, was sie tun musste, nämlich Auto fahren. Es war wie ein Zwang. An den Buchstaben auf den Nummernschildern würde sie lesen können, was zu tun war. Sie sprach das auch aus, woraufhin Jörg erschrocken reagierte. Sie verabschiedeten sich, um wieder nach Hause zurückzukehren. Dort setzte sie sich in ihre Sofaecke, um ihren Gedanken nachzu*hängen*. Es waren keine detaillierten Vorstellungen, die sie hatte, sondern diffuse Dinge gingen in ihr herum. Wieder spürte sie das Grollen in ihrem Kopf, Schmerzen in einzelnen Hirnregionen, so als sei der ganze Kopf verdreht. Ihr linkes Auge wurde wieder ganz klein, so wie immer, wenn sie auf eine Depression zusteuerte. Tagelang vorher konnte sie sich das kommende Unheil schon ansehen. Am Abend ging sie früh ins Bett, um sich wenigstens ein wenig auszuruhen, denn sie wusste, sie würde in der Nacht Auto fahren.

Ihr Arzt hatte eine Seite mit Zahlen und eine mit Buchstaben auf seinem Schreibtisch liegen. Schnell war ihr Interesse geweckt. Sie bildete wieder Worte, so wie sie es immer tat, wenn sie mit dem Auto unterwegs war und die Nummernschilder fremder Wagen studierte, wobei sie die Zahlenreihen nicht interessierte. Schlaflos lag sie da, bis sie plötzlich ein Auto auf der Straße hupen hörte. Es war, als sei das für sie bestimmt. Schnell stand sie auf, kleidete sich notdürftig an. Alles das tat sie in völliger Dunkelheit, denn durch die unzähligen schlaflosen Nächte hatte sie sich daran gewöhnt, sich auch bei Nacht zu orientieren.
Gott sei Dank hing der Autoschlüssel im Schlüssel-kasten. Hatte sie doch befürchtet, Jörg hätte ihn an sich genommen, aber er hatte ihre Ankündigung nicht ernstgenommen. Sie schloss die Haustür auf, steckte sorgfältig das Schlüsselbund in ihre Manteltasche und trat ins Freie. Erschrocken wich sie vor der eiskalten Luft, die ihr entgegenschlug, zurück. Während sie den Wagen aus der Garage fuhr, fröstelte sie, nicht nur weil dichter Nebel sie umgab, sondern im Auto war es feucht und kalt. Der Nebel legte sich auf die Windschutzscheibe und gefror. Quietschend setzten

sich die Scheibenwischer in Gang. Zuerst schlug sie den Weg in Richtung ihrer Tochter ein. Dunja übernachtete bei einem Freund ganz in der Nähe, das wusste sie.

Charlotte war davon überzeugt, eine Hexe zu sein und alle mit einem Bann belegt zu haben. Um sie zu erlösen, musste sie dreimal den Häuserblock umrunden.
Weiter nahm sie an, schon einmal im Mittelalter gelebt, um dann als Hexe verbrannt worden zu sein.
Jetzt war sie also wiedergeboren, um bestimmte Aufgaben zu erfüllen.
Nachdem sie den Bann von ihrer Tochter genommen hatte, fuhr sie in Richtung ihres Sohnes. An den entgegenkommenden Autos versuchte sie abzulesen, was weiter zu tun war. Die Sicht war jedoch so schlecht, dass nichts zu erkennen war. Für ihren schlechten Zustand fuhr sie viel zu schnell, das wusste sie, aber es war ihr egal. In einer scharfen Kurve kam sie ins Schleudern, konnte aber durch beherztes Gegenlenken den Wagen wieder in die richtige Spur bringen.
Obwohl es noch nicht einmal Mitte November war, fror es bereits heftig. Sie hatte recht gehabt: Es gab einen frühen, eiskalten Winter. Sie fuhr weiter nach außerhalb zu einem See, in dem kurz vorher ein kleiner Junge beim Spielen im Wasser ertrunken war. Vor einiger Zeit hatte sie es in der Zeitung gelesen, was sie sehr beschäftigt und mitgenommen hatte.

Charlotte verließ das Auto, um den See dreimal zu umrunden, zu Fuß, da er von dichtem Strauchwerk umgeben war. Ein Raunen und Wispern schlug ihr entgegen. Es war so furchteinflößend, dass sie panikartig diesen unheimlichen Ort verließ. Das Herz begann wie wild zu schlagen und beruhigte sich erst wieder, nachdem sie im Auto saß. Fluchtartig verließ sie diese unheimliche Stätte. Fast blind setzte sie ihre Fahrt fort, um sich schließlich völlig zu verfahren. Nichts aus der Umgebung schien sie zu kennen.

Angst überfiel sie!

Schließlich, nach langer Irrfahrt, kam sie an ein Gehöft. Alles war ruhig und stockduster. Da sie keine Klingel finden konnte, begann sie zu klopfen. In der Ferne begann ein Hund zu bellen, doch sonst blieb alles still. Schließlich wurde aus dem Klopfen ein Hämmern und Rufen, aber als auch das ungehört blieb, gab sie schließlich auf. Zurück im Auto überlegte sie, was tun. Entschlossen setzte sie die Fahrt fort, bis sie endlich in eine bekannte Umgebung kam. So fuhr sie erst einmal nach Hause, um sich wieder zu Bett zu legen. Jörg schlief tief und fest. Er hatte von all dem nichts mitbekommen.

An Schlaf war nicht zu denken. So stand sie also nach einiger Zeit wieder auf und setzte die ruhelose Fahrt fort. Nun achtete sie genauer darauf, wohin sie fuhr, aber der Gedanke, als Hexe verbrennen zu müssen, trat nun ganz massiv auf. So begann sie bei Rot über die Ampeln zu fahren. Der Gedanke, dass dabei ein anderer zu Schaden kommen könnte, kam nicht auf. Auch was sie damit ihrer Familie antun würde, fiel Charlotte nicht ein. Sie achtete nicht mehr auf die Zeichnungen auf der Straße, somit ordnete sie sich ständig falsch ein. Je unrealistischer sie wurde, umso schlimmer fühlte es sich in ihrem Gehirn an. Es war wie verdreht – sie war wie verdreht. Es grollte und rumorte.

Außerdem klingelte es ständig in den Ohren.

Es war zum Verrückt-Werden.

Als sie ihren Blick zum Himmel hob, sah sie riesige Felsbrocken, welche in die Luft geschleudert wurden. Sie dachte an ein Erdbeben, an die vielen Menschen und Tiere, die dort umkamen. Von Grauen geschüttelt, fuhr sie weiter.

Da war sie wieder, die gläserne Wand, welche sie von allen anderen Lebewesen trennte.

Isoliert und einsam!

So fuhr sie durch die Nacht. Es war kaum noch ein weiteres Auto unterwegs. So glaubte sie auch an ein Hirngespinst, als sie einige Reflektoren, wie sie an Fahrradspeichen angebracht sind, die Fahrbahn kreuzen sah. Sie schloss die Augen, gab Gas, der Spuk war vorbei.

Es war nichts passiert.

Da, was war das? Ein riesiger Pilz stand am Himmel. Hat sie eine Atomexplosion ausgelöst? Sie ist sich sicher, zugleich weiß sie, dass sie sich dadurch völlig isoliert. Ich werde sterben müssen, denn in der Zukunft werden mir alle Türen verschlossen bleiben, sagte dachte sie. Sie werden dich aus ihrem Leben verbannen. Niemand dir öffnen.

Die Angst wurde übermächtig. Völlig verkrampft saß sie hinter dem Lenkrad und fuhr immer weiter. Dann fasste sie den Entschluss, am Tag ihren Arzt aufzusuchen, denn wenn einer helfen konnte, dann war es, Dr. Heller.

So fuhr sie also einsam durch die Nacht, und erst, als der Morgen graute, beruhigte sie sich etwas. Alles sah viel harmloser aus als während der Dunkelheit. Mit zitternden Knien fuhr sie Richtung Heimat.

Nachdem sie das Auto in der Garage geparkt hatte, stieg sie aus und betrat den Wohnweg. Durch das Fenster sah sie ihre Nachbarin in der Küche das Frühstück bereiten. Gott sei Dank, sie leben alle noch, dachte sie. Vielleicht hast du dich geirrt und kein Atompilz stand am Himmel, sondern es war nur ein Fantasie-Gebilde. Vorsichtig steckte sie den Schlüssel ins Schloss, immer in der Furcht, Jörg hätte sie ausgeschlossen. Welch' ein Glück, die Tür sprang auf, erleichtert trat sie in den Hausflur.

Während sie wie immer das Frühstück bereitete, hätte sie vor Erleichterung gerne geweint, aber die Tränen waren festgefroren. Als Jörg nach unten kam, wollte sie ihm gern von der schrecklichen Nacht erzählen, doch ihr Mund blieb verschlossen. Stattdessen schlotterte sie am ganzen Leib vor Kälte und Übernächtigung. Ihr Kopf fühlte sich mal wieder völlig verdreht an. So kam sie zu dem Entschluss, verschiedene Wege zu gehen, das Hirn zu entwirren. Auf ihre Bitte hin ging Jörg mit. Er stellte keine Fragen, folgte Charlotte, wohin immer sie ging. Aber auch das brachte keine Erleichterung. Es war sicher, noch so eine Nacht würde sie nicht aushalten, zu gewaltig war das Grauen.

Sie musste ihren Psychiater aufsuchen. Der Arzt sah sie nur fragend an. Er schien Bescheid zu wissen! Auf seine Frage hin, ob sie in eine Klinik möchte, konnte sie nur stumm mit dem Kopf nicken.

Jörg packte eine Tasche, während Charlotte nur dastand und unbeteiligt zuschaute. Ein Taxi brachte sie in eine entfernte Psychiatrie. Dort leistete sie eine Unterschrift, wobei alle Buchstaben völlig unkontrolliert durcheinanderfielen.

Sie kam auf eine offene Station. Verwunderlich war nur, dass es dort weder Ärzte noch Pfleger gab. Viel später erkannte sie, dass niemand einen weißen Kittel trug. Alle in Privatkleidung. Steriles Zimmer mit einer älteren Dame, die kaum sprach.

Dr. Heller hatte Charlotte noch eine Beruhigungsspritze gegeben; nach den langen Wochen fast ohne Schlaf überkam sie eine unendliche Müdigkeit. Gleich ins Bett. Doch an Ausruhen war nicht zu denken, denn eine noch jüngere Frau kam und versuchte sie aus dem Bett zu zerren, während sie unentwegt rief: Aufstehen, hier wird nicht geschlafen! Es blieb beim Versuch. Irgendwann gab sie auf, sie verließ den Raum.

Ihr Gewissen meldete sich. Trotz völliger Erschöpfung stand sie auf, sich unter die anderen zu mischen. Angewurzelt.

Zwei junge Männer sahen sich eine Zeitschrift an, während sie sich über einige nur wenig bekleidete Frauen belustigten. In Charlottes Ohren klang das alles wie Hohn. Sie fühlte sich angesprochen und verspottet. Gerne wäre sie fortgegangen, aber es war, als könne sie sich nicht rühren.

War es nicht die Strafe für das sündige Leben, das sie geführt hatte? Wie oft hatte sie Jörg betrogen? War es dreimal oder gar fünfmal? Gerne hatte sie ihren schönen schlanken Körper gezeigt und die Lust der

Hingabe genossen. Die Leidenschaft, die alles ein-schloss und sie jedes Gefühl für Ehrlichkeit und Treue vergessen ließ. So stand sie, Hohn und Spott, für sie bestimmt, über sich ergehen lassend. Plötzlich, so wie sie gekommen war, löste sich die Erstarrung und sie trat zum Fenster. Schnell stellte sie fest, dass es sich trotz äußerster Kraftanstrengung nicht öffnen ließ, als sie hinter sich eine Männerstimme fragen hörte, ob sie schon mal einen Selbstmordversuch unternommen habe? Charlotte verneinte, um nach einer kurzen Zeit des Schweigens zu erklären: Wenn sich mein Zustand nicht bessert, werde ich mich aus dem Fenster stürzen! Wie erwachend, blickte sie sich um. Die Bilder an den Wänden: Teufelsfratzen, abstürzende Flugobjekte, Tiere ohne Extremitäten. Entsetzt wich sie vor diesen Grausamkeiten zurück.

Sie fasste den Entschluss, alles zu tun, um recht schnell wieder nach Hause zu kommen. Die Tage waren lang und quälend. Das Gebäude nur schlecht beheizt. Der frühe Winter, dabei war nach dem Kalender noch Herbst, machte alles noch schlimmer. Sie fror entsetzlich. Eine ungeheure Unruhe hatte sie ergriffen. Nicht einmal während der Mahlzeiten konnte sie längere Zeit auf ihrem Platz verbleiben. Unentwegt musste sie sich beschäftigen. Sie räumte herum, deckte den Tisch ab, bediente ihre Leidens-genossen.
Bei der allgemeinen Gruppensitzung fielen ihr in den ersten Tagen immer die Augen zu. Mit der Konzen-tration war es nicht weit her. Während der Eingewöh-nungszeit wurde sie zum Chefarzt bestellt. Als Leiter der Klinik machte er sich mit allen Patienten bekannt.

Im Raum saßen eine blond- sowie eine schwarzhaarige Frau. Der Arzt in der Mitte forderte sie zum Sitzen auf. Plötzlich stellte sich Panik ein. Nur ein Gedanke beherrschte sie:
Du bist tot, das ist das Jüngste Gericht!

Sie versuchte auf die Fragen des Arztes zu antworten, aber nur gurgelnde Laute entrannen ihrer Kehle. Die Zunge eingerollt, stürzte sie voller Entsetzen aus dem Raum, erreichte das Zimmer, in dem sie untergebracht war, und warf sich aufs Bett. Ein junger Arzt trat herzu, redete auf sie ein, aber sie verstand kein Wort. Mal wieder war sie in ihrer eigenen Welt!
Mal wieder ohne Grund!
Nach der Spritze löste sich der Zungenkrampf. Ein ungeheurer Lachkrampf schüttelte sie, während sich ein nicht enden wollender Redeschwall über ihre Lippen ergoss. Wie sehr sie auch grübelte, es fiel ihr später nicht wieder ein, worüber sie mit dem Arzt gesprochen hatte. Alles war ausgelöscht, für immer in ihrem Herzen eingeschlossen, glaubte sie, hoffte sie, erbat sie. Erschöpft blieb sie auf dem Bett liegen, um in Ruhe über das Vorgefallene nachzudenken.

Dachte sie.

Einer plötzlichen Unruhe folgend, sprang sie auf, sich unter die Mitbewohner zu mischen. Nachdem sie auf einem Stuhl Platz genommen hatte, begann sie, wie in der letzten Zeit immer, zu stricken. Entweder lief sie ruhelos die Flure auf und ab und auf und ab, oder sie lauschte dem klappernden Geräusch der Stricknadeln, denn nur so konnte sie ihrer entsetzlichen Unruhe Herr werden. Die Stuhlkreise. Wie im Kindergarten!

Es war, als liefe sie vor ihren Gedanken, Gefühlen und Unzulänglichkeiten davon. Erst wenn man ganz in der Tiefe angekommen ist, findet man verschlossene Dinge in sich, von denen man vorher nicht die geringste Ahnung hatte.

Ein ständiges Ziehen und Kribbeln in den Beinen machte sie nervös, ungehalten. Am liebsten hätte sie sich die Haare einzeln aus dem Kopf gerissen. Kostete es sie ungeheure Kraft, nicht durchzudrehen.
Morgens stand sie als Erste auf. Von zu Hause aus war sie es gewohnt, um halb sechs das Bett zu verlassen. Auch wenn dieses Aufstehen ein ewiger Kampf war, auch wenn sie erst ihren Beinen den energischen Befehl zum Bewegen geben musste.

Am Anfang ihrer Depressionen war es sogar einmal vorgekommen, dass sie gar nicht aufstehen konnte, so sehr sie sich auch mühte. Sie hatte zwei Tage im Bett verbracht. Später konnte sie auch das Haus nicht verlassen, denn es war, als ob sie gegen einen starken Widerstand ankämpfen müsse. Charlotte duschte jeden Morgen, so wie sie es gewohnt war. Sie zog sich sauber und korrekt an. Nach außen hin schien also alles in Ordnung.
Im Inneren brodelte es jedoch unaufhörlich.

Der Winter brach mit Macht herein, es schneite unentwegt. Sturm tobte um das Haus und ließ sie noch mehr frieren. Sie riss sich Tag für Tag zusammen, sie wollte so schnell wie möglich nach Hause. Stabil wirken, sonst keine Entlassung!
Es gab in der Klinik eine Patientin, die ausnahmslos im Bett lag. Man brachte das Essen aufs Zimmer, die

Ärzte gaben sich die Klinke in die Hand. Eines schönen Tages erschien sie am Frühstückstisch. Sie saß neben Charlotte, ein bisschen verwildert, aber nett. Jedoch sprach sie kein Wort und würgte mühselig etwas Brot herunter.

Es gab auch kaum Therapien. Morgens kam der Stationsarzt, alle Anwesenden bildeten einen Kreis, um dann über ihren momentanen Zustand zu berichten. Die meisten Patienten hatten nicht viel zu sagen. Auch Charlotte beteiligte sich selten an den Gesprächen, sondern saß nur da und starrte vor sich hin. Sie wollte ja schnell fort, also mussten ihre Gedanken und Gefühle verschlossen bleiben.
Eigenartigerweise kam ihre Tischnachbarin häufig, stellte sich mit geöffneten Händen vor sie, stumm ihre Handflächen zeigend. Charlotte strich sanft über sie mit den Worten, dass alles in Ordnung sei. Sie seien weich und heil. Sie meinte wohl, dass sie die Wundmale Christi in Händen trage. Als sie zum ersten Mal mit nach draußen durfte, schaute sie sich ängstlich und erstaunt um, wieder war es Charlotte, als könne sie die Gedanke der Mitpatienten lesen. Es ist alles in Ordnung, sagte sie, die Bäume sind kahl, weil es Winter ist. Sieh nur, die Vögel sind auf der Futtersuche, alle leben noch, du hast keinen Atomkrieg ausgelöst. Da huschte über das Gesicht der Kranken die Spur eines Lächelns. In die trüben, stumpfen Augen kam so etwas wie Leben und Glanz.
Während des folgenden Spaziergangs gesellte sich ein junger Mann zu ihnen. Er erzählte, dass ihm in der Nacht der Teufel erschienen sei, weil er einen Menschen erschlagen wollte. Plötzlich, ohne Vorwarnung, begann Charlotte zu hinken; sie glaubte dem

Leibhaftigen persönlich begegnet zu sein. Erst nach Tagen löste sich die Verkrampfung wieder.

Merkwürdig war nur, dass sie während späterer Depressionen immer wieder anfing, das Bein ein wenig hinter sich herzuziehen.

Dann kam das Wochenende, an dem sie allein mit dem Zug nach Hause fahren durfte. Sie war total aufgeregt, als sie im Zug saß. Unentwegt schaute sie aus dem Fenster, wo es außer Schneemassen, kahlen Bäumen und Sträuchern hin und wieder und ein paar Häusern nichts zu sehen gab. Es ging alles besser, als sie angenommen hatte, aber auch nur so lange, bis der Zug das erste Mal hielt. Eine schreckliche Unruhe übermannte sie. Am liebsten wäre sie aus dem Zug gestiegen, hätte sich auf den Bahnhof gestellt, um aus Leibeskräften zu schreien. Wusste sie aber, dass das einen langen Klinikaufenthalt nach sich gezogen hätte. Die Anspannung überstieg bald ihre Kräfte. Es wurde erst besser, als sich der Zug langsam wieder in Bewegung setzte. Dieses Spiel wiederholte sich bei jeder Haltestation. Es war die schrecklichste Fahrt ihres Lebens, vielleicht kaum vorstellbar für einen gesunden Menschen. Was aber heißt gesund?

Jörg holte sie vom Bahnhof ab. Erleichtert fiel sie ihm in die Arme. Zu Hause angekommen, kuschelte sie sich in die Sofaecke. Wie schön es doch zu Hause war! Wenn sie doch nur dort bleiben könnte! Es stellte sich so etwas wie Erleichterung ein. Doch sie wusste um ihr Gastspiel. Am Sonntag musste sie zurück.

Aus Angst vor der Rückfahrt konnte sie des Nachts nicht schlafen. Jörg hielt sie im Arm und versuchte ihr Ruhe zu vermitteln. Sie spürte seine Wärme, und seit langem wusste sie zum ersten Mal wieder, wie sehr sie ihm fehlte. Etwas wie Dankbarkeit machte sich bemerkbar, breitete sich aus und nahm mit einem wohligen Gefühl von ihr Besitz. Wieder fasste sie Mut, mit dieser schweren Krankheit zurechtzukommen. Zwiesprache haltend mit der höheren Macht, verbrachte sie die restlichen Stunden der Nacht.

Die Rückfahrt verlief ähnlich, sodass sie am Bahnhof angekommen, nur noch die Energie besaß, ein Taxi zu ordern, um auf dem schnellsten Weg in die Klinik zurückzukehren.

Am Montag wurden alle Kranken, die einen kurzen Heimaturlaub verbracht hatten, befragt, wie es zu Hause gewesen sei. Charlotte tat, als ob sie alles gut gemeistert hätte. Die Ärzte schienen zufrieden und meinten, dass sie bald nach Hause könne. Mehr wollte Charlotte nicht hören, denn schlechter als im Moment konnte es ihr nicht gehen. Tapfer behielt sie alle schrecklichen Gedanken für sich.

An einem der darauffolgenden Sonntage kam eine Kollegin sie besuchen, um sich nach ihrem Befinden zu erkundigen. Da die Patienten einen begleiteten Spaziergang planten, entschloss sie sich mitzugehen. Sie ließ ihren Besuch einfach sitzen, nicht bedenkend, welch weiten Weg er ihretwegen auf sich genommen hatte.

Viel später, als sie darüber nachdachte, bedauerte sie ihr Verhalten sehr. Doch damals konnte sie sich nicht anders entscheiden. Sie war einfach nach dem Gefühl gegangen und das ließ keine andere Entscheidung zu. Später schämte sie sich deswegen sehr.

Der Tag der Entlassung nahte.

Ein Arzt gab ihr am Tag vorher noch eine Spritze in der Hoffnung, das richtige Medikament für sie gefunden zu haben. Es war kurz vor Weihnachten, sie war also knapp 6 Wochen fort gewesen, dabei war es Charlotte wie eine Ewigkeit vorgekommen. Endlos hatten sich die Tage hingezogen. Es gab kaum eine Abwechslung. Später, viel später erkannte sie, dass es an ihrer Person gelegen hatte, denn sie war zu nichts anderem als dem, was sie gerade tat, in der Lage gewesen. Da wurde ihr zum ersten Mal bewusst, welch' endlos langen Weg sie noch vor sich hatte. Aber sie würde es schaffen, schließlich hatte sie es Gott geschworen!

Michael der schon vor längerer Zeit seinen Führerschein bestanden hatte, sollte sie abholen. Charlotte brach in Tränen aus, als sie ihn sah. Während der ganzen Fahrt konnte sie mit dem Weinen nicht aufhören. Ströme von Tränen rannen über ihr Gesicht, obwohl ihr Sohn ständig bemüht war, sie abzulenken. Die Fahrt verlief reibungslos.

Jörg war sichtbar erleichtert, als sie wohlbehalten zu Hause eintrafen. Er schloss beide glücklich in die Arme. Auch er meinte, seine Frau, die sich noch immer nicht beruhigt hatte, vergieße Freudentränen. Sie selber kannte den Grund am wenigsten.

Am nächsten Tag suchte sie Dr. Heller auf. Sie berichtete von ihrem schlechten Zustand und begann wieder mit dem Weinen. Worauf er sie fragte, ob sie wieder in die Klinik möchte. Was sie aber vehement verneinte, woraufhin er Charlotte wieder ihr altes Medikament verschrieb.

Weihnachten 1987!

Jörg stand in der Küche, eine Ente anzubraten. Sie war sorgfältig mit Äpfeln, Rosinen und Pflaumen gefüllt. Er hatte seiner Frau die Arbeit einfach aus der Hand genommen, da er merkte, wie schlecht es ihr ging. Ganz plötzlich, als sie sich umsah und Jörg mit warmer Stimme reden hörte, war es, als ob etwas, was sie fest umklammert hielt, sich löste und einem positiven Gefühl Platz machte. Endlich breitete sich Wärme auch in ihrem Inneren aus. Spontan hörte sie zu frieren auf.

Eine gute Phase stellte sich ein.

Sie war momentan über den Berg.

Voller Dankbarkeit schaute sie zum Himmel und sprach ein Gebet.

Als sie ein paar Tage später ihrem Arzt von dem Ereignis berichtete, fragte er nach der Ursache ihres plötzlichen Wohlbefindens. Darauf gab es keine eindeutige Erklärung. Wusste sie es doch selber nicht. War es ihr Wohlgefühl, wieder zu Hause zu sein, oder wirkten sich die Medikamente günstig aus? Wahrscheinlich lag die Wahrheit wie immer in der Mitte.

Nach den Weihnachtsferien wurde sie Gott sei Dank nicht mehr krankgeschrieben. Sie ging wieder zur Schule und bemühte sich sehr, einen guten Unterricht zu machen. Die meisten Schüler waren froh, dass sie wieder da war. Es schien, als hätten viele sie ins Herz geschlossen. Charlotte ging es ebenso! Es folgte eine längere, glückliche Phase.

Sie waren vor einigen Jahren umgezogen, näher zur Stadt hin, jedoch auch mit viel Grün vor der Tür. Der Garten war viel kleiner und nicht mehr so arbeitsintensiv. Das Haus, an dem ihr ganzes Herz hing, war hell und freundlich, besonders durch die großen Fensterscheiben. Das alte Haus, das Charlotte im Laufe der Zeit immer mehr verleidet wurde - wegen der vielen schrecklichen Ereignisse sowie einer zänkischen Nachbarin -, hatte ihnen eine stattliche Summe eingebracht, sodass sie sich ein eben erbautes Haus kaufen konnten.

In der alten Nachbarschaft hatten sie sich mit einem Ehepaar ein wenig angefreundet. Sie luden sich gegenseitig zu Festlichkeiten ein oder saßen zusammen im Garten und tranken Tee. Die jüngste Tochter spielte gern mit Dunja. Sie war schon fast wie das dritte Kind im Hause.

Eines schönen Tages, während Charlotte gerade das Badezimmerfenster reinigte, sah sie Rauch aus dem Dachfirst des Nachbarhauses aufsteigen; ehe sie reagieren konnte, barst mit lautem Knall ein Fenster, aus dem sogleich ein riesiger Feuerball schlug.

Schnell rief sie die Feuerwehr und benachrichtigte alle Nachbarn. Entsetzt und machtlos mussten die Umstehenden mit ansehen, wie das Haus fast bis auf die Grundmauern niederbrannte. Es wurde zwar wiederaufgebaut, aber die engsten Nachbarn zogen fort.

Später nahm sich ihr ehemaliger Nachbar das Leben. Keiner wusste warum, als er erschossen, nach tagelangem Suchen, in einem unwegsamen Gelände aufgefunden wurde.

Auch der Selbstmordversuch ihres Sohnes fand zu der Zeit statt, als sie noch in dem ersten Haus wohnte. Dabei hatten sie das Gebäude hinter dem Deich, mit dem riesigen Garten, einmal so sehr geliebt. Doch jetzt war es Charlotte verleidet, zumal auch ihr Mann dort erkrankte. Es stellte sich ein Rückenleiden ein, sodass er den Garten nicht mehr bearbeiten konnte. Manchmal war es so schlimm, dass er das Bett aus eigener Kraft nicht verlassen konnte. Oder er stand angelehnt an der Wand, unfähig einen Schritt zu machen, sodass er dann mit einer Trage ins Krankenhaus gebracht werden musste. Zu dieser Zeit wurde ihre Ehe immer schlechter, sodass sie ernsthaft über Trennung nachdachten. Sie schliefen kaum noch miteinander, was sowieso höchst selten vorkam. Doch sie wusste, dass sie bei einer Scheidung ihre Tochter verlieren würde, was sie mit Sicherheit nicht verkraftet hätte. Dunja hing sehr an ihrem Vater. Aus Verzweiflung weinte Charlotte sich bald die Augen aus. Doch ihr eigentlich immer positives Naturell gewann schnell wieder Oberhand. Sie machte weiter wie bisher, kam wegen der vielen Arbeit jedoch kaum zum Nachdenken.

Um einmal etwas Abwechslung in den tristen Alltag zu bringen, beschlossen Jörg und Charlotte mit den Kindern gemeinsam nach Spanien zu reisen.
Schwager und Schwägerin verlebten dort einen längeren Urlaub und hatten alle eingeladen. Da sie dort ein Haus bewohnten, war genügend Platz für alle da. Eine ungeheure Vorfreude hatte sie ergriffen, und die Gespräche drehten sich nur noch um den Urlaub.

Charlottes Geburtstag stand bevor. Freunde und Nachbarn sollten eingeladen werden. Dazu wurde ein großes Zelt aufgebaut. Jörg war damit beschäftigt, die Plane über das Gestänge zu ziehen. Plötzlich sah

Charlotte, wie er sich einmal um die eigene Achse drehte, wie Halt suchend in die Luft griff, um lautlos zusammen zu sinken. Voller Entsetzen stürzte sie aus dem Haus, wusste sie im ersten Moment doch nicht, was geschehen war. Da lag Jörg mit zitternden Gliedmaßen, Schaum vor dem Mund, während sich ein dumpfes Stöhnen aus seiner Kehle rang.

Voller Entsetzen begann Charlotte zu schreien, sodass die ganze Nachbarschaft zusammenlief. Irgendjemand rief einen Krankenwagen. Sie wurde gefragt, was sich zugetragen hatte, konnte aber nicht viel sagen, weil sie überhaupt nicht wusste, was los war. Ihr Mann wurde nach Koblenz gebracht, zur genauen Untersuchung.

Der Flug nach Spanien musste storniert, die Kinder bei Freunden untergebracht, der kleine Hund, den sie sich in der Zwischenzeit angeschafft hatten, schweren Herzen in einer Hundepension einquartiert werden. Alles ging Hals über Kopf, da Charlotte unbedingt zu ihrem kranken Mann reisen wollte. Sie kam bei ihren Verwandten unter, die mittlerweile aus Spanien zurückgekehrt waren.

Jeden Tag besuchte sie ihren Mann im Krankenhaus, doch wenn sich ihre Blicke begegneten, blieben seine Augen kalt. Sie fror, obwohl die Luft heiß und stickig war. War sie nicht selber schuld an diesem Zustand? Sie musste ihm unendlich wehgetan haben, da sie ihn mit seinem besten Freund betrogen hatte. Wie konnte sie nur? Was war in sie gefahren? War sie wirklich so verdorben? Ja, sie hatte sich in ihn verliebt und er sich in sie! Zuerst war es ganz harmlos. Sie trafen sich immer nur zusammen mit anderen Freunden, wobei jedoch allen auffiel, wie lange ihre Augen ineinander ruhten. Auch Jörg sah es, aber er schwieg - wie immer.

Klaus war weder schön noch Charlottes Typ, aber er hatte das gewisse Etwas, es knisterte zwischen ihnen, merklich für alle.

Eines schönen Tages, Jörg hielt sich einmal mehr wieder wegen seines Rückenleidens im Krankenhaus auf, klingelte es an der Tür. Damit du ein bisschen Abwechslung hast, möchte ich dich zum Essen einladen, sagte Klaus. Charlotte kleidete sich hübsch an und machte sich sorgfältig fertig. Ihre Augen strahlten, eine stille Sehnsucht lag in ihnen. Sie freute sich auf den Abend, verabschiedete sich von den Kindern und fuhr mit ihm davon. Während des Essens unterhielten sie sich angeregt, ihre Hände berührten sich wie zufällig - und ihre Augen versanken ineinander. Es war wie eine Selbstverständlichkeit, dass sie nach der Mahlzeit zu ihm nach Hause fuhren. Es bedurfte keiner gegenseitigen Erklärung, denn als sie sich im Arm lagen, waren nur noch Verlangen, Leidenschaft, Lust. Wie willenlos gab sie sich ihm hin, als sei es die größte Selbstverständlichkeit von der Welt. Ihr gegenseitiger Hunger war unbeschreiblich. Sie konnten nicht genug voneinander bekommen.

Als der Morgen graute, ließen sie voneinander, Klaus brachte sie nach Hause. Charlotte war weder müde noch erschöpft, nur glücklich. Fortan trafen sie sich, wann immer sich die Gelegenheit bot. Sie liebten sich im Auto an einsamen Stellen in der Natur. Sie fanden immer eine Gelegenheit. Manchmal meldete sich das schlechte Gewissen Jörg gegenüber, aber sie kämpfte es nieder.

Eines Tages machte Klaus den Vorschlag wegzulaufen. Da war es, als ob sie aus einem schönen Traum erwache. Auf ihre Kinder hätte sie nie verzichtet, das wusste sie genau. Sie begann nachzudenken: über Jörg, ihre Ehe und alles, was damit zusammenhing. So geriet sie in einen tiefen Zwiespalt, aber trennen von Klaus, nein, trennen, konnte sie sich nicht!
Das Verhältnis bestand fort, obwohl nicht mehr so unbeschwert.

Jörgs Rückkehr aus dem Krankenhaus sollte, nachdem er wieder Fuß gefasst hatte, gebührend gefeiert werden. Alle Freunde wurden wie immer eingeladen. Es war ein fröhliches Völkchen, zumal dem Alkohol tüchtig zugesprochen wurde. Da die meisten mit dem Auto angereist waren und nicht mehr fahren durften, wurden wie immer in so einem Fall Luftmatratzen zum Schlafen ausgegeben. Als Charlotte am Morgen aufwachte, waren alle schon fort, glaubte sie. Da sie später Schule hatte, hatte Jörg die Kinder fertiggemacht und zum Unterricht geschickt. Doch dann spürte sie hinter sich einen Luftzug. Spontan drehte sie sich um und sah Klaus vor sich. Wie selbstverständlich gingen sie die Treppe hinauf, ins Zimmer des Sohnes, und fielen übereinander her. Wie immer konnten sie nicht genug kriegen. Doch plötzlich stand Michael im Zimmer mit der Frage auf den Lippen: Was macht ihr denn da?

Erschrocken stoben sie auseinander.
Ohne Umschweife verließ Klaus das Haus. Charlotte fühlte sich erbärmlich, einer Ohnmacht nahe. Ihre Knie schlotterten, ein Gefühl der Schwäche stellte sich ein. Sie versuchte ihrem Sohn zu erklären, aber

was konnte man einem achtjährigen Kind zu dieser Situation schon sagen? Sie schwor bei Gott, so etwas nie wieder zu tun, ansonsten solle er sie strafen, sie vernichten.

Es war, als sei sie endlich aufgewacht. Lange fühlte sie sich miserabel, auch die Beziehung zu Klaus war beendet. Der Schmerz hingegen blieb, wenn sie ihn auf gemeinsamen Feiern mit anderen Frauen flirten sah. Aber sie hielt sich an das Versprechen, was sie Gott gegeben hatte. Die Beziehung war zwar zu Ende, die Sehnsucht nicht!

Sie arbeitete noch mehr, um sich abzulenken und ihren ruhelosen Körper zu ermüden. Sie nahm ab, wurde blass, ihre Augen büßten den strahlenden Glanz, der ihr Gesicht ausmachte, zunehmend ein. Doch im Laufe der Zeit verlief alles wie gewohnt. Sie konnte wieder leben und gewann ihre alte Frische zurück. Es folgten ein paar ruhige Jahre, die Kinder entwickelten sich gut und wuchsen heran. Doch die Ruhe war trügerisch, denn nach dem relativ frühen Tod des Vaters, der Charlotte wieder in einen tiefen Zwiespalt stürzte, versuchte die Stiefmutter sich das Leben zu nehmen. Jetzt begann wieder eine unruhige Zeit, denn sie hatte ihre Stiefmutter, die von allen aber Mutter genannt wurde, zu sich nach Hause geholt. Doch alle Versuche, sie zu umsorgen, schlugen fehl. Nach ein paar Wochen größter Anstrengung musste sie in einer weit entfernten Klinik untergebracht werden. Dort blieb sie so lange, bis sie wieder stabil war und in einer betreuten Einrichtung untergebracht werden konnte.

In demselben Ort wohnte auch ihre engste Freundin. Somit schien alles in bester Ordnung.

Charlotte besuchte sie regelmäßig, bekam aber statt Dank nur Vorwürfe. Was hätte sie denn anderes tun können? Ihre Mutter wollte zu keinem der Kinder ziehen, allein leben hätte sie aber einfach nicht mehr geschafft. Erst nachdem sie sich richtig eingelebt hatte und Jahre vergangen waren, behauptete sie, dass der Aufenthalt in Münster zu den schönsten Jahren ihres Lebens gehörten. Das versöhnte Charlotte wieder, es machte sie unendlich glücklich.

Nun waren Jörg und sie also in das neue Haus gezogen in der Hoffnung, dass alles besser würde. Freunde und Kollegen hatten beim Umzug geholfen. Es ging alles reibungslos vonstatten. Die Möbel wurden aufgebaut, nur das Schlafzimmer fehlte noch. So schliefen sie also zwischenzeitlich auf Matratzen, die an den Schlafzimmerwänden lagen, weit voneinander entfernt. Eine große Einsamkeit überkam Charlotte. Gerne hätte sie sich in Jörgs Arme gelegt, um sich nicht so allein zu fühlen, jedoch wagte sie es nicht aus Angst, dass er sie fortschieben würde, wie er es in der letzten Zeit sehr häufig tat. Er hatte es eigentlich immer getan, wenn ihn ihre Anschmieg-samkeit störte.

Hatte sie doch als junge Frau ihre Nächte weinend im Badezimmer verbracht, wenn Jörg sie nach langer Seefahrt wegschob, weil er müde von der Fahrt war und erst einmal ausschlafen wollte. Ihre Sehnsucht nach Zärtlichkeit und Nähe war unendlich groß gewe-sen. In ihrer Fantasie hatte sie es sich alles so schön ausgemalt. Wieder wie damals.

So lag sie da, ihren Gefühlen nachgebend, was sich in einem nicht enden wollenden Tränenstrom äußerte. Hemmungslos weinte sie, bis sie irgendwann tränennass und erschöpft einschlief. Eines wusste sie sicher, man lief vor seinem Schicksal nicht davon. Ein anderes Haus änderte nichts an der derzeitigen Situation.

Doch es sollte anders kommen!

In dem ganzen Neubauviertel wohnte nur eine einzige Familie. Jörg und Charlotte waren ein paar Tage vor Weihnachten umgezogen. So gingen sie also am ersten Feiertag, mit einem großen Blumenstrauß in der Hand, um sich mit den neuen Nachbarn bekannt zu machen. Sie wurden nicht nur herzlich aufgenommen, sondern es ergab sich auch schnell eine große Sympathie, worüber alle sehr glücklich waren. Man begann mit Gesellschaftsspielen, man lud sich zu gegenseitigen Feiern ein. Charlotte ging wieder alles schnell von der Hand. Alle Arbeiten erledigte sie mit großer Freude.

Ein wenig bekannter Nachbar hatte sich wohl in sie verguckt. Jedenfalls als Jörg noch im Dienst war, stand er plötzlich vor der Haustür. Nachdem Charlotte ihn hereingebeten hatte, wollte er gleich zur Sache kommen. Jedoch sie ging nicht darauf ein und schickte ihn zu seiner Frau zurück.

Zum ersten Mal stellte sich ein nie gekanntes Glücksgefühl ein. Sie hatte ihren Schwur nicht gebrochen, sondern war standhaft geblieben.
Hoffnungsfroh sah sie ihrer Zukunft entgegen.

Es folgte ein glückliches Jahr, mit viel Geselligkeit und Frohsinn. Gemeinsam mit den Lieblingsnachbarn wurden lange Fahrradtouren unternommen. Während der Pausen kehrte man irgendwo ein, alle vier gönnten sich eine kleine Stärkung. Sei es Eis, Tee oder Kaffee und Kuchen oder gar ein zünftiges Mittagessen. Sie rückten sich nicht zu nah auf die Pelle, aber an den Wochenenden waren sie fast ausschließlich zusammen.

Jörg und Charlotte blühten auf. Ihre Ehe wurde besser als je zuvor. Sie stritten sich kaum noch und schliefen auch wieder häufiger miteinander. Doch dann kam der Selbstmord ihres Schwagers, des Bruders ihres Mannes, und es war nichts mehr so wie vorher. Es war, als würde Charlotte der Boden unter den Füßen weggerissen. Plötzlich war sie eine andere Frau, sich selber vollkommen fremd.

Diese unendliche Müdigkeit die sich einstellte. Sie war ihr nicht unbekannt. Wenn sie als Jugendliche von der Schule nach Hause kam, war sie oft so erschöpft, dass sie kaum in der Lage war, ihre Hausaufgaben zu erledigen. So ging sie lieber in den Wald, legte sich unter einen Baum und las ihre vielen Jugendbücher, mit denen ihre Tante, die älteste Schwester ihrer verstorbenen Mutter, sie immer ausreichend versorgte. Dabei erholte sie sich schnell, konnte ihr tägliches Sportprogramm absolvieren. Wie meistens fielen die Hausaufgaben flach. Das konnte natürlich nicht ohne Folgen bleiben. Die Zeugnisse wurden schlechter, und sie musste eine Ehrenrunde drehen, was aber nicht so einfach war, da sie mit zu den Ältesten in der Klasse gehörte.

Eigentlich wollte sie gerne Modezeichnerin werden, da Malen eines ihrer großen Hobbys war. Der Vater versuchte sie an einer geeigneten Schule unterzubringen, was aber an ihrer mangelnden Schulbildung scheiterte. Eines schönen Tages, Charlotte hörte sich gerade eine spannende Radiosendung an, brachte der Sender anschließend einen Bericht über eine Gymnastikschule an der Ostsee. Der Vortrag begeisterte sie so sehr, dass sie spontan beschloss, ihrem Vater davon zu erzählen. Konnte sie sich doch nur zu gut vorstellen, dass das was für sie wäre, da sie noch immer so sportbegeistert war und außerdem in kleinem Rahmen ziemlich erfolgreich. Der Vater hörte sich alles an und schmunzelte. Auch er war der Meinung, dass das eine gute Sache sein könne. Charlotte hatte sich die Anschrift der Sportschule gemerkt.

Sie suchten die Zeugnisse und Auszeichnungen zusammen und schickten alles nach Glücksburg.

Es dauerte gar nicht lange, bis eine Antwort kam.

Welch' eine Freude, sie war angenommen! Es war kaum zu fassen.

Es gab also im engeren Sinne kein Sitzenbleiben, sondern nur einen Schulwechsel. Sie war so endlos glücklich, dass es sich kaum beschreiben ließ. Der Schulfrust war verflogen. Keine Minderwertigkeitsgefühle mehr. Es schien alles gut zu werden. Sie schwebte fortan auf Wolke sieben!

Die großen Ferien standen vor der Tür. Es war ein sehr sonniger, heißer Sommer. Die Kinder und Halbwüchsigen vergnügten sich fast den ganzen Tag über im Schwimmbad oder lagen faul unter schattenspendenden Bäumen und trieben allerlei Kurzweil. Es war zu heiß, um sportlichen Aktivitäten nachzugehen. Selbst die bewegungshungrige Charlotte regte sich nur, wenn es sein musste. Aber auf dem Fahrrad war es gut auszuhalten, da der Fahrtwind für die nötige Abkühlung sorgte. So legte sie ständig weite Strecken zurück, besah sich die Umgebung, dabei kam jetzt schon etwas wie Heimweh auf. Würde sie es so weit weg aushalten?

Die herrliche Natur, in der sie lebte;
die große Freiheit, die sie genoss;
die neue Mutter, die die Kinder endlos spielen ließ. Natürlich hatten sie auch Aufgaben zu erledigen, aber noch immer viel freie Zeit zur Verfügung.
Das Frühjahr, wenn die Bäume ausschlugen, die Obstbäume in voller Blütenpracht standen. Sie mit Schürzen voller Schlüsselblumen nach Hause kam und zur Freude aller das ganze Haus damit schmückte. Die heißen Sommer, wo sie sich den ganzen Tag über im Mühlenbach abkühlen konnten. Wenn der Vater mit einer großen Kanne voller Buttermilch, in der kleine Butterstückchen schwammen, nach Hause kam, um sie eisgekühlt zu servieren.
Der Herbst mit seinem Überangebot an Früchten. Überall gab es freistehende Bäume, an denen sie sich bedienen konnte. Das begann schon im Hochsommer, wenn die Knappkirschen sowie die gelben Mädchen- pflaumen reif waren. Es gab weiße, rote, gelbe und schwarze Johannisbeeren. An den Pfirsichbäumen hin- gen gelbfleischige, pralle Früchte, unter deren Last die Äste fast abzubrechen drohten. In manchen Jahren war es so schlimm, dass die Zweige abgestützt werden mussten. Die Kornfelder wogen leise im Wind.

Riesige Staubwolken lagen über den Feldern, wenn sie gemäht wurden.

Sie wusste, dass sie auf das alles verzichten musste, und Wehmut umklammerte ihr Herz. Ein Trost war nur, dass sie in den Ferien nach Hause kam und auch die vielen Freundinnen wiedersah. Gespannt war sie auf die Ostsee, die vielen jungen Frauen - sowie das ganze Drum und Dran.

Dann kam der Abschied von der Mutter und den Geschwistern!
Der Vater ließ es sich nicht nehmen, sie selbst nach Glücksburg zu bringen. Es war eine ziemlich lange Fahrt durch gleißende Hitze! Damals gab es noch keine Klimaanlage im Auto. Wiesen und Felder waren wegen der anhaltenden Hitze und Trockenheit braun und verdorrt. Aber die Landschaft gefiel ihr.
Dann tauchte plötzlich die Ostsee vor ihnen auf. Charlotte war überwältigt. Welcher Anblick! Ihr Herz machte vor Freude einen kleinen Sprung. Hier würde sie sich wohlfühlen, da war sie sich ganz sicher. Dann, mehrere langgezogene Gebäude hinter einer Kurve! Sie waren am Ziel!
Vor den Häusern hatten sich viele junge Mädchen und Frauen versammelt. Neugierig wurden Charlotte und ihr Vater betrachtet. Dieser ging gleich zur Schulleitung, um seine Tochter anzumelden.
Die jungen Leute waren damit beschäftigt, Wohngemeinschaften zusammenzustellen. Ein Glück, dass sie drei etwa gleichaltrige Mädchen fragten, ob sie interessiert sei. Sie konnte es kaum fassen. Die Älteste von ihnen machte gleich zur Erinnerung ein Foto.

Die Räume waren spartanisch eingerichtet. Aber elf Jahre nach dem Krieg war alles noch im Umbruch. Großer Luxus fehlte eigentlich überall. So waren alle zufrieden, denn sie vermissten nichts. Zu Hause teilte sich Charlotte das Zimmer mit ihrer jüngeren Schwester. Die Betten waren so durchgelegen, dass sich in der Mitte eine tiefe Kuhle befand. Die Kinder fanden das angenehm und gemütlich, um, nachdem sie gebetet und noch etwas gelesen hatten, zusammengerollt, glücklich und zufrieden einzuschlafen. Es gab zwei einzeln stehende Betten sowie ein Etagenbett. Die Kleider und Vorratsschränke befanden sich im endlos langen Flur, an dem auch die anderen Zimmer lagen. Das viele Holz, was verbaut worden war, machte das Ganze anheimelnd und wohnlich. In den Kellerräumen befanden sich die sanitären Einrichtungen, was Charlotte besonders begeisterte. Es gab dort nur kaltes Wasser, aber das war zu Hause auch nicht anders gewesen. Unter dem harten, eiskalten Strahl wusch sie sogar ihre Haare, sehr zum Entsetzen der Mitschülerinnen, die sich warmes Wasser anrichteten, um sich sehr umständlich die Haare im Waschbecken zu waschen.

Die Zimmerkameradinnen klärten sie erst einmal über ihre Monatsblutung auf, gingen mit ihr, Hygieneartikel zu kaufen, wofür Charlotte sehr dankbar war. Endlich hatte sie die Sorge nicht mehr, sie war restlos begeistert.

Jeden Morgen, wenn sie putzmunter schon beim ersten Weckerklingeln aus dem Bett sprang, freute sie sich auf die eiskalte Dusche. Nach dem Sportunterricht war sie wieder im Keller anzutreffen. Begeistert nahm sie an den Gymnastischen Übungen teil, obwohl sie von zu Hause aus eigentlich eine Leichtathletin war.

Durch die vielen Sprünge und das ständige Federn auf dem Gymnastikboden zog sie sich sehr schnell eine Knochenhautentzündung zu, die niemals richtig ausheilte und durch die sie ständig starke Schmerzen hatte. Traurig saß sie dann am Rand, um den anderen Mädchen zuzusehen. Aber sie probierte es immer wieder, um eines Tages festzustellen, dass die Beine sich an die Belastungen gewöhnt hatten.

Da sie nicht so gelenkig war, einen Spagat hinzulegen, übte sie ständig, mit zunehmender Gewalt, was einen Sehnenriss zur Folge hatte. Wieder musste sie über einen längeren Zeitraum pausieren.

Aber sie war trotzdem sehr glücklich dort!

Da der Spätsommer noch sonnig und warm war, badete sie, nachdem sie sich an die vielen schleimigen weißen Quallen gewöhnt hatte, täglich in der Ostsee. Wusste sie doch, dass die weißen Tierchen völlig harmlos waren. Man sagte, auch wegen des langen heißen Sommers sei es zu einer explosionsartigen Zunahme der Quallen gekommen. Da sie sich immer völlig angstfrei ins Wasser stürzte, blieb es natürlich nicht aus, dass sie eines schönen Tages mit einer Feuerqualle Bekanntschaft machte. Es brannte nicht nur höllisch, sondern dadurch ging sie fortan auch vorsichtiger ins Wasser. Das Zusammensein mit den vielen Mädchen gefiel Charlotte.

Hatten sie den anstrengenden Unterricht absolviert, kochten sie sich meistens zusammen etwas zum Mittag. Manchmal kam auch eines der vier Mädchen auf die Idee, ein neues Rezept auszuprobieren, um dann für alle zu kochen.

Alle mussten mit dem Geld tüchtig haushalten, denn die meisten Eltern waren nicht in der Lage, viel zu bezahlen, denn es wurde monatlich noch ein anständiges Schulgeld verlangt. Aber darüber machte sich keiner große Gedanken.

Am Monatsanfang, wenn der Geldbeutel noch gut gefüllt war, gingen sie ins Kino, zum Tanztee am Nachmittag oder in ein bekanntes Lokal. Dort gönnten sie sich einen leckeren Aperitif oder ein erfrischendes Eis, von dem es hieß, es sei das Beste weit und breit. So kam es am Ende des Monats immer wieder vor, dass es nur noch Schmalzbrote zu essen gab. Charlotte störte das nicht im Mindesten. Sie lebte mit der Einstellung: War Geld da, war es gut, doch war keines da, war es auch gut. Sie war es von zu Hause aus nicht anders gewohnt, da ihr Vater freiberuflich tätig war. Manchmal war viel Geld da, durch den unregelmäßigen Verdienst auch mal wieder wenig. Musste sie doch in einem sehr kalten Winter lange in einem Herbstkostüm des Sonntags in der eiskalten Kirche ausharren, weil kein Geld da war. Dadurch zog sie sich eine Nierenbeckenentzündung zu. Auf deren Ausheilung sie mit großer Geduld, sowie dem Aushalten starker Schmerzen, warten musste.

Seit ihrer Kindheit im Wald hatte sie sich nicht so frei wie auf der Sportschule gefühlt: Es gab dort zwei Lehrerinnen sowie die Schulleitung, bestehend aus zwei älteren Damen. Die Namensgeberin der Schule war eine Ururenkelin von Turnvater Jahn und noch selber tätig. Sie begleitete die gymnastischen Formen am Klavier. Man merkte es auch, denn der Grundsatz von Turnvater Jahn: Frisch, fromm, fröhlich, frei - war hier allgegenwärtig.

Charlotte sprang mit dem Weckerklingeln jeden Morgen erwartungsvoll aus dem Bett, duschte eiskalt mit großem Vergnügen und zog sich frisch an. Einige Mitschülerinnen nahmen es mit der Sauberkeit nicht so genau, denn sie scheuten das eiskalte Wasser, das in einem harten Strahl über Kopf und Körper lief. Dadurch vermischte sich der alte mit dem neuen Schweiß, und es entstand ein widerlicher Geruch, der sich penetrant im ganzen Gymnastiksaal oder in der Turnhalle ausbreitete. Dann rannte Charlotte mit eiligen Schritten zur Fensterfront, um, ohne zu fragen, die Flügel sperrangelweit aufzureißen, sehr zum Entsetzen einiger Anwesender. Das störte sie jedoch wenig, da sie eine totale Frischluftfanatikerin war, die es in schlecht gelüfteten oder sehr engen und kleinen Räumen nicht aushalten konnte. Das wurde nachts in dem relativ kleinen, warmen Vierbettzimmer zum Problem. Vor allem wenn sie mal aufstehen musste, um zur Toilette zu gehen, merkte sie beim Zurückkommen, wie warm und verbraucht die Luft war. Da halfen auch eingehende Gespräche nichts, da die anderen sich vor einem morgendlichen steifen Hals fürchteten. Allmählich gewöhnte sich Charlotte an die geschlossenen Fenster. Der Schlaf wurde tiefer, fester und erholsamer.

Eines schönen Tages, als die Sonne wieder mit aller Macht vom Himmel strahlte, beschloss sie an den Strand zu gehen, um sich bräunen zu lassen. Einige Mitschülerinnen hatten eine so tolle dunkle Hautfarbe, dass Charlotte sie aus tiefster Seele beneidete. Bedachte jedoch nicht, dass sie nicht besonders sonnengewöhnt war. So nahm sie also ein Badehandtuch zum Unterlegen, suchte ein geschütztes Plätzchen, wo sie sich niederließ. Da ein frisches

Lüftchen wehte, spürte sie die Sonnenkraft nicht sonderlich. So lag sie also Stunde um Stunde, drehte sich vom Rücken auf den Bauch und wieder zurück. Eigentlich begann sie sich zu langweilen, hielt aber tapfer durch. Erst nachdem die Sonne langsam verschwand, erhob sie sich. Aber was war das? Die Haut am ganzen Körper spannte. Sie war über und über rot! Zu Hause angekommen, konnte sie sich nicht ankleiden, da es keine Hautpartie gab, die nicht schmerzte. Unbekleidet legte sie sich ins Bett, nachdem ein starker Schüttelfrost eingesetzt hatte. Schnell lief eine Zimmerkameradin los, Buttermilch zu kaufen. Saubere Tücher wurden damit getränkt, um Charlotte darin einzuwickeln. Nachdem sie sich tagelang nur unter Schmerzen bewegen konnte, schälte sich die Haut ab. Fortan mied sie die Sonne so gut es ging. Das war eine Lehre für das ganze Leben. Aber das war schließlich Neuland!

Der Sommer wich einem ruhigen, warmen Herbst. Die bewaldeten Steilküsten leuchteten in allen Farben. Da des Nachts die Temperaturen schon empfindlich weit nach unten gingen, lag die Ostsee am Morgen häufig in eine dichte Nebelschicht gebettet. Es war ein wunderbarer, geheimnisvoller Anblick. Charlotte ließ es sich nicht nehmen, in der Frühe nach dem Aufstehen ans Wasser zu gehen, um zu schwimmen. Dabei entfernte sie sich nicht zu weit vom Strand, um in der diesigen Luft nicht die Orientierung zu verlieren. Ging erst einmal die Sonne auf, waren die Nebelschwaden wie von Zauberhand weggewischt. Jedes Mal von Neuem war sie total begeistert und fasziniert.

Nach dem Unterricht zog sie sich etwas nachlässig an, um einen Waldspaziergang zu machen. Liebte sie es doch, wenn das frisch gefallene Laub unter ihren Füßen raschelte. Angst hatte sie keine so allein in den Wäldern, denn sie war es ja von Kindesbeinen an nicht anders gewohnt. Es war alles neu und doch so vertraut.

Mit ihren Mitschülerinnen konnte sie die Begeisterung nicht teilen, da die meisten aus Städten kamen. So war sie viel allein, was sie aber nicht im Mindesten störte. Ein unbändiges Gefühl von Freiheit überkam sie oft. Manchmal ging sie auch allein zum Sportplatz, um ein wenig zu trainieren. Dem Platzwart war sie schon bekannt. Wenn er gerade da war, gab er ihr fehlende Geräte sowie Harke, Besen und manchmal sogar ein Bandmaß. Nicht zuletzt kam sie sich dann immer wie zu Hause vor. Da sie eifrig trainierte, blieb sie eine recht gute Leichtathletin.

Aber um am Strand spazieren zu gehen, fand sich immer eine Begleitung. Lustig schwatzend, lärmend, lachend außer Rand und Band zogen sie in kleinen und größeren Gruppen über die Promenade, an der auch eine Segelschule beheimatet war. Dort wimmelte es nur so von gut aussehenden, jungen Männern. Häufig belagerten sie die Sportschule, da einige von ihnen auf ein schnelles Abenteuer aus waren. Spannend war es jedoch, wenn ein Abschlussball am Ende eines Kursus stattfand. Von der Schulleitung wurden dann einige junge Mädchen ausgesucht, die an dem Fest teilnehmen durften.

Eines schönen Tages war auch Charlotte an der Reihe. Außer sich vor Freude kaufte sie sich ein luftiges Cocktailkleid. Für den bevorstehenden Abend machte sie sich besonders hübsch. Ein Friseur zauberte aus ihrem blonden, halblangen Haar, was durch die viele Sonneneinstrahlung von lauter hellen Strähnen durchzogen war, was dem Haar eine tolle Natürlichkeit gab, eine überaus festliche Frisur. Zum ersten Mal in ihrem Leben legte sie etwas Lippenstift auf, tuschte sich die Wimpern kräftig schwarz und puderte die glänzende Nase. Ihre Mitbewohnerinnen waren von ihrem guten Aussehen überrascht. Sie selber fand sich auch recht hübsch.

Der Vater sah es ja nicht, denn er stand auf dem Standpunkt, dass eine deutsche Frau nicht rauche, nicht trinke, und das Schminken war ganz verpönt.

Sie hatte vor längerer Zeit einen Tanzkurs belegt und erfolgreich abgeschlossen, sodass sie über genügend Grundkenntnisse verfügte. Um ein bisschen mutiger zu sein, trank sie mit ihren Zimmerkameradinnen noch schnell ein Gläschen Sekt, bevor es losging. Dann traten die ausgewählten Mädchen gemeinsam den kurzen Weg zur Jagdschule an.

In einem festlich geschmückten Raum wurde für jeden jungen Mann eine Tischdame ausgewählt, bevor man sich zum Essen setzte. Verstohlen betrachtete Charlotte ihren für diesen Abend zugewiesenen Partner. Sie musste schon sagen, dass sie viel Glück gehabt hatte, denn das äußere Erscheinungsbild gefiel ihr auf Anhieb. Roland war um einiges größer als sie. Das braune lockige Haar war sichtbar schwer zu bändigen und harmonierte mit den haselnussbraunen Augen. Kräftige Schultern, schmale Hüften sowie ein sonnengebräunter Teint machten das ganze Bild vollkommen.

Sie waren ein sehr gegensätzliches Paar. Er so dunkel, sie so hell. Was aber am schönsten war, sie konnten sich wunderbar unterhalten, sodass sie zuerst fast das köstliche Essen, um etwas später auch das Tanzen mehr oder weniger zu vergessen. Zum ersten Mal in ihrem Leben verliebte sich Charlotte auf das heftigste. Sie war gerade einmal sechzehn Jahre alt. Wie sich herausstellte, war Roland nur einen Monat älter.

Lange nach Mitternacht, viel zu früh für die meisten, wurden alle Mädchen wieder eingesammelt, um den Heimweg anzutreten. Angeregt durch den ungewohnten Alkohol, spürte niemand die Kälte, die über Nacht hereingebrochen war. Die ersten Schneeflocken tanzten lautlos vom Himmel, um, angekommen auf der Erde, sich in nichts aufzulösen, da der Boden noch zu warm war.

Unverkennbar stand der Winter vor der Tür. Wenige ganz mutige Mädchen gingen auch jetzt noch jeden Tag zum Schwimmen in die Ostsee. Ein einziges Mal versuchte es Charlotte auch, aber es blieb nur bei dem einen Mal, denn das fand sie dann doch zu kalt.

Die Jagdschüler absolvierten nun den theoretischen Teil ihrer Ausbildung. Roland und Charlotte trafen sich jeden Tag, wann immer sich die Gelegenheit bot. Romeo und Julia wurden sie insgeheim von den anderen genannt. Händchenhaltend, strahlend vor Verliebtheit wurden sie überall angetroffen, sich angeregt unterhaltend oder auch mal, wenn sie irgendwo einkehrten, um sich aufzuwärmen, und sei es durch ein dampfendes Getränk. Sie tauschten kaum Zärtlichkeiten, denn dazu waren beide zu schüchtern und unerfahren. Sie berührten nur ganz vorsichtig und zart ihre Lippen, oder streichelten sich das Gesicht. Manchmal lagen sie sich auch dicht aneinander gelehnt im Arm. Unschuldige Gesten, wie sie nur bei der ersten zarten Liebe möglich sind.

Trotz seiner Jugend war Roland schon dem Zigarettenkonsum verfallen. Auch Charlotte rauchte hin und wieder, obwohl sie dem Glimmstängel, wie sie ihn insgeheim nannte, nichts abgewinnen konnte. Sie rauchte, weil es die meisten taten, einfach um dazuzugehören. Es galt als schick zu der damaligen Zeit.

Besonders mochte sie, wenn er seine Tabakspfeife stopfte und ihr der etwas süßliche Geruch in die Nase stieg. Dann wirkte er viel reifer als ohnehin schon, richtig männlich!

6 Wochen dauerte der Segellehrgang, dann folgte die Stunde des Abschieds. Charlotte und Roland hatten sich noch zum Essen verabredet. Nun saßen sie also zusammen und schauten sich tief in die Augen. Es wollte so recht keine Unterhaltung aufkommen. Plötzlich liefen Charlotte ein paar dicke Tränen über die Wangen. Ein verhaltenes Schluchzen drang aus ihrer Kehle. Obwohl sie sich zusammennehmen wollte, konnte sie sich nicht beruhigen. Roland nahm behutsam ihre Hand, um mit der anderen zärtlich die Tränen abzuwischen. Das Essen wurde aufgetragen, aber beide stocherten nur lustlos darin herum. Nachdem sie bezahlt hatten, verließen sie das Lokal, den Heimweg anzutreten. Sie versprachen sich gegenseitig ganz oft zu schreiben oder sich auch zu besuchen.

Es folgten lange zärtliche Briefe, manchmal kamen auch Päckchen mit Leckereien oder anderen kleinen Geschenken. Wie groß war dann die Freude! Doch ganz plötzlich riss die Verbindung ab. Charlotte wartete sehnsüchtig auf den Postboten, aber er hatte keine Nachricht für sie, bis sich dann überraschend herausstellte, dass er auf einem Handelsschiff Dienst tat. Die Flotte gehörte seinem Großvater. Roland schipperte über die Weltmeere und vergaß darüber seine erste große Liebe!

Charlotte war untröstlich, die Seele schmerzte, während sie einsilbig und niedergeschlagen dem Unterricht folgte.

Dann folgte 1992 der Golfkrieg!

Wie die meisten Menschen verfolgten auch Jörg und seine Frau die Ereignisse am Fernsehen. Nicht dass Charlotte Angst hatte, aber die Ereignisse und Brutalitäten schleuderten sie einmal mehr in endlose Tiefen. Zufällig las sie in der Zeitung eine kleine Randnotiz, dass jeder zweite Iraker ein Kind unter 14 Jahren sei. Mein Gott, sie schießen auf Kinder, dachte sie!

Weiter hieß es, dass die Iraker die Ölquellen in Saudi Arabien getroffen und in Brand gesetzt hätten, sodass schwarze Rauchwolken den Himmel verdunkelten. Sie verwüsten unsere schöne Erde, dachte sie weiter!

Einige Schüler zeigten sich begeistert. Unerlaubt sprangen sie bewaffnet mit Gymnastikstäben in der Geräteecke herum, Krieg spielend. Der Unterricht fiel Charlotte wieder schwerer. Dauernd musste sie ihrer Müdigkeit nachgeben und sich auf die Bank setzen. Das Kriegsspiel der Kinder hatte sie tüchtig schockiert, sodass sie beschloss, mit ihrer Rektorin zu reden, denn sie wollte den Kindern den Krieg erklären. Zu diesem Zweck rief sie ihre Vorgesetzte am Abend an. Aber so sehr sie sich auch bemühte, ihre Vorstellungen plausibel zu machen, sie fand kein offenes Ohr.

Krieg gehöre nicht in die Schule, das war die ganze Erwiderung.

Als dann noch, nachdem das Gespräch beendet war, Jörg ans Telefon ging und sich für das vorangegangene Telefonat entschuldigte, war es mit Charlottes Fassung vorbei! Laut weinend verließ sie den Wohnraum, um sich völlig verzweifelt ins Bett zu legen.

Nun begannen sie wieder, die durchwachten Nächte. Aber sie wollte sich nicht krankschreiben lassen, denn sie musste es endlich einmal alleine schaffen!

War sie denn für das ganze Leiden auf der Welt verantwortlich?

Würde es den Lebewesen besser gehen, wenn sie tot wäre?

Quälende Selbstmordgedanken befielen sie.

Wie soll ich das nur aushalten, wenn das mein ganzes Leben so anhält? Warum kann ich nicht an einer ganz normalen Krankheit sterben?

Alles hätte ein Ende und wäre vorbei! Ihre Empfindsamkeit wuchs.

Wenn sie nach der Schule einkaufen wollte, stand sie so unentschlossen vor den Regalen, als wären sie leer, denn sie wusste nicht, was sie kaufen sollte. Es war, als konnte sie einfach nicht zugreifen. Ein Widerstand, gegen den sie nicht ankämpfen konnte, so sehr sie sich auch bemühte.

Wenn sie nachts nicht schlafen konnte, stand sie auf, um sich im Haus zu beschäftigen. Manchmal setzte sie sich auch hin, um alles aufzuschreiben, was in ihrem Kopf vor sich ging. Dr. Heller meinte, sie solle ein Buch schreiben, an dessen Gelingen sie jedoch nicht so recht glauben konnte. Außerdem war sie damals der felsenfesten Überzeugung, dass, würde jemand das Geschriebene finden, derjenige auch krank werden würde.

Da aber jeder Kranke **seine eigene Depression** hat, besteht überhaupt keine Gefahr. Zuerst versteckte sie die Zeilen, um sie dann später doch zu zerreißen.

Manchmal ging sie auch hin und verbrannte sie im Kamin. Erst danach fühlte sie sich ruhiger.

Selten, wenn sie nicht zu erschöpft war, ging sie auch in ihr kleines Atelier, um zu malen. Dann konnte es passieren, dass die Gedanken im Kopf in ruhigere Bahnen glitten, der Druck nachließ, sie sich besser konzentrieren konnte. Noch immer malte sie mit großer Hingabe. Ihre Begeisterung während der Tätigkeit ließ sie immer bessere Ergebnisse erzielen. Sie war jetzt dazu übergegangen, auch andere Maltechniken auszuprobieren. Vor allem das Aquarellieren auf Papier erfüllte sie mit Zufriedenheit.

Stundenlang konnte sie kleine Details ausarbeiten, wenn sie zum Beispiel ihre Lieblingsmotive, kleine zarte Vögel, ins Bild setzte.

Sie war einem Hobbykünstlerverein beigetreten, einem Zusammenschluss von vielen Malern sowie Kunsthandwerkern, die auch einen kleinen Verkaufsladen betrieben, in dem die angefertigten Dinge veräußert wurden. Für die Öffentlichkeit wurden Kurse abgehalten, die regen Zuspruch fanden. Es gab Tage der Offenen Tür, an denen Interessierten die Gelegenheit geboten wurde, den Künstlern über die Schulter zu schauen. Natürlich wurden Dienste abgehalten, deren Ausübung Charlotte mit Begeisterung wahrnahm. Behutsam behandelte sie die Unikate, um sie hübsch verpackt den Kunden gegen Bezahlung auszuhändigen. Man war auch niemals allein, denn immer kamen Vereinsmitglieder vorbei, um einen Kaffee zu trinken oder nach dem Rechten zu schauen, zumal der Treff auch saubergehalten werden musste. Oft, wenn Charlotte nichts anderes vorhatte, nahm sie ihren kleinen Hund an die Leine, um mit ihm die Räumlichkeiten aufzusuchen. Pommy, so hieß das Tierchen, liebte diesen Ort besonders, denn es gab dort ausreichend Leckerli. So viele Streicheleinheiten bekam sie sonst nirgendwo. Sie wurde von allen Mitgliedern geliebt und verwöhnt. Da sie sehr lauffreudig war, kamen ihr der lange Hin- und Rückweg sehr gelegen. Manchmal, wenn es sehr spät geworden war, fuhren sie mit dem Bus nach Hause. Während der Fahrt saß Pommy auf Charlottes Schoß, um begeistert aus dem Fenster zu schauen, was sie immer in helle Aufregung versetzte, da es so viel zu sehen gab. Besonders die Hunde, welche noch den Abendgang machten, hatten es Pommy angetan. Dann hätte sie am liebsten den Bus verlassen, um ein bisschen mit den anderen zu spielen, denn sie war nicht nur ein anhängliches, sondern auch ein gutmütiges Tier, was mit jedem gut Freund sein wollte.

Doch jetzt, in Charlottes schlechter Phase, war das alles nicht möglich, da sie sich auf solche Dinge nicht konzentrieren konnte. Alles war wie ein riesiges Gebirge, was sich auftürmte, steil und unüberwindbar. Alle Arbeiten wurden angefangen und nicht beendet, sodass in kurzer Zeit eine ziemliche Unordnung im Haus herrschte.

Später verbrachte sie dann immer viel Zeit damit, alles wieder an die dafür vorgesehene Stelle zu bringen. Vorausschauendes Planen war unmöglich! So drehte sie sich im Kreis, wieder und wieder.

Viele Dinge in Zeitung, Radio oder Fernsehen bezog sie auf sich. So konnte es vorkommen, dass sie bewaffnet mit der Zeitung durch die ganze Nachbarschaft lief, um zu erzählen, was man über sie geschrieben hatte. Alle zeigten sich erstaunt und verständnislos. Niemand wusste, wovon sie sprach, aber ihre Mitmenschen wollten helfen und beruhigen. Sie war allein mit sich, eingeschlossen hinter der gläsernen Wand.
Einsamkeit hielt sie umfangen. Niemals zuvor hätte Charlotte gedacht, dass sie sich einmal so isoliert fühlen würde.

Aber sie ging weiter zur Schule, unterrichtete so gut es ging. An einem Montagnachmittag unterwies sie die Kinder im Schwimmen, als einige Schüler aufgeregt berichteten, dass die Polizei einen Strafzettel an ihrem Auto angebracht hätte. Als der Unterricht zu Ende war, begleitete sie die Kinder noch mit dem Bus zur Schule, um anschließend das Auto genauer in Augenschein zu nehmen. Ja tatsächlich, hinter dem Scheibenwischer klemmte eine Zahlungsaufforderung. Der Abgastest war überfällig. So machte sie sich also sofort auf den Weg, um eine Polizeistation aufzusuchen. Dort brachte sie ihr Anliegen vor, woraufhin ein sehr netter Beamter erklärte, sie müsse auf eine Zahlungsaufforderung der Stadt warten. Wörtlich sagte er: „Die Stadt kommt ihnen entgegen!" So fuhr Charlotte erst einmal nach Hause.
Die ganze Woche über quälte sie sich durch die Stunden, die sich endlos dahinzogen. Man konnte meinen,

die Zeit bliebe stehen. Am Sonnabend, sie hatte sich geduscht und mit Jörg gefrühstückt, hörte sie sich mit halbem Ohr eine Radiosendung an, obwohl sie nicht genau wusste, worum es ging. Während des Gesprächs fiel der Satz: Die Stadt kommt ihnen entgegen. Wie elektrisiert verharrte sie in der Bewegung. Wollte sie doch gerade den Frühstücks-tisch abdecken, denn Jörg war zum Einkaufen gegangen. Krampfhaft überlegend, was nun zu tun sei, zog sie sich eine Jacke über, da es draußen nieselte. Sie lief stadtauswärts, denn so kam ihr die Stadt entgegen, meinte sie. Sie lief und lief, achtete weder auf andere Verkehrsteilnehmer noch auf die Ampeln.

Wie immer hatte sie Glück, es war, als hätte sie einen besonderen Schutzengel, welcher sie auf all ihren Wegen begleitete, denn sie wurde weder angefahren, noch lief sie gegen ein Fahrzeug. Das laute Hupen einiger Autofahrer ignorierte sie, denn sie fühlte sich nicht angesprochen. Es war, als gehöre Charlotte die Straße allein. Vom langen Laufen müde, wusste sie eigentlich nicht so recht, wohin sie wollte.

In der Nacht hatte sie sich überlegt, dass sie eigentlich ins Fernsehen müsste, um den Schülern und allen anderen Kindern die Tragik eines Krieges zu erklären. Es traf fast immer die Unschuldigen, meistens waren es Frauen, Kinder sowie alte Leute, die überhaupt keinen Krieg wollten.

Es ging um Macht, Besitz, Geld, oder Religion, angezettelt von gewissenlosen Fanatikern. Das alles wollte sie den Kindern erklären, damit sie aufhörten, Krieg zu spielen. Doch ihre Gedanken waren bereits wieder irrational, jedoch fühlte sie sich total realis-tisch, mehr als je zuvor. Plötzlich wusste sie auch wieder, wohin sie wollte, nämlich zur Polizei. Dort würde man Charlotte helfen können, sie in eine Fernsehanstalt zu bringen. Sie hatte Polizisten immer nur als hilfsbereit und nett kennengelernt. Vertrauensvoll würde sie sich an sie wenden. Die Müdigkeit ließ nach, sodass sie wieder ihren Schritt beschleunigte, denn sie hatte den größten Teil der Strecke geschafft.

Inzwischen hatte der Regen nachgelassen, und vorsichtig lugte die Sonne durch die Wolkendecke. Wärmende Strahlen trafen ihr Gesicht, während sie hoffnungsvoll ihren Weg fortsetzte. Ein Gefühl von Leichtigkeit ergriff sie, wieder war es, als schwebe sie über der Erde. Es war, als wäre sie körperlos, ohne Extremitäten.

Die Polizeistation tauchte auf.

Beschwingt näherte sie sich der Tür. Oh je, sie war verschlossen. Bei näherem Betrachten entdeckte sie eine Klingel. Energisch drückte sie den Knopf, danach ertönte ein Summton, worauf sich die Pforte öffnen ließ. Gott sei Dank hatte der freundliche Polizist von Montag Dienst. Er schien sie zu erkennen und fragte nach ihrem Begehr. Nachdem sie ihr Anliegen vorgebracht hatte, meinte er ruhig, sie solle am besten wieder nach Hause gehen.

Er begleitete sie zur Tür, um sie hinter ihr zu verschließen.

Wut machte sich in Charlotte breit. Sie begann die geparkten Polizeiautos mit den Füßen zu bearbeiten, woraufhin der vormals sanfte Polizist mit einem Bußgeld drohte. Unentschlossen, was weiter zu tun sei, wollte sie schweren Herzens den Heimweg antreten, als ihr ein Zivilist entgegenkam, der den Weg zur Polizeidienststelle einschlug. Geschwind folgte sie ihm, um sich geschickt hinter ihm durch die Tür zu drängeln, als ihm diese geöffnet wurde. Still und entmutigt setzte sie sich auf die Bank, die sich einladend hinter dem Eingang anbot. Müdigkeit breitete sich aus, zog schwer durch Arme und Beine.

Sie fühlte sich wieder! Plötzlich kam ihr das ganze Vorhaben absurd vor.

Doch dann dachte sie an ihre Schüler und das Kriegsspiel, und die Idee, die sie gehabt hatte, nahm wieder konkrete Formen an. Sie spürte die alte Energie zurückkehren. Sie begann die Polizei zu reizen, indem sie sich irgendwelcher Straftaten bezichtigte. Damit hatte sie Erfolg, alle Aufmerksamkeit galt Charlotte. Allmählich wimmelte es von Polizisten. Charlotte fühlte sich in ihrem Element. Plötzlich war sie sich sicher, ihr Vorhaben würde gelingen, denn sie musste nur eine gewisse Beharrlichkeit an den Tag legen. Unerwartet traten zwei Polizisten auf Charlotte zu, griffen rechts und links unter ihre Achseln, um sie unsanft über den Flur zu ziehen. Anschließend setzten sie sie in einem separaten Raum auf einen Stuhl, in dem ein Polizist auf einem Podest saß. Er versuchte sie in ein Gespräch zu verwickeln. Wieder und wieder trug sie ihr Anliegen vor, doch ohne Erfolg.

Allmählich begannen sich ihre Gedanken zu verwirren, sie ließen sich nicht festhalten, nicht ordnen. Sie begann zusammenhanglos aus ihrer Kindheit zu erzählen, alles, was jemals ihre Seele verletzt hatte. Ihre Stimme überschlug sich fast, ein nicht enden wollender Redeschwall löste sich aus ihrem Mund.

Sie begann ihren Gesprächspartner zu beleidigen, woraufhin jemand seine Hand auf ihren Arm legte. Erst da merkte sie, dass der ganze Raum voller Polizisten war. Der Herr, hinter dem sie in das Polizeigebäude geschlüpft war, saß auf einem Stuhl neben ihr. Er forderte sie auf, mitzukommen, worauf sie willig von ihrem Stuhl aufstand, um ihm zu folgen. Sie nahmen in einem Polizeiauto Platz, was von einem Kollegen gesteuert wurde. Plötzlich dachte Charlotte an ihre Kinder, dass sie einmal geglaubt hatte, dass das Glück eines Kindes von der Größe seines Zimmers abhinge. Hatte sie doch diese Behauptung einmal aufgeschnappt. Nun wusste sie, dass es unwichtig war. Wichtig war die Zuwendung, die man ihnen angedeihen ließ! Es war, als hätte sie sich die ganzen Jahre umsonst angestrengt.

Verzweiflung ergriff sie und verschloss ihren Mund. Still, zusammengekauert und verzweifelt, saß sie im Auto. Einen Moment hatte sie gehofft, man brächte sie ins Fernsehen, aber dann erkannte sie, als der Wagen hielt, dass sie vor den Städtischen Krankenanstalten standen. Sie wurde in einen Raum geführt und befragt. Wieder begann der nicht enden wollende Redeschwall, der laut, hastig und unkontrolliert aus ihrem Inneren hervorbrach.

Sie dachte nicht an ihre Familie, die sich sicher Sorgen machte, sie vermisste und verzweifelt suchte. War sie doch nur mit sich selbst und ihrer Idee beschäftigt. Man brachte sie zu Bett, aber sie bekam weder etwas zu essen noch ihre Medikamente. Fragen konnte sie nicht danach, da sie in einen Trance-artigen Zustand geriet. Nur ihr Gehirn arbeitete unablässig. Zwiesprache mit sich haltend, begann sie immer wieder hysterisch zu lachen, das in einem klagenden Schluchzen endete. Gerne hätte sie geweint, aber ihre Augen blieben tränenleer.

Später geriet sie in eine Art Bewusstlosigkeit, und so lag sie endlos lange da. Als das Kopfende ihres Bettes plötzlich hochgestellt wurde, erwachte sie aus ihrem Dämmerzustand. Was war es nur, was man vor ihr Gesicht hielt? Trotz größter Anstrengung griff sie immer daneben, bis es gelang, ein Gläschen zu fassen. Langsam und bedächtig trank Charlotte die Flüssigkeit. Danach verlor sich ihre Erinnerung.

Morgendämmerung stahl sich durch die Vorhänge, als sie die Augen wieder aufschlug. Viele Ärzte befanden sich in ihrem Krankenzimmer an ihrem Bett, unterhielten sich, während einige von ihnen bleich und übernächtigt im Zimmer umhergingen. Jemand fragte sie, ob sie sich nun besser fühle, woraufhin sie Müdigkeit vortäuschte, was aber nicht stimmte, denn sie war nur völlig verwirrt, weil sie ahnte, was vorgefallen war, denn nichts wollte in ihr Bewusstsein dringen.

Als alle Anwesenden den Raum verlassen hatten, stand Charlotte auf, um sich frisch zu machen. Während sie sich die Arme wusch, entdeckte sie kleine unbedeutende Schürfwunden an ihren Armen. Auch oberhalb der Fesseln befanden sich die gleichen Abdrücke. Da wusste sie, dass man sie festgebunden hatte, und so etwas wie Scham breitete sich aus. Bisher war sie allein im Zimmer, doch nun kam sie auf die obere Station zu zwei Frauen in etwa gleichem Alter.

Nach ein paar Tagen kam ein Psychiater an ihr Bett, um sich mit ihr zu unterhalten. Nachdem er sie nach ihrem Befinden gefragt hatte und sie ihm bestätigen konnte, dass es ihr gut ging, erzählte sie ihm von ihren vorangegangen Sorgen, Nöten sowie Vorstellungen. Als sie äußerte, dass es für den Erhalt der Erde fünf vor zwölf sei, berichtigte er sie und meinte, es sei bereits fünf nach zwölf, aber wir könnten es allein nicht aufhalten. Sie blieb dann noch ein paar Tage im Krankenhaus, um danach als normal entlassen zu werden.

Sie war wieder sie selber, gesund und fröhlich!-

Der Winter auf der Sportschule zog sich hin, ohne dass sich etwas Besonderes ereignete. Die Gebäude waren gut beheizt, sodass die Mädel viel freie Zeit mit Briefeschreiben und Lesen verbrachten.

Manchmal unternahmen sie auch lange Spaziergänge, um sich den frischen Wind um die Nase wehen zu lassen, oder sie fuhren in eine nahegelegene Stadt, kauften ein oder liehen neue Bücher in der Bibliothek aus. Weihnachten fuhren alle nach Hause. Lange vorher schon hatte sich Charlotte auf die Ferien gefreut. Endlich sah sie Mutter, Vater und vor allem die Geschwister wieder. Natürlich verabredete sie sich auch mit den Freundinnen. Wie schon als Kind ging sie am Heiligen Abend mit anderen Jugendlichen in die Mitternachtsmesse, die immer außergewöhnlich feierlich abgehalten wurde. Es gab ein Krippenspiel, ein Knabenchor sang Weihnachtslieder, die unter die Haut gingen, wenn die klaren hellen Stimmen durch das Kirchenschiff halten.

Dann bedauerte sie, dass sie den Glauben und die Frömmigkeit ihrer Kindheit verloren hatte, Zauber und Faszination während ihres Erwachsenwerdens verlorengegangen waren. Wie sehr hatte sie Maria verehrt, sie so oft mit ihren kindlichen Bitten überschüttet. Obwohl, die Heiligenfiguren ließen sie auch jetzt noch ehrfürchtig werden. Die Handlungen der Messdiener hatte sie früher interessiert verfolgt, jetzt aber kam ihr das Ganze wie ein großes Schauspiel vor. Sie ging kaum noch in die Kirche, weder zur Beichte noch zur Heiligen Kommunion.

Doch Weihnachten kam so etwas wie Feierlichkeit auf. Charlotte fühlte sich gut und ein wenig geborgen.

Während der Ferienzeit ging sie auch zu ihrem früheren Sportclub, wo sie Marcus wiedersah, ihren stillen Verehrer. Er mochte sie, das war zu spüren. In der Zeit, als sie noch ganz zu Hause war, ließ er es sich nicht nehmen, sie nach dem Training zu begleiten. Vor allem im Winter war das sehr beruhigend, denn der Weg durch Kälte und Dunkelheit war lang und einsam. Während sie sich angeregt unterhielten, verging die Zeit wie im Fluge. Niemals machte er irgendwelche Annäherungsversuche, jedoch war seine Zuneigung spürbar. Oft alberten sie herum wie kleine Kinder, ausgelassen, wild, ungezähmt. Manchmal maßen sie ihre Kräfte und Ausdauer in langen Wettfahrten. Meistens gewann Marcus, da er ein ausgesprochen guter Turner war. Gewann Charlotte, hatte sie das Gefühl, dass er sich extra zurückhielt. Jedenfalls hatten beide viel Spaß miteinander. Das Wichtigste aber war, dass sie eine tiefe Freundschaft füreinander empfanden. Später verloren sie sich leider ganz aus den Augen. Marcus ging fort und ließ sich als Polizist ausbilden, während Charlotte außerhalb eine Anstellung fand.

Die Ferien gingen dem Ende zu. Sie kehrte zur Sport-schule zurück. Nach dem langen, kalten Winter folgte ein mildes Frühjahr, begleitet von steigender Lebens-freude. Die Tiere kehrten aus ihren Winterquartieren zurück, überall war Leben. Die Knospen an den Bäumen und Sträuchern platzten auf, während Löwen-zahn und Gänseblümchen die Wegränder säumten. Charlotte unternahm jetzt wieder mit großer Freude ausgiebige Spaziergänge entlang der Steilküste. Das Laub in den Wäldern raschelte nicht mehr unter den beherzten Schritten, denn der lange Winter mit viel Regen, Schnee und Frost hatte es modrig gemacht und morsch. Aber es roch nach Frühling, die Luft war sauber und klar.

Eine Marineeinheit lag hoch oben an die Felsen geschmiegt, eingeschlossen von hohen Bäumen. So begegnete sie häufig jungen Männern, die dort ihre Ausbildung absolvierten. Manchmal sprach man sie an oder sie wurde auf eine nette Art eingeladen, lehnte jedoch immer ab, da sie Roland nicht vergessen konnte. Noch immer war ihr Herz voller Trauer, wenn sie an ihn dachte. Als er im Frühling Geburtstag hatte, rief sie bei ihm an. Seine Mutter war am Telefon, sie erklärte Charlotte, dass Roland auf hoher See sei, jedoch erst in ein paar Monaten zurückerwartet würde. Freundlich unterhielt sie sich mit Charlotte, wobei sie bedauerte, dass die Entfernung zwischen ihnen so groß war.
Dann hörte sie nichts mehr!

Jörg und Charlotte lebten sich immer mehr auseinan-der. Die Krankheit war eine zu große Belastung.

Obwohl ihr Mann zu ihr hielt, verstand er sie nicht mehr. Die Krankheit war auch undurchschaubar.

Einen Beinbruch kann man sehen, es ist verständlich, dass der Betroffene nicht mehr laufen kann, sich eventuell mühselig auf Krücken fortbewegt. Jeder sieht das ein, nimmt Anteil oder bietet Hilfe an. Doch man kann einem Menschen nur vor den Kopf gucken, ohne zu wissen, was hinter seiner Stirn vor sich geht. Das macht die ganze Geschichte auch so schwierig.

Eines Abends fasste Charlotte sich ein Herz und begann, nachdem sie lange darüber nachgedacht hatte, aus ihrem Leben zu erzählen. Sie ließ nichts aus, sprach schnell, wie gehetzt, endlos lange. Plötzlich sprang Jörg auf, umschlang sie so fest, dass sie leise aufschrie, während er nur immer wieder rief: „Was ist nur los, was ist nur los mit dir?" Dann drehte er sich um und ging wortlos zu Bett. Wie betäubt blieb Charlotte die ganze Nacht im Sessel sitzen. Sie hätte ihn so gerne um Verzeihung gebeten, aber sie konnte wohl nicht von ihm verlangen, dass er ihr jemals vergab.

In den darauffolgenden Tagen sprachen sie nur wenig miteinander. Jörg war sehr reizbar, übellaunig, streitbar wie selten zuvor. Charlotte konnte es ihm nicht übelnehmen, denn sie wusste warum. Als sie am Nachmittag zusammen mit ihrem kleinen Hund auf dem Friedhof spazierengingen, kamen sie an der kleinen Leichenhalle mit anschließender Kapelle vorbei. Jörg sprach von einer Messe, und da er die Angewohnheit hatte, oft in halben Sätzen zu sprechen, hörte sie ihm schon gar nicht mehr zu. Sie dachte an eine Messe in der Kirche, während er von einer

Schiffsmesse sprach. Dementsprechend albern klang auch ihre Antwort, welche ihn in höchste Rage versetzte. Heftig miteinander streitend, traten sie den Heimweg an. Daheim eskalierte die ganze Sache so, dass Jörg sie aus seinem Haus wies, wie er extra betonte. Obwohl Charlotte im ersten Moment wie gelähmt war vor Entsetzen und nach Fassung rang, wusste sie, dass sie etwas unternehmen musste. Nachdem sie sich hingesetzt hatte, griff sie nach der Tageszeitung, um die Wohnungsanzeigen zu studieren, während Jörg das Telefon vom Hörer nahm, um ihre gemeinsamen Kinder und die nächsten Verwandten über seine weiteren Schritte zu informieren.

Charlotte setzte sich ins Auto, fuhr die einzelnen Wohnungsanbieter ab, bei der dritten Anbieterin hatte sie Glück. Eine kleine, niedliche Wohnung schien nur darauf zu warten, bezogen zu werden. Wie eine Last fiel es von ihren Schultern. Schnell fuhr sie zu ihrer besten Freundin Helga, um alles zu berichten. Klar, sie war verletzt, aber vielleicht war das so die bessere Lösung, denn Jörg war nicht glücklich, das spürte sie. Aber sie war es auch nicht.

War es ihr nicht wirklich bewusst, dass Liebe Verzicht heißt, geben können, ohne Gegenleistungen zu erwarten und mit dem zufrieden sein, was war?
Nach dem Gespräch mit Helga fuhr sie nach Hause, um sich gleich darauf schlafen zu legen. Es waren erst ein paar Stunden vergangen, als sie durch Geräusche erwachte. Zuerst wusste sie nicht, was das war, doch dann vernahm sie ein heftiges Schluchzen aus dem Nebenraum. Jörg war aus dem gemeinsamen Schlafzimmer ausgezogen und weinte herzzerreißend.

Charlotte lag da wie gelähmt, sie konnte sich einfach nicht rühren, obwohl Mitleid ihr Herz rührte. Aber auch so etwas wie Zorn machte sich breit. Schließlich hatte er sie aus dem Haus geworfen! Lange lag sie da, um dem schrecklichen Weinen zu lauschen, doch dann erhob sie sich, um zu ihm zu gehen. Sie hatten gemeinsam zu viel durchgemacht, um das, was sie hatten, einfach wegzuwerfen.

Dunja hatte Recht, als sie weinend stammelte: „Ihr könnt mir doch nicht einfach mein Elternhaus kaputt machen!" Michael sah das schon nüchterner. Er meinte nur, es hätten wohl beide Schuld und er würde seiner Mutter beim Umzug helfen, ansonsten verfüge er über nur wenig Zeit. Er befürchtete wohl, dass seine Mutter sich an ihn klammern würde, doch das hätte er eigentlich besser wissen müssen.

Nun ging sie also zu Jörg, und während sie ihn umarmte, brach sie ebenfalls in Tränen aus. Eng umschlungen, schluchzend und stammelnd verbrachten sie den Rest der Nacht. Sie redeten über den ganzen Vorfall nicht weiter, aber ein schlechter Nachgeschmack blieb.
Die Wohnungsvermieterin benachrichtigte Charlotte persönlich, dass nun kein Vertrag zu Stande käme, woraufhin sich diese sichtbar enttäuscht zeigte.
Charlotte ging weiter ihren täglichen Arbeiten nach, jedoch es kam keine rechte Stimmung auf. Wieder suchte sie ihren Arzt auf, um von den vorangegangenen Ereignissen zu berichten.
Sie merkte auch, dass sie langsam in eine Depression rutschte.

Dr. Heller bot ihr einen Klinikaufenthalt in Bremen an, was sie aber spontan ablehnte. Sie hasste Kliniken, das Leben nach Vorschrift, kaum eine Privatsphäre und immer mit vielen Menschen zusammen.

Zu Hause aber fühlte sie sich auch nicht mehr wohl, denn die ganze Stimmung war so angespannt, dass Jörg und Charlotte wegen jeder Kleinigkeit in Streit gerieten. Wieder einmal schlaflos, quälte sie sich durch die Nächte. Selbstmordgedanken plagten sie, sodass sie beschloss, doch eine gute Klinik aufzusuchen. Das teilte sie auch ihrem Arzt mit. Nach einer kurzen Wartezeit bekam sie einen freien Therapieplatz. Ein befreundeter Nachbar brachte sie in Begleitung von Jörg nach Bremen. Die Sonne strahlte vom Himmel und kleine Schäfchenwolken begleiteten ihren Weg. Dabei fiel es Charlotte ein, dass ihre Krankheit jahreszeitlich völlig unabhängig auftrat. Oft fühlte sie sich bei dem schönsten Wetter miserabel, während sie bei schlechtem Wetter bester Stimmung war.

Jetzt war sie nur noch nervös, denn die Fahrt war anstrengend und verwirrend, da sie sich ein paarmal tüchtig verfuhren. Die innere Unruhe wuchs ins Unerträgliche, wodurch sie die Beine nicht mehr stillhalten konnte. Sie versuchte am Gespräch der Männer teilzunehmen. Dabei verfiel sie auf die merkwürdige Idee, mit dem letzten Buchstaben des Satzes einen neuen Satz als Antwort zu formulieren. Zuerst machte sie es aus Spaß, aber letztendlich meinte sie, es müsse so sein, denn ihre Gedanken fingen wieder an sich zu verwirren. Sie bemerkte einen vielsagenden Blick, den sich die Männer zuwarfen, konnte aber nichts damit anfangen, da sie sich wieder einmal völlig realistisch fühlte. Sie meinte, die deutsche Sprache müsse reformiert werden.

Endlich kamen sie am Zielort an. Es folgte eine eingehende körperliche Untersuchung mit einem anschließenden längeren Gespräch. Da Charlotte immer wieder neue Antworten aus dem letzten Buchstaben bilden musste, zog sich das Unterfangen zähflüssig hin. Nachdenklich betrachtete die Ärztin sie. Da sie scheinbar nicht genau wusste, was sie von dem ganzen Gespräch halten sollte, bestellte sie telefonisch einen männlichen Kollegen dazu. Sie kamen auch gemeinsam nicht weiter und übergaben die Patientin schließlich einer Krankenschwester.
Das zugewiesene Zimmer teilte sie mit zwei jüngeren Patientinnen. Charlotte packte ihre Kleidung aus, um alles in den dafür vorgesehenen Schrank einzuordnen. Sie verabschiedete sich von Jörg, um sich anschließend unter die anderen Kranken zu mischen. Die meisten Patienten hielten sich in der Teeküche auf.
Fast alle Gespräche drehten sich um die Krankheit.

Da wollte Charlotte nicht mitmischen, darum begab sie sich in den Aufenthaltsraum, um für die kahlen Wände ihres Zimmers ein paar Bilder zu malen. Sie hatte gleich festgestellt, dass genügend Papier und Farben vorhanden waren. Eine Friedenstaube klebte fortan am ihrem Kopfende sowie eine Teufelsfratze an der Seite des Bettes.
Sie symbolisierten ihren derzeitigen Zustand.

Die nachfolgenden Therapien gefielen Charlotte.

Es wurden Volleyballspiele, Schwimmstunden sowie töpfern, basteln und malen angeboten. Die Gesprächstherapien waren sehr informativ, obwohl sie, bedingt durch ihren Tick, Schwierigkeiten mit der Teilnahme hatte, denn es gab immer wieder lange Denkpausen.

Eine Kranke suchte ständig ihre Nähe, um sie bei jeder sich bietenden Gelegenheit zu umarmen und leise zu flüstern: „Du bist so stark, gib mir etwas von deiner Kraft!" Sie war an allen sichtbaren Stellen mit Pflastern versehen, da sie auf den nicht bedeckten Körperteilen ihre Zigarettenstummel ausdrückte. Sie war noch so jung, doch schon so krank.

Bei Charlotte stellte sich wieder ein ungeheurer Seelenbrand ein. In der Nacht schlief sie trotz der vielen Medikamente schlecht oder sie wurde von wilden Träumen gequält. Einmal erwachte sie schweißgebadet, doch was war das? An der Wand sah sie ein wunderschönes Frauenbildnis, umgeben von einem hellen Licht. Sie schloss die Augen, um sie nach wenigen Sekunden wieder zu öffnen, doch alles war unverändert. Während sie die Erscheinung eingehend betrachtete, schlief sie ein. Am nächsten Morgen war der Spuk vorbei. Sie wusste, dass sie nicht reale Dinge sah, auch hörte sie Stimmen, obwohl niemand in der Nähe war. Mittlerweile hatte sie sich daran gewöhnt und fürchtete sich nicht mehr. Sie beschloss, es als zu ihrem Leben dazugehörig zu betrachten, um besser damit leben zu können.

Während ihrer kreativen Phasen konnte es passieren, dass sie in Bäumen oder Sträuchern irgendwelche Figuren sah, die sie dann auch hineinmalte. Eines schönen Tages schuf sie ein Bild, eine Kindheitserinnerung, als sie im Winter Milch holte, bei gespenstischer Dunkelheit, umgeben von Bäumen und Sträuchern. Sie lief mitten auf dem Weg, das Gesicht dem Mond zugewandt, der seine hellen Strahlen durch die Wolkendecke zur Erde schickte. Zum Trocknen legte sie das Geschaffene auf eine Anrichte. Als sie nach einigen Stunden zurückkam, lag neben dem Bild ein Zettel mit der Bitte, noch einmal ein solches Bild zu malen, nur mit einem kleinen Jungen darauf, eine Laterne in der Hand haltend. Es sollte für einen jungen Mann sein, der Name und Zimmernummer dazugelegt hatte. So etwas wie Freude und Eifer keimten in Charlotte auf, sodass sie sich gleich an die Arbeit machte. Als sie das Verlangte fertiggestellt hatte, nahm sie es und ging zu der angegebenen Adresse, um das Bildchen zu übergeben. Überrascht und erfreut nahm es ihr Gegenüber entgegen. Spontan lud er sie zum Kaffee ein. Es stellte sich heraus, dass ihr beider Krankheitsbild sich sehr ähnelte. Charlotte schenkte ihm das gemalte Werk, wobei sie feststellte, was für eine Freude man doch jemandem mit einer Kleinigkeit machen könnte.

Sie nahm sich vor, ihren Mitmenschen mehr Freude zu schenken, wobei sie merkte, dass sie auf einem guten Weg war.

Eine auferlegte Kontaktsperre verbot es Charlotte, Briefe an ihren Mann zu schreiben bzw. seine zu lesen, noch Besuch von ihm zu bekommen. Eines Tages beschloss sie, zum Vollyballspielen zu gehen, denn sie hatte festgestellt, dass die körperliche Betätigung ihr Auftrieb gab, sie weitgehend von ihren Wahnvorstellungen ablenkte und die Tiefe ihrer Depressionen milderte, genau wie das Malen.

Als sie den Vorraum durchquerte, um zur Sporthalle zu gehen, hörte sie, wie jemand mit kläglicher Stimme ihren Namen rief. Als sie sich umwandte, sah sie Jörg in einem Sessel an der Wand sitzen. Unberührt ging sie zu ihm, um ihm mitzuteilen, dass sie nicht einmal mit ihm sprechen dürfe. Sie ignorierte die Tränen in seinen Augen und ging zum Sport. Immer noch hegte sie Trennungsgedanken.

Bei der Visite berichtete sie von ihrer Standhaftigkeit, woraufhin die Stationsärztin Charlotte einen Brief aushändigte. Jörg schrieb von einer gemeinsamen Zukunft, wie sehr er sie brauche und liebe, dass er sie unterstützen wolle in all ihrem Tun, damit sie mehr Zeit für ihre Hobbys zur Verfügung habe.

Bevor sie ihm antwortete, dass sie bereit sei, das Zusammenleben fortzusetzen, verfiel sie in lang anhaltendes Grübeln. Sie war so unentschlossen, dass sie ihre Ärztin um ein Gespräch bat, denn sie fühlte sich in Bremen nicht nur gut angenommen, sondern auch verstanden, sofern man bei dieser Erkrankung überhaupt begriffen werden kann.

Nach der Unterredung fühlte sie sich besser und schrieb einen langen Brief an Jörg. Dann fasste sie den Entschluss, mit dem Zug nach Hause zu fahren, um persönlich mit ihrem Mann zu sprechen. Sie wollte am Abend reisen, um am nächsten Morgen zurückzukehren. Der Gedanke ließ sie nicht mehr los, er manifestierte sich so, dass sie nur noch auf einen geeigneten Augenblick wartete, denn schließlich musste sie unbeobachtet durchs geschlossene Tor und an der Wache vorbei. Die Lösung kam, als sie die ein- und ausströmenden Besucher beobachtete.

Am nächsten Tag benahm sie sich unauffällig, um sich am Abend unter die heimwärts strömenden Menschen zu mischen. Dem freundlichen Mann an der Schranke winkte sie zu, um keinen Verdacht zu erregen. Sie wusste durch Gespräche mit ihren Mitpatienten, dass in der Nähe eine Vorortbahn abfuhr, denn einige konnten sich völlig frei bewegen. Sie brauchten sich nur an- und abzumelden. Als sie in der Straßenbahn saß, war sie so aufgeregt, dass sie dauernd nachfragte, wann sie denn endlich am Bahnhof seien. Dort angekommen, stieg sie schnell aus, um am Anschlag nach einem geeigneten Zug zu sehen. Sie war nicht in der Lage, einen passenden Zug herauszusuchen. In ihrem Kopf braute sich wieder etwas zusammen. Zur Beruhigung setzte sie sich in einen kleinen Imbiss, trank dort durstig nur eine Cola, denn Hunger verspürte sie keinen. Da sie vergessen hatte, eine Uhr anzulegen, las sie die Zeit an der einzigen für sie sichtbaren Uhr an ihrem Aufenthaltsort ab. Hin und wieder ging sie auf den Bahnsteig, um nach einem geeigneten Zug Ausschau zu halten. Verzweifelt studierte sie die Abfahrtszeiten, ohne zu einem Ergebnis zu kommen. Zwischendurch ging sie immer wieder in das kleine Lokal zurück, um die Uhr zu beobachten. Viel später erst sah sie, dass es eine Mikrowellenzeitanzeige war. Jetzt war es ohnehin zu spät, kein Zug kam oder verließ den Bahnhof. Müde und erschöpft setzte sie sich auf eine Bank. Erst jetzt fiel Charlotte ein, dass sie ja keine Abendmedizin bekommen hatte. Angst machte sich breit, denn sie wusste nicht mehr, was sie eigentlich wollte und was sie tun sollte.

Sitzenbleibend verbrachte sie den Rest der Nacht, Chaos im Gehirn.

Als der Morgen graute, verließ sie den Bahnhof, winkte mit letzter Kraftanstrengung ein Taxi herbei. Bleich, völlig übermüdet und frierend, ließ sie sich in die Klinik zurückfahren. Da sie sich vorher nicht nach dem Preis für die Fahrt erkundigt hatte, war sie über die stattliche Summe, die sie bezahlen musste, leicht erstaunt, aber es war ohnehin nebensächlich. Von ganz allein hatte sie den Schutz der Klinik gesucht, das wurde Charlotte jetzt erst richtig bewusst, und sie fühlte sich erleichtert. Die Diensthabende Ärztin sowie eine noch sehr junge Krankenschwester empfingen sie. Die Jüngere war sehr ungehalten. Lautstark krakeelte sie herum, man habe Charlotte die ganze Nacht gesucht, indem man das ganze Krankenhausgelände durchforstet habe, selbst den Teich habe man abgesucht und sich schreckliche Sorgen gemacht - und wo sie denn überhaupt gewesen sei? Die Ärztin meinte ruhig, dass bestimmt keine böse Absicht dahinterstecke.

Kein Wort der Entschuldigung seitens Charlotte, sondern nur ein wahnwitziges Lachen!

Gott sei Dank war man so verständnisvoll, sie nach dem eingenommenen Frühstück ins Bett zu schicken. Dankbar schluckte sie ihre Medikamente und kam etwas zur Ruhe. An einen erholsamen Schlaf war nicht zu denken, denn sie befand sich wieder in dem nicht unbekannten Trance-ähnlichen Zustand, alles wahrnehmend, sich jedoch nicht rühren könnend. Nach ein paar Stunden erwachte sie aus dem Dämmerschlaf, duschte, zog sich frisch an, um sich anschließend unter die Anderen zu mischen.

Nachdem sie ein längeres Gespräch mit ihrer Ärztin sowie dem anwesenden Oberarzt geführt hatte (kein Wort des Vorwurfs), bekam sie ein paar Lockerungen zu spüren. Fortan durfte sie mit Abmeldung das Gelände verlassen, um Einkäufe zu erledigen, eine Cafeteria zu besuchen oder um einfach auch spazieren zu gehen. Schnell fand sich eine Gruppe zusammen, die gemeinsam etwas unternahm.

Charlotte wertete es als Zeichen des Vertrauens, was sie auf keinen Fall missbrauchen wollte. Fühlte sich auf dem richtigen Weg. Wieder einmal stärkte es ihr Bewusstsein, mit der Krankheit leben zu können, vielleicht sie eines Tages sogar zu überwinden.

Ganze zwei Monate weilte sie nun schon in der Klinik. Eines schönen Tages, die Sonne strahlte warm vom Himmel, denn es war auch bereits Mai, hatte sich bei Charlotte Besuch angemeldet: Ihre Rektorin und drei Kolleginnen suchten sie auf. Zuerst war Charlotte gerührt, dass sie den weiten Weg auf sich genommen hatten, und lud alle, nachdem sie auf der Station Bescheid gesagt hatte, in ein gemütliches Café ein. Nach den üblichen Fragen und Antworten entstand eine längere Pause. Charlotte spürte, dass da etwas war. Wie ein Damoklesschwert schwebte es über ihrem Kopf.

Endlich, nach längerem Zögern, rückte ihre Rektorin mit der Sprache heraus. Sie fragte geradeheraus, warum Charlotte nicht eine Erwerbsunfähigkeit beantrage, denn eigentlich sei sie durch den häufigen Ausfall nicht mehr tragbar. Nach außen blieb Charlotte ziemlich ruhig, aber im Inneren brodelte es fürchterlich. Die Wiedersehensfreude war dahin!

Schweigend saß Charlotte da, bemüht, sich die fürchterliche Enttäuschung nicht anmerken zu lassen, denn eigentlich hatte sie immer geglaubt, dass man sie gerne in der Schule sähe. Sie liebte doch ihre Arbeit, jetzt besonders, da die Kinder aus dem Haus waren - was hatte sie sich alles noch vorgenommen! Es waren doch nicht die Schüler, die sie krank machten! In gewisser Weise trug der Gedanke an die Schule sogar zu ihrer Gesundung bei!

Nachdem sich die Kollegen verabschiedet hatten, kehrte sie in die Psychiatrie zurück. Teilnahmslos saß sie am Abendbrottisch. Sie bekam von den gereichten Speisen kaum etwas herunter. Gestellte Fragen blieben unbeantwortet, da sie nicht in der Lage war zuzuhören. Nach dem Essen ließ sie sich die Medikamente geben, um sich anschließend gleich ins Bett zu legen. Aber an Schlaf war nicht zu denken. Heiße und kalte Schauer bemächtigten sich ihrer, während sich eine ungeheure Unruhe breitmachte. So lag sie die ganze Nacht da, um sich in der Frühe mühselig aus dem Bett zu erheben. Sie war zu der Erkenntnis gekommen, dass sie das Problem alleine nicht lösen könnte und ihre Ärztin um ein Gespräch bitten würde. Das Frühstück verlief einsilbig und wieder verspürte sie keinen Appetit.

Bei der Visite erfuhr sie, dass ihre Therapeutin in Urlaub sei, darum bat Charlotte den Stationsarzt um eine vertrauliche Unterredung. In der Gruppentherapie wollte sie das Thema nicht anschneiden.

Wenig später saß sie im Behandlungszimmer des Arztes, während sie völlig aufgelöst von dem gestrigen Ereignis berichtete. Aufmerksam schaute der Arzt sie an, um ihrem Gespräch zu lauschen.

Mehrmals schüttelte er leicht den Kopf, um endlich sein Erstaunen zum Ausdruck zu bringen. War es ihm doch bekannt, wie sehr die Patientin alles das, was mit der Schule zusammenhing, liebte. Nach einer Pause des Schweigens begann er vorsichtig zu antworten. Er machte Charlotte klar, wie schwer ihre Erkrankung sei und höchstwahrscheinlich nicht heilbar. Vielleicht wäre es wirklich ratsam, eine Erwerbsunfähigkeitsrente zu beantragen. Dann hätte sie viel mehr Zeit für ihre Hobbys und bei weitem weniger Stress. Bei dieser Art der Erkrankung müsse man sehr gut auf sich achtgeben. Überlegen sie es sich in aller Ruhe, beendete er das Gespräch. Schweren Herzens verabschiedete sie sich, sich für das eingehende Gespräch bedankend.

Während sie sich unter die Patienten mischte, wurde sie von ihren Zimmerkameradinnen aufgefordert, mit in den Hobbykeller zu gehen. Zu dritt setzten sie sich an einen der Tische, um eilig und wie unter Zeitdruck zu malen. Eine ungeheure Unruhe hatte alle ergriffen und - wie verabredet - malten alle ein Grab. Ein Grab mit Kreuzen, an denen Rosen emporrankten, während Charlotte eine Marienstatue auf einem Grabstein malte. Schweigend saßen sie da, um nach Vollendung der Werke in den Speisesaal zu gehen. Dort erschien alsbald der Klinikleiter, um allen Anwesenden mitzuteilen, dass sich vor kurzer Zeit ein junges Mädchen an dem Fensterkreuz seines Zimmers erhängt hatte. Sie sei nicht zu retten gewesen. - Woraufhin Charlotte in Tränen ausbrach.

Nach elf langen Wochen durfte sie endlich wieder nach Hause. Sie konnte jetzt ganz normal an den

Gesprächen teilnehmen. Zum Abschied meinte die Stationsärztin, was für eine tolle Frau sie doch sei, so gesund! Charlotte fuhr allein mit dem Zug nach Hause, voller Vorfreude, denn Jörg und sie planten einen neuen Anfang. Eines wusste sie, dass sie alles zum Gelingen beitragen wollte, denn sie hatte ihn sehr gern. Bestimmt war es doch für ihn unendlich schwer, mit ihrer Krankheit zu leben!

Mit der Zeit fand sich Charlotte immer mehr damit ab, nichts mehr von Roland zu hören. Sie erinnerte sich gern an ihn, aber die Trauer über den Verlust verging. Sie widmete sich jetzt mehr ihrer Ausbildung, zumal das zweite Jahr angefangen hatte. Sie war ins alte Haus, wie es von allen genannt wurde, weil es ein altes, neu renoviertes Gebäude war, umgezogen. Mit Belle, einer jungen Frau, teilte sie sich ein kleines, gemütliches Zimmer. Was damals noch Seltenheitswert hatte, Belle hatte ein eigenes Tonband, was von morgens bis abends lief, wenn die beiden Mädchen im Zimmer waren. Das Schönste jedoch war, dass das Zimmer ein Dachfenster hatte, durch das man nach draußen gelangen konnte. Es war zwar streng verboten, da das alte Haus aber einen Zwiebelturm hatte, der die Sicht nach oben nahm, konnte man verborgen und herrlich bequem auf der direkten Verbindung zwischen Turm und Dach sitzen. Belle und Charlotte saßen dort oft bis in die Nächte, vor allem wenn das Wetter trocken und warm war. Manchmal rauchten sie auch heimlich eine Zigarette. In der neuen Clique wurde Charlotte mit offenen Armen aufgenommen. Die meisten Mädchen hatten schon einen festen Freund und, wie konnte es auch anders sein, natürlich von der Marine. So dauerte es nicht lange, bis sie eine Einladung bekam, die sie aber ablehnte, denn sie hatte überhaupt keine Lust. Sie interessierte sich im Moment einfach nicht für junge Männer. Doch der Marinesoldat erwies sich als beharrlich. Wiederholt und unverbindlich sprach er die Einladung aus, bis er schließlich Erfolg hatte. Charlotte willigte ein.

So lernte sie Jörg kennen.

Doch er war eigentlich gar nicht ihr Typ. So blond und blauäugig wie sie selber. Ihr Typ war dunkelhaarig und braunäugig. Aber sie unterhielten sich recht gut und gehörten von nun an zu der Gruppe. Es war immer etwas los, sodass viel unternommen wurde. Es waren vier Pärchen, wobei für Jörg und Charlotte die Bezeichnung Pärchen völlig übertrieben war, denn sie hatten keinerlei Beziehung. Sie machten einfach nur alles mit. Wenn Jörg sie alleine treffen wollte, lehnte sie es ab. Um Ausreden war sie nicht verlegen. Doch allmählich rührte sie seine Hartnäckigkeit. Schließlich gab sie nach, um sich auch außerhalb der Gruppe mit ihm zu verabreden. Er begann sie zu verwöhnen, schickte eine Torte in die Schule oder lud sie zum Essen ein. So gewöhnte sie sich mehr und mehr an ihn, bis sie eines schönen Tages feststellte, dass sie sich in ihn verliebt hatte, denn das gewisse Kribbeln in der Magengegend stellte sich ein, wann immer sie ihn sah. Jetzt trafen sie sich bei jeder sich bietenden Gelegenheit. Wenn er keine Zeit hatte, vermisste sie ihn, woraufhin sie lange liebevolle Briefe schrieb. Allmählich begann sie seine Zuverlässigkeit, Fürsorge, vor allem aber seinen Humor zu schätzen. Er war deutlich größer als sie und sah auch recht gut aus. Sein dichtes, blondes Haar fiel ihm verwegen in die

Stirn und betonte das helle Blau seiner Augen. Sie fühlte so etwas wie Geborgenheit, wenn sie in seiner Nähe war. Kurzweilig vergingen die Sommermonate, obwohl Charlotte jetzt etwas ernsthafter lernte, was schon bemerkenswert war, denn eigentlich war sie ziemlich faul und erledigte nur das Nötigste.

Gegen Ende des Sommers war auch Jörgs Lehrgang zu Ende, woraufhin er an einen anderen Standort versetzt wurde.

Jetzt war sie wieder allein, obwohl er sie an den meisten Wochenenden besuchte. Augenblicklich spürte sie wieder, was Sehnsucht heißt. Aber bekanntlich ist Vorfreude die schönste Freude, und so lebte sie eigentlich nur von Wochenende zu Wochenende. Obwohl er immer im Hotel schlief, schmusten sie nur miteinander. Sie hatte sich vorgenommen, noch nicht mit ihm zu schlafen, bis sie zumindest das Staatsexamen bestanden hatte. Es war einfach zu gefährlich, denn sie wollte auf keinen Fall schwanger werden. Das Risiko war einfach zu groß.

Viel Zeit verbrachte sie unter der Woche damit, lange Briefe zu schreiben, die auch postwendend beantwortet wurden.

Eines schönen Tages, es war an einem Sonnabend, noch recht in der Frühe, wurde sie zur Schulleitung gerufen, wo man Charlotte mitteilte, dass sie Besuch habe. Erstaunt sah sie sich um und erblickte Roland. Überrascht ging sie auf ihn zu, um ihn freudig zu begrüßen. Da er von einer langen Reise zurückgekehrt war, hatte er sich, nachdem seine Mutter ihm von dem Telefonat zu seinem Geburtstag berichtet hatte, gleich aufgemacht, um Charlotte zu besuchen.

Nun schlenderten sie also am Wasser entlang, während sie sich alles erzählten, was sich in den langen Monaten der Trennung ereignet hatte, wobei sie ihm auch die Bekanntschaft von Jörg nicht verschwieg. Rolands Enttäuschung war sichtbar. Jedoch Charlotte merkte auch, dass sie nicht mehr in ihn verliebt war. Seine Erscheinung war zwar noch immer bemerkenswert, aber es kribbelte nicht mehr, wenn er sie wie zufällig berührte. Außerdem nahm sie ihm sein langes Schweigen übel, für das er keine plausible Erklärung hatte. Sie verbrachten einen schönen Tag miteinander, ohne sich wieder zu verabreden.

Sie hatte sich für Jörg entschieden, die Seele schmerzte nicht mehr, und das war gut so.

Ein kalter langer Winter eignete sich besonders, um für die bevorstehende Prüfung zu lernen. Da Charlotte eigentlich kein Prüfungsmensch war, wurde sie schon aufgeregt, wenn sie nur daran dachte. Stundenlang lag sie wach, wenn sie über das bevorstehende Ereignis nachdachte. Sie hatte sich zur Angewohnheit gemacht, in aller Frühe aufzustehen, die Nase in die Bücher zu stecken oder an der großen Arbeit zu schreiben. Außerdem mussten Gymnastische Formen ausgedacht und einstudiert werden. Sie wurden dann von einer Gruppe ausgesuchter Mädchen vorgeführt. Es gab also viel zu tun, sodass Charlotte sich ganz besonders auf Jörg freute, wenn er am Wochenende angereist kam. Sie konnte sich alles von der Seele reden und sich ein wenig anlehnen.

Nebenbei schrieb sie Bewerbungen, bekam aber nur Absagen, da sie noch keine achtzehn Jahre alt war. Liebend gern hätte sie an einer Schule unterrichtet, aber dazu musste man mindestens 18 Lenze zählen.

Am Prüfungstag war sie so aufgeregt, dass ihre Hände zitterten. Leichtathletik und Schwimmen waren schon vorweg abgenommen worden, was sie beides gut bestanden hatte. Eigentlich gab es keinen Grund zur Sorge.

Als die Gymnastischen Übungen sowie die mündliche Prüfung absolviert waren, brach Charlotte in hemmungsloses Weinen aus, sodass ihre Mitschülerinnen davon ausgingen, dass sie durchgefallen sei, was aber keinesfalls so war. Die ganze Anspannung war abgefallen und löste sich in diesem Weinkrampf. Überglücklich registrierte sie, dass sie nun alles geschafft hatte. Es gab eine große Abschiedsfeier, Adressen wurden ausgetauscht und das Versprechen, von sich hören zu lassen.

So kehrte Charlotte erst einmal nach Hause zurück.

In der ersten Zeit fühlte sie sich dort auch sehr wohl, denn sie sah nicht nur ihre Freundinnen und Freunde wieder, sondern sie genoss es auch, die Füße wieder unter den Tisch ihrer Mutter zu stellen. Ihr Bruder wohnte in der Nachbarschaft. Er hatte geheiratet, und sie verstand sich gut mit ihrer Schwägerin. Birgit, ihre Schwester, war in der Zwischenzeit mit ihrem Mann nach Äthiopien gegangen, um dort zu leben. Charlotte vermisste sie; so hätte sie eine Vertraute gehabt wie früher, als sie sich noch kleine Geheimnisse anvertraut hatten. Um ein bisschen eigenes Geld in der Hand zu haben, arbeitete sie zeitweise in einer Fabrik, wo sie Stunde um Stunde Wolldecken einschweißte, um sie anschließend auf ein Förderband zu legen. Froh war sie, dass sie diese eintönige, anstrengende Arbeit nicht ihr Leben lang verrichten musste.

Insgeheim bedauerte sie die durchweg netten Frauen, die trotzdem gut gelaunt diese immer gleichen Bewegungsabläufe ausführten. Das Ganze natürlich im Akkord.

Im Sommer war sie achtzehn Jahre alt geworden und hatte wieder verstärkt Bewerbungen geschrieben. Nach mehreren Absagen bekam sie auch zwei Zusagen, beide als Gymnastiklehrerin in einem Kinderheim, das eine in Süddeutschland gelegen, das andere auf der Insel Sylt. Nach mehreren telefonischen sowie schriftlichen Kontakten entschied sie sich für das Haus auf der Insel. Es entsprach zwar nicht ihren Wünschen, da sie gerne an einer Schule angefangen hätte, aber die Chance hatte sich leider nicht ergeben.

Nun hieß es wieder Abschied nehmen.
Nachdem sie alle Sachen in Ordnung gebracht, die Koffer gepackt waren, brachte ihr Vater sie nach Wenningstedt auf Sylt, an ihre erste Arbeitsstätte. Schon während der Hinfahrt wurde sie immer aufgeregter, je näher sie dem Ziel kamen. Die Nordsee kannte Charlotte noch nicht. Durch Anlesen hatte sie sich mit Ebbe und Flut vertraut gemacht. Trotzdem war sie sehr gespannt, wie sie alles vorfinden würde. Obwohl sich das Wetter einzutrüben begann, gingen sie, nachdem sie auf Sylt angekommen waren, erst einmal an den endlos scheinenden Strand. Ein rauer Wind schlug ihnen entgegen und das Tosen der Wellen machte jede Unterhaltung fast unmöglich. So gingen sie schweigend am Strand entlang, genossen den weichen Sand unter ihren Füßen und sogen tief die würzige Luft ein. Pure Lebensfreude machte sich in

Charlotte breit. Nun konnte sie nur noch hoffen, dass ihr die Stelle im Kinderheim auch so gut gefiel. Sie fuhren also weiter nach Wenningstedt. Am Zielort angekommen, standen sie vor einem wunderschönen, reetgedeckten rustikalen, rot leuchtenden Backstein-gebäude. Die Aufregung nahm zu, der Mund war so trocken, dass sie meinte, keinen Ton hervorzubringen. Einzelne Kindergruppen tummelten sich auf dem großzügig angelegten Spielplatz. Bei ihrem Anblick wurde Charlotte ruhiger, denn sie freute auf die wilden Rangen.

Nachdem sie an der Haustür geklingelt hatten, öffnete eine junge, freundliche Frau. Wie sich später heraus-stellte, war es eine der vier Kindergärtnerinnen. Sie führte Charlotte sowie ihren Vater, nachdem sie ihr Anliegen vorgebracht hatten, zu der Privatwohnung der Chefin. Eine ältere, mittelgroße Frau empfing sie mit ernstem Gesicht. Auffällig war das dunkel gefärbte Haar, was den blassen Teint noch fahler erscheinen ließ, während eine tief eingegrabene, steile Falte über der Nasenwurzel von einer gewissen Strenge zeugte. Während die schmalen Lippen sich zu einem Lächeln verzogen, blieben die kühlen grauen Augen völlig unbeteiligt. Charlotte begann ein wenig zu frösteln, denn sie hatte nicht das Gefühl, besonders willkommen zu sein. Doch sie wollte endlich in ihrem Beruf arbeiten. Jedoch sollte es anders kommen!

Nachdem sie sich von ihrem Vater verabschiedet hatte, richtete sie sich in dem ihr zugewiesenen Zimmer häuslich ein. Es war überraschend gemütlich. Am auffälligsten war das eingebaute Bett, dessen Holztüren, von denen sich nur eine öffnen ließ, mit wunderschönen Farben, in einer Art Bauernmalerei, verziert waren. Tisch, Stühle und Schrank waren alt, aber aus schwerer Eiche. Eine kleine Waschnische befand sich in einer Ecke, fein säuberlich abgeteilt von der übrigen Räumlichkeit.

Nachdem sie das Abendbrot eingenommen hatte, was ziemlich schweigsam verlief, verzog sie sich gleich wieder auf ihr Zimmer. Am nächsten Morgen stand sie früh auf, um, nachdem sie sich im Duschraum heiß und kalt abgeduscht hatte, ihren Dienst anzutreten. Es war Bettenbezugstag, das heißt, sie musste über zwanzig Betten beziehen. Eine Arbeit, die sie nie gerne getan hatte und zu Hause waren es immer nur zwei, höchstens mal drei Betten gewesen. So hatte sie sich das Ganze nicht vorgestellt, musste aber gute Miene zum bösen Spiel machen. Am liebsten hätte sie schon gleich wieder alles hingeschmissen, zumal sie dauernd von ihrer Chefin korrigiert wurde. Danach hatte sie Küchendienst, und es wurde Nachmittag, bevor sie die Kinder, denen ja eigentlich ihr Haupt-augenmerk galt, zu Gesicht bekam. Hinter dem Haus befand sich eine große, freie Wiese, dorthin ging sie mit einer Gruppe von ungefähr dreißig Kindern, alle um die zehn Jahre alt, um mit ihnen ein paar sportliche Spiele zu absolvieren. Schnell konnte sie die Kinder begeistern und wie im Sturm flogen Charlotte viele Herzen zu. Sie fasste wieder Mut, dass noch alles gut würde. Abends wurde es so richtig gemütlich, denn vor dem Zubettgehen wurde den Kindern vorgelesen. Da Charlotte ihre Nase gerne in Bücher steckte, bereitete sie sich darauf auch besonders vor, indem sie, waren die Kleinen erst einmal im Bett, den Bücherbestand sichtete. Sie riss sich förmlich darum, ihnen vorzulesen, während die Kinder mit verträumten Gesichtern lauschten. Es war auch nicht eines dabei, was den Frieden störte. Sie begann diese Zeit am Abend besonders zu genießen, denn sie verbrachte eigentlich viel zu wenig Zeit mit den Kindern, da sie immer zu anderen Arbeiten herangezogen wurde. So begann sie sich zu beschweren, was aber ungehört verhallte.

Eines schönen Tages packte sie heimlich ihre Sachen und kehrte in einer Nacht- und Nebelaktion nach Hause zurück. Sie war erstaunt, dass sie keine Vorwürfe bekam. Sie nahm wieder die ungeliebte Arbeit in der Fabrik auf, um nicht ganz mittellos dazustehen.

Später schlug ein zweiter Versuch in einem Kinderheim ebenso fehl. Sie war nicht dazu ausgebildet worden, andauernd irgendwelche Hausaufgaben zu erledigen. Jetzt hatte sie endlich von Kinderheimen die Nase voll, da ihre eigentliche Aufgabe, die Beschäftigung mit den Kindern, viel zu kurz kam.

Zu Hause fühlte sie sich nur geduldet, sie bemerkte auch die riesige Enttäuschung ihres Vaters und wurde fortan dazu angehalten, das Haus in Ordnung zu halten. Sie fühlte sich unheimlich einsam und verlassen. Das besserte sich nur, wenn Jörg zu Besuch kam. Inzwischen schliefen sie auch miteinander, seine Zärtlichkeit tröstete sie. Insgeheim wünschte sie sich ein Kind von ihm, etwas, was sie lieben konnte und ihr gehörte. So kam es, dass sie keinerlei Verhütungsmaßnahmen trafen. Wenn sie Jörgs Eltern besuchten, quartierten sie sich vorher immer in einem Hotel ein, wo sie sie die ganze Nacht Zärtlichkeiten austauschen konnten.

Da sie sich auf der Sportschule auch in pflegerischer Gymnastik sowie in Massage hatte ausbilden lassen, bewarb sie sich an verschiedenen Kurmittelhäusern. Schnell hatte sie Erfolg und bekam eine Stelle als Saisonkraft auf Wangerooge. Da sie fleißig und zuverlässig war, wurde sie gut behandelt, und die Arbeit machte Charlotte Freude. Leider war das Ganze nur für eine Sommersaison, denn für die Winterzeit war eine feste Kraft angestellt.

Eines schönen Tages, sie fuhren wieder zu Jörgs Elternhaus, hatten aber Station in Hannover gemacht, wurde ihr ganz plötzlich übel. Leise Hoffnung bemächtigte sich ihrer. Wie sich nach einiger Zeit herausstellte, war sie schwanger. Eine unendliche Freude und Wärme breitete sich in ihrem Inneren aus. Seit Langem war sie zum ersten Mal wieder richtig glücklich. Auch Jörg freute sich sichtlich. Da sie schon seit Januar verlobt waren, bestand kein Zweifel, dass sie so schnell wie möglich heiraten wollten. Also setzte sich Charlotte hin, um einen ausführlichen Brief an ihren Vater zu schreiben, da sie die nötigen Papiere für eine Heirat brauchte und außerdem seine Einwilligung, da sie gerade erst zwanzig Jahre alt war.

Jeden Tag ging sie erwartungsvoll zum Briefkasten, auf Antwort hoffend, doch immer bemächtigte sich Enttäuschung ihrer, denn es kam keine Nachricht.

Wochen vergingen, dann endlich lag ein dicker, brauner Umschlag in ihren Händen.

Aufregung nahm Charlotte fast den Atem, mit zitternden Fingern öffnete sie den Umschlag, wohl wissend um die tiefe Enttäuschung ihres Vaters. Doch was sie da las, trieb ihr nicht nur die Tränen in die Augen, sondern legte sich wie ein schwerer Stein auf ihre Brust: Ihr Vater war zornig und schrieb, er stelle ihren Stuhl vor die Tür, sie habe fortan keine Familie mehr. Er schickte alle erforderlichen Papiere mit, damit war die Sache für ihn erledigt.

Fassungslosigkeit bemächtigte sich ihrer, denn damit hatte sie nicht gerechnet. Dann aber dachte sie an das werdende Leben unter ihrem Herzen, wie sehr sie sich das Kind wünschte, wodurch sie ganz ruhig wurde. Wir drei, Jörg, das Kind und ich werden es schon schaffen. Wir werden eine kleine glückliche Familie sein, dachte sie.

Bevor sie heirateten, machte sich Charlotte noch mit der Religion ihres Mannes vertraut, denn sie wollte zum evangelischen Glauben übertreten, da das für kommende Kinder einfacher war, wenn alle der gleichen Kirche angehörten. Die Frömmigkeit ihrer Kindheit war verlorengegangen. Sie ging nur noch selten in die Kirche und wenn, fesselte sie es nicht mehr. So nahmen Jörg und sie an einem Religionsunterricht teil, woraufhin Charlotte nach einigen Wochen zu seinem Glauben übertrat.

Der Tag der Hochzeit nahte.

Charlotte hatte ein elegantes, dunkles Kostüm gewählt. Ein weißes Kleid, von dem sie immer geträumt hatte, empfand sie als unschicklich, da sie ja bereits schwanger war, was 1961 noch als Schande galt, wenn man nicht verheiratet war. Da weder Jörgs Eltern, geschweige denn Charlottes Eltern und Geschwister an der Hochzeit teilnahmen, sollte es

schlicht und einfach ablaufen. Nur Jörgs Zwillings-
bruder Sven sowie der ältere Bruder Dieter waren
dabei. Sie traten auf dem Standesamt auch als Trau-
zeugen auf. Dieter hatte sich zur Feier des Tages einen
VW Käfer geliehen. Auf dem Standesamt empfand sie
es als ziemlich nüchtern, obwohl der Beamte durch
seine heitere Ansprache die ganze Situation zu
entkrampfen versuchte.

Etwas wie Traurigkeit hatte sich in ihrem Herzen aus-
gebreitet, denn es fehlten ihr die Eltern und
Geschwister. Beim Gang in die Kirche bekam sie
weiche Knie, was sich noch verstärkte, als die
Orgelmusik einsetzte.

Obwohl der Pfarrer herzliche Worte fand, war
Charlotte so aufgeregt, dass sie am ganzen Leib
zitterte.

Vor dem Traualtar schwor sie Jörg ewige Treue. Sie
wollte ihm eine gute Frau sein.

Den Spruch, den der Geistliche beiden mit auf den
Weg gab, nahm sie sich sehr zu Herzen. *Jeder diene
dem anderen mit den Gaben, die er von Gott dafür
empfangen hat.*

Als sie nach der Trauung die Kirche verließen, hatten
schwarze Wolken den vormals blauen Himmel
verdunkelt, trotz des eigentlich heißen Monats August
wehte ein recht frischer Wind. Sie saßen noch nicht
richtig im Auto, um zum Essen in ein Lokal zu fahren,
da öffneten sich die Wolken, um wahre Regen-
sturzbäche auf die Erde zu schicken. Nach mehreren
vergeblichen Versuchen, die Scheiben einigermaßen

frei zu bekommen, fuhren sie auf den Standstreifen, um den Wolkenbruch abzuwarten.

Wohlig kuschelte sich Charlotte an ihren frisch ange-trauten Ehemann. Die vormals gedrückte Stimmung war verflogen. Nach einem köstlichen Essen brachen sie in ihr neues Heim auf, das in einem kleinen Garten in unmittelbarer Nähe der Ostsee lag. Es herrschte 1961 noch überall große Wohnungsnot, und so waren sie froh darüber, dieses gemütliche massive Garten-haus mieten zu können. Jörg und Charlotte machten sich auch über den Umstand, dass es keine Heizmög-lichkeit hatte außer einer Propangasflasche unter dem Herd in der Küche, keine Gedanken. Es war ein wun-derschöner warmer Sommer und in der Hoffnung, dass der Winter nicht so kalt würde, hatten sie etwas blauäugig das Häuschen gemietet. Es bestand aus einem kleinen Vorflur mit einem winzigen Bad an der linken Seite und an dessen Ende einer etwas geräumigeren Küche. Durch ein winziges Wohnzim-mer gelangte man in ein etwas größeres, helles Schlafzimmer. Alle Räume waren geschmackvoll und freundlich möbliert. Nachdem sie Dieter und Sven ihr Domizil gezeigt hatten, machten sie einen langen Strandspaziergang. Ja, die Umgebung war schön, es gab dort sogar einen Supermarkt sowie Fleischer und Bäcker. Dort konnte man es gut aushalten, dessen war Charlotte sich sicher. Sie musste aber noch einmal nach Wangerooge zurück, da die Saison erst im September endete.
Aber zuerst fuhren sie in ein gutes Café, um bei leckerer Torte und Eis den Tag recht früh ausklingen zu lassen, da die beiden Brüder noch nach Hannover zurück mussten. Es war trotz allem eine schöne

Hochzeit, obwohl es kaum Geschenke gab, aber das war auch unwichtig. Es war ein kleines, harmonisches Fest.

Glücklich und entspannt erlebten Jörg und Charlotte eine erfüllte Hochzeitsnacht, voller Liebe und Zärtlichkeit! In rosigen Farben malten sie sich ihre Zukunft aus.

Am nächsten Morgen brachte Jörg sie zum Bahnhof und mit Zug und Schiff kehrte sie auf die Insel zurück, um noch einmal für 6 Wochen ihre Arbeit zu tun. Ende September war die Saison zu Ende und Charlotte wurde von allen herzlich verabschiedet. Sie hatte nicht nur ein wunderbares Zeugnis in der Hand, sondern bekam auch von der Chefin und allen Angestellten kleine Geschenke sowie gute Wünsche mit auf den Weg. So verabschiedete sie sich schweren Herzens, obwohl sie sich auf ein Zusammenleben mit Jörg freute. Erwartungsvoll kehrte sie nach Kellenhusen zurück. Da sie an den Wochentagen allein war - Jörg fuhr auf einem U-Boot -, nutzte sie die Zeit, wenn sie alles andere erledigt hatte, um sich im Kochen zu üben. Sie hatte nicht besonders viel Ahnung davon, da ihre Mutter sich nicht gerne in die Töpfe schauen ließ. Sie experimentierte herum, und nach einigen missglückten Versuchen begann Jörg das Essen zu schmecken. Ansonsten machte sie lange Spaziergänge, und da das Wetter es in diesem Spätsommer noch gut meinte, genoss sie die noch vorhandene Wärme. Doch pünktlich zum Herbstanfang, gab es einen Wetterwechsel. Die Tage wurden kürzer, früher Nebel lag über dem Wasser. Die Wände des Gartenhäuschens begannen auszukühlen, es herrschte eine feuchte Kälte in allen Räumen.

Allmählich wurde Charlotte ängstlich, wenn sie an den Winter dachte. Wenn sie am Sonntagabend Jörg mit dem Bus in seine Einheit begleitete, nutzte sie die Zeit im Bus, um sich aufzuwärmen. Obwohl sie das Fahren in Verkehrsmitteln schlecht vertragen konnte, da ihr immer schrecklich übel wurde, ließ sie es sich nicht nehmen, ihren Mann zu begleiten. Für Anschaffung und Unterhaltung eines Elektroofens fehlte das Geld. So blieben Koch- und Waschvorgänge, durch die es in der Küche am wärmsten war.

Das werdende Kind in ihrem Leib wuchs heran und machte sich oft stürmisch bemerkbar. Bei jeder kleinsten Bewegung glitt ein zärtliches Lächeln über Charlottes Gesicht. Sie freute sich wahnsinnig auf das Kind und überlegte sich schon einige Namen. Sie wussten ja schließlich nicht, ob es ein Junge oder Mädchen würde. Das war aber beiden ganz egal, Hauptsache das Kind war gesund und wohlbehalten.

Noch vor dem kalendarischen Winteranfang begann es zu schneien, eigentlich ungewöhnlich früh. Charlotte liebte alle Jahreszeiten, doch da sie durchs Fenster den wirbelnden Flocken zusah, begann sie, obwohl sie zwei dicke Pullover sowie eine warme Strickjacke trug, zu frösteln. Schnell lief sie in die Küche und machte den Gasherd an, um sich an der züngelnden bläulichen Flamme zu wärmen. Am Abend ging sie immer ganz früh zu Bett, löschte das Licht, wünschte dem werdenden Kind eine gute Nacht und zog sich das dicke Federbett bis an die Nasenspitze. Sie schlief erst immer sehr spät ein, da sie total durchgefroren war.

Um sich ein wenig abzuhärten, unternahm sie lange Spaziergänge. Wenn sie dann ins Haus kam, fühlte es sich drinnen etwas wärmer an.

Das Weihnachtsfest stand vor der Tür, Charlotte schmückte die Küche mit Tannengrün und Kerzen, da die anderen Räume zu kalt waren, um sich darin aufzuhalten. Sie bereitete einen leckeren Braten mit allerlei Beiwerk, wie sie es von zu Hause aus kannte. In der Nacht vor dem Heiligen Abend hatte es frisch geschneit, während das Thermometer weit unter den Gefrierpunkt fiel. Wunderschön anmutende Eisblumen zierten die Fenster, aber die feuchte Kälte zog langsam aber sicher auch durch die wärmste Kleidung. Jörg hatte ein paar Tage frei bekommen, und so war ihre Situation besser zu ertragen (geteiltes Leid ist halbes Leid). So hielten sie bei flackernden Gasflammen, sie hatten alle vier entzündet und anheimelnd brennenden Kerzen, ein kleines Festmahl. Nach dem Essen nahm Jörg seine Gitarre, gemeinsam sangen sie Weihnachtslieder. Sie sangen beide gern und für den Hausgebrauch auch recht gut. Plötzlich begannen die Kerzen zu flackern und eine nach der anderen erlosch. Das Gas hatte den Sauerstoff im Raum verbraucht, sodass die Kerzen langsam ausgingen. Nun hatten sie keine Wärmequelle mehr, Charlotte war den Tränen nahe. Eng aneinander gekuschelt, saßen sie da, und eine dunkle Ahnung stieg in ihnen auf, denn die erfahrungsgemäß kältesten Monate standen noch bevor. Vor allem war es für das Kind zu kalt, das im Februar zur Welt kommen sollte.

Aber das Thermometer fiel weiter, sodass eines Tages die Wasserleitungen zufroren. So war Charlotte gezwungen, beim Nachbarn Wasser zu holen. Wenn

Jörg nicht da war, stand sie oft morgens gar nicht mehr auf. Nur wenn sie Hunger hatte, aß sie, was sie gerade fand.

Dann setzten die starken Schmerzen im Rücken und Unterbauch ein. Sie hatte sich eine Nierenbecken-entzündung zugezogen. Da sie als Kind häufiger an den Nieren erkrankt war, kannte sie die Schmerzen. Schlimm wurde es, als sie zu fiebern begann. Sie versuchte aufzustehen und zum Nachbarn zu gelan-gen, aber der Schmerz im Unterbauch ließ sie nur noch kriechen. So gab sie auf und quälte sich wieder ins Bett zurück - und das Fieber stieg. Meistens schlief sie oder dämmerte vor sich hin, schlug sie aber die Augen auf, sah sie Jörg in der Tür stehen, doch das Trugbild verschwand, sobald sie sich im Bett aufrichtete. Sie überlegte fieberhaft, was sie tun könnte, denn sie fürchtete um das Leben des Kindes. Sie schloss auch zur Nacht die Haustür nicht ab, da sie hoffte, man würde sie finden.

Eines Morgens hörte sie den Briefträger an der Tür, und sie rief um Hilfe. Er kam tatsächlich ins Schlafzimmer, sodass sie ihm zwei Telegramme auftragen konnte. Eines war an Jörg gerichtet, das andere an eine gute Bekannte in Neustadt. Von Jörg hörte sie nichts, da er, wie sich später herausstellte, mit seiner Einheit auf See war. Aber ihre Bekannte Telle stand mit ihrem Verlobten plötzlich neben ihrem Bett. Sie halfen Charlotte aufzustehen, sich einen warmen Mantel überzuziehen, um anschließend mit einem Taxi nach Neustadt in das Haus von Telles Eltern zu fahren. Sie hatte das Gefühl, als sei sie nicht ganz wach, es kam wohl von dem hohen Fieber, denn sie konnte sich später kaum an die Fahrt erinnern.

Halb von Sinnen fiel sie in ein vorgewärmtes Bett. Es wurde ein Arzt geholt, welcher sie mit Medikamenten versorgte und ihr Mut zusprach. Es dauerte ein paar Tage, ehe sie wieder aufstehen konnte und etwas zu Kräften kam. Inzwischen war Jörg mit dem U-Boot in seinen Heimathafen zurückgekehrt und suchte sogleich Charlotte auf. Da sie ihm einen langen Brief geschrieben hatte, kannte er ihren Aufenthaltsort. Zusammen überlegten sie, was nun zu tun sei, denn in das Gartenhaus konnte sie nicht zurück, da die Temperaturen noch immer unter dem Gefrierpunkt lagen.

Zufällig las sie in der Zeitung, dass in der Kieler Universitätsklinik sogenannte Hausschwangere für leichte Tätigkeiten gegen Kost und Logis gesucht wurden. Charlotte überlegte nicht lange, setzte sich in den Zug, um ihr Anliegen vorzubringen. Es war egal, was sie arbeiten musste, die Hauptsache war, sie hatte es endlich warm. Jörg war mit allem einverstanden, da er trotz aller Bemühungen keine geeignete, erschwingliche Wohnung gefunden hatte.

Im Krankenhaus angekommen, brachte sie ihr Anliegen vor. Mit Tränen in den Augen erzählte sie von ihrer Not. Sie ließ nichts aus. War da nicht so etwas wie Mitgefühl in den Augen der Stations-schwester? So wurde sie zuerst einmal gründlich untersucht, wobei festgestellt wurde, dass sie noch lange nicht wieder richtig gesund war, da sie noch immer zu viel Eiweiß ausschied. So bekam sie erst einmal strenge Bettruhe verordnet.

Mit Medikamenten ging man vorsichtig um, da der Geburtstermin schon in drei Wochen war. So genoss sie die warme Dusche, das gute Essen und nicht zuletzt das behagliche, warme Bett. Die Zeit vertrieb sie sich mit Lesen, denn es gab in der Klinik eine hauseigene Bücherei, oder Schlafen. Das Gejammer ihrer Zimmergenossinnen konnte sie gar nicht verstehen. Sie konnten nicht früh genug entlassen werden, während Charlotte hoffte, dass ihre Situation noch ein bisschen dauern würde. Sie wollte erst wieder richtig gesund werden, außerdem hoffte sie noch immer, dass sie in der Zwischenzeit vielleicht doch noch eine geeignete, warme Wohnung finden würden.

Es sah so aus, als hätte sich ihr Schicksal auf der Station herumgesprochen, denn sie wurde vom Pflegepersonal sehr umsorgt. Man achtete darauf, dass sie genug aß und ausreichend Schlaf bekam. Sie war für alles sehr dankbar und genoss die Zeit.

Nach einiger Zeit war sie wieder so weit hergestellt, dass sie entlassen werden konnte. Schweren Herzens nahm sie Abschied.

Zermürbt wegen all der Fehlschläge, hatte Jörg die Wohnungssuche aufgegeben und Charlotte in einem Hotel untergebracht. Da der vom Arzt errechnete Geburtstermin bevorstand, hatte Jörg Urlaub genommen, damit er in Charlottes Nähe sein konnte. Aber das Kind hatte keine Eile. Es war bereits eine ganze Woche über den errechneten Geburtstermin, als Jörg und Charlotte durch die Kieler Fußgängerzone schlenderten, wobei sie sich die Auslagen in den Schaufenstern ansahen. Es war jetzt etwas wärmer geworden, und so genossen sie den herrlichen Tag. Plötzlich und aus heiterem Himmel stellten sich bei Charlotte starke Rückenschmerzen ein. Im festen Glauben, dass ihre Nieren sich wieder meldeten, erschrak sie zutiefst. Doch als dann ein messerscharfer Schmerz durch ihren Leib fuhr, wusste sie, dass es das Kind war, was auf die Welt drängte. Eilig traten sie den Rückweg ins Hotel an, nahmen das gepackte Köfferchen, um anschließend mit einem Taxi ins Krankenhaus zu fahren. Schon während der Fahrt stellte sich bei Charlotte die wohlbekannte Übelkeit ein, die sie aber noch mit äußerster Kraftanstrengung zurückdrängen konnte.

Im Krankenhausflur jedoch war es mit ihrer Beherrschung vorbei, aber anstatt stehenzubleiben, lief sie immer weiter und verschmutzte den ganzen Weg. Dennoch wurde sie freundlich aufgenommen, untersucht und in den Kreißsaal gebracht. Auf ihre Bitte hin legte man sie neben die Heizung, da ihre Nieren wieder tüchtig zu schmerzen begannen, wobei sie jedoch nicht bedachte, dass dadurch die Wehen an Stärke zunahmen. Woher sollte sie es auch wissen, denn schließlich war es ihr erstes Kind. Die Wehen kamen und gingen, die Zeit schien still zu stehen. Hin und wieder erschien eine sehr freundliche Hebamme, um nach Charlotte zu sehen und sich nach ihrem Befinden zu erkundigen. Sie zeigte sich tapfer, jedoch hätte sie nie gedacht, dass Gebären so schmerzhaft sein konnte. Erst als die Wehen kräftiger wurden, konnte sie ein Aufstöhnen kaum unterdrücken. Aber die Lage des Kindes war normal, es wurden keine Komplikationen erwartet, die Herztöne des Kindes waren kräftig und normal, aber es würde dauern, wie es bei Erstgebärenden meistens ist. Man brauchte einfach viel Zeit und Geduld. Im Aushalten von Schmerzen war Charlotte schon geübt, denn sie war durch häufige Krankheiten sowie Verletzungen durch eine harte Schule gegangen. Dennoch: Schweiß trat ihr vor Anstrengung auf die Stirn. Als dann die Schmerzen fast unerträglich wurden, brach er auch am ganzen Körper aus. Liebevoll wischte die Hebamme ihn ab, während sie versuchte, Charlotte aufzumuntern. Langsam zogen die Stunden dahin. Es war schon Schichtwechsel und immer noch ließ das Kind auf sich warten. Es schien keine Eile zu haben, seine gemütliche Höhle zu verlassen. Fast unerträglich wurde der Schmerz, als die Wehen stärker wurden, jedoch wollte sich der Muttermund nicht öffnen. Halb von Sinnen, mit einem unterdrückten Stöhnen, ließ sie alles über sich ergehen. Nachdem ein Arzt hinzugezogen worden war, bekam sie mit jeder neuen Wehe eine Gasmaske aufs Gesicht gedrückt, wodurch sie so benebelt war, dass sie den Schmerz kaum noch wahrnahm. Dann endlich, es war schon Morgen, setzten die Presswehen ein. Charlotte vergaß vor Anstrengung fast das Atmen, aber mit ungeheurer Anstrengung kam bei der nächsten Wehe das Kind auf die Welt.

Sie legten ihr den Knaben auf den Bauch. Ein nie gekanntes Glücksgefühl stellte sich ein. Niemals zuvor hatte sie Ähnliches erlebt, aller Schmerz, alle Anstrengung - vergessen.

Wieder konnte sie den Krankenhausaufenthalt genießen, denn sie brauchte sich fürs Erste keine Wohnungssorgen mehr zu machen, da ihr Vater sie vorübergehend nach Hause holen wollte. Eines schönen Tages hatte er Jörg auf seiner Dienststelle überrascht. Er war einfach aufgetaucht, hatte gemeint, wem er denn nun wohl eine Ohrfeige geben müsse, um mit lachenden Augen nach der gegenwärtigen

Adresse zu fragen. Als Charlotte ihn sah, war sie so erleichtert, dass sie in Tränen ausbrach. Sie sprachen sich aus und umarmten sich herzlich. Bei einem köstlichen Essen, zu dem der Vater einlud, besprachen alle drei das Neueste. Abgemacht war, dass der Vater sie nach der Entbindung nach Hause holen wollte. Sie könne dort so lange bleiben, bis Jörg eine Unterkunft gefunden hätte. Sie erholte sich schnell im Krankenhaus, und auch Michael, so nannten sie den Kleinen, gedieh prächtig.

Er hatte immer Hunger, und die Milchquelle versiegte nie. Er entwickelte sich zu einem ausgesprochen kräftigen Kind. Charlotte konnte sich an seinem rosigen Gesichtchen und den kleinen Händchen nicht sattsehen. Wenn sie ihn gestillt hatte, erzählte sie ihm kleine Geschichten und knuddelte ihn tüchtig durch. Als sie dann entlassen wurde, erschien prompt ihr Vater, um sie abzuholen.

Glücklich und entspannt, mit dem Kind auf dem Arm, verließ sie das Krankenhaus.

Während der Fahrt in ihre Heimat hielt sie das Kind auf ihrem Schoß und führte tiefschürfende Gespräche mit ihrem Vater. Kurzweilig verging die Zeit und im Nu, sie erreichten das Haus im Wald. Das Flüsschen vor dem Haus war zugefroren, doch ansonsten strömte alles noch den Frieden aus wie immer. Jäh verflog die gute Stimmung, als ihre Mutter sie mit dem Satz empfing: „Das verzeih ich dir nie!" Charlotte, die wie vor den Kopf geschlagen war, dachte lange über die Worte nach, ohne ihren Sinn zu begreifen. Doch dann fiel es ihr wie Schuppen von den Augen, ihre Mutter meinte das Kind, was schon vor der Ehe gezeugt worden war. Nun schlief sie wieder in ihrem alten

Zimmer, das sie vorher mit ihrer Schwester geteilt hatte.

Dort begannen die unruhigen Nächte.

Das Kind schlief den ganzen Tag, trank hungrig an Charlottes Brust, manchmal war es auch für kurze Zeit wach und schnitt kleine Grimassen. Sie konnte sich an dem kleinen Kerl nicht sattsehen. In der Nacht war er wie ausgewechselt. Wenn er nochmal gegen 23 Uhr gestillt wurde, schlief er etwa für zwei bis drei Stunden ein, um anschließend mit seiner gewaltigen Stimme das ganze Haus zu wecken. Obwohl der Kinderarzt es untersagt hatte, da der Junge sehr kräftig war, ihn nachts auch noch trinken zu lassen, hielt sie sich nicht daran. Sie trug ihn durchs Zimmer, wiegte ihn in ihren Armen, aber Michael schrie und schrie, und zwar so lange, bis er am Morgen fertig gemacht wurde, dann war er wieder ruhig und zufrieden, während die ganze Familie völlig verkatert am Frühstückstisch saß. Das Ganze dauerte so lange, bis er Brei zugefüttert bekam, wodurch sich Charlottes Ahnung bestätigte, dass der arme Kerl einfach nur Hunger hatte. Aber zu der damaligen Zeit ließ man die Kinder noch nachts schreien, weil man der Meinung war, das regle sich von allein. Über diese Wendung war keiner glücklicher als sie, denn diese unruhigen Nächte hatten sie doch sehr belastet, zumal sie gerne auf ihre Familie Rücksicht nahm. Was sie aber ihren Eltern hoch anrechnete, war, dass sie während der ganzen Zeit kein Wort des Vorwurfs hörte. Alle gingen nach solch einer durchwachten Nacht ihrem Tagwerk nach. Besonders Charlotte strengte sich an, es allen recht zu machen. Während Michael in seinem Bettchen schlief, putzte sie das ganze Haus von oben bis unten und erledigte auch sonst alle Arbeiten, zu denen sie herangezogen wurde. Der Nachmittag aber gehörte ihr und dem Kind. Während sie lange Spaziergänge machten, schob sie leise summend den Kinderwagen und war einfach nur glücklich.

Das Frühjahr mit seinem lauen Lüftchen, den zwitschernden Vögeln und üppigen Feldern von Schlüsselblumen, Wiesenschaumkraut und Buschwindröschen, hielt Einzug. Wann immer es seine Zeit zuließ, erschien auch Jörg. Dann verlebten sie kurze glückliche Tage, obwohl Charlottes Sehnsucht nach einem eigenen Zuhause wuchs. Jörg hatte die Suche auch noch nicht aufgegeben, da der derzeitige Zustand auf Dauer nicht tragbar war. Eines schönen Tages erreichte er endlich sein Ziel. Er fand eine Wohnung in Kiel. Es war zwar kein schönes Haus, aber innen konnte man es sehr gemütlich machen, da die Räumlichkeiten gut geschnitten waren. Die Wohnküche bot Platz für Herd und Spüle und für eine wohnliche Eckbank samt Tisch und Stühlen. Mitten im Raum aber stand der Laufstall für Michael, der inzwischen neun Monate alt geworden war. In einem Schrank an der Stirnwand befanden sich das Geschirr sowie Töpfe, Pfannen und das Essbesteck. Das Wichtigste aber war der Vorratsschrank, da sie damals noch keinen Kühlschrank hatten. Lebensmittel, die kühl gehalten werden mussten, stellte sie vorsichtshalber auf den Platz zwischen einem Doppelfenster, was nach Norden zeigte. Das Badezimmer hatte sogar schon eine Wanne mit einem bulligen Kanonenofen. So war es dort nicht nur warm, sondern sie konnten auch duschen und baden. Sogar der Kleine war glücklich, wenn er unter Aufsicht in der Wanne planschen konnte. Jeden Tag gönnte sie ihm das Vergnügen, während sie kleine Schiffchen fahren ließen, eine gelbe Plastikente sowie Frosch und Eimerchen vervollständigten das Spielsortiment. Am Ende jeden Badevergnügens musste das ganze Bad geputzt werden, da alles unter Wasser stand. Das aber machte Charlotte gern, denn sie liebte dieses abendliche Vergnügen besonders.

Anschließend gab es ein leckeres Abendbrot und ab ging es ins Bettchen, wo sie ihm noch etwas vorsang, was er besonders zu lieben schien, da er vor Vergnügen lachte und krähte.

Leider hatte die Wohnung kein Kinderzimmer, sodass sein Bettchen im elterlichen Schlafzimmer stand. Morgens erledigte Charlotte die Hausarbeit, die Windeln wurden in einem großen Topf auf dem Herd ausgekocht, Teppiche klopfte man auf einer Stange hinter dem Haus aus. Die Arbeit war mühselig, denn es fehlten die einfachsten Haushaltsgeräte. Entweder gab es sie noch nicht oder sie waren für junge Familien mit nur einem Verdiener noch unerschwinglich.

Der Nachmittag gehörte ihr und dem Kind. Oft schob sie den Kinderwagen quer durch die Stadt, um ihren Mann abzuholen, wenn er mit seinem Schiff an der Tirpitz Mole lag. Jörg freute sich, wenn er die beiden sah, woraufhin sie gemeinsam den Heimweg antraten. Manchmal, wenn sie sich etwas Besonderes gönnen wollten, kauften sie frisches Hack beim Metzger ein, woraus Charlotte köstlich duftende Buletten buk. Alle langten kräftig zu, selbst der Kleine, der ewig Hunger hatte, klatschte vor Vergnügen in die Händchen und verlangte nach mehr Fleisch. Manchmal, wenn Jörg mit dem Schiff unterwegs war, setzte Charlotte sich abends an die Nähmaschine, um Kleidung für Michael zu nähen. Sie hatte Spaß daran, während sie in einem alten gebrauchten Radio Hörspielen lauschte. Sie fertigte Jacken, Mäntel und Hosen und war mächtig stolz, wenn es gut gelungen war. So überbrückte sie sinnvoll die Zeit des Wartens auf Jörg.

Mit fünfzehn Monaten begann der Kleine zu laufen und nutzte es weidlich, seine ganze Umwelt zu erforschen. Jetzt wollte er nicht mehr länger in seinem neuen Sportwagen gefahren werden, sondern selber laufen. Es war eine unruhige Zeit, da er wieselflink und sehr neugierig war. Für Charlotte war das nicht ganz einfach, da sie wieder schwanger war, wodurch sie an der nur allzu bekannten Übelkeit litt. Vor allem morgens war es schlimm, weil sie dadurch so schlecht aufstehen konnte. Michael, der immer sehr früh wach war, rüttelte an seinem Gitterbettchen und quengelte. Charlotte hatte sich angewöhnt, einen trockenen Zwieback im Bett zu essen, was ihr dann das Aufstehen erleichterte.
Ja, sie waren wirklich eine kleine glückliche Familie!

Doch das alles nahm ein jähes Ende, als Michael sich auf Wangerooge verbrühte, woraufhin Charlotte das werdende Kind verlor. Es wäre ein Spielgefährte für Michael geworden. Nach Michaels langem Krankenhausaufenthalt war Charlotte unendlich bemüht, ihn das ganze Erlebnis so schnell wie möglich vergessen zu lassen. Sie fuhr ihn mit dem Sportwagen vorbei an blumigen Wiesen, wo er mit Begeisterung die Samen des Löwenzahns gegen den Wind blies. Der Sandkasten lud zum geselligen Spielen mit vielen Kindern ein, während am nahen Weiher die schnatternden Enten auf ihre Futterration warteten.

Wenn jemand nach seinen dick aufgequollenen Narben unter seinem Kinn oder auf der linken Hand fragte, brach Charlotte in Tränen aus. Es sollte viele Jahre dauern, bis sie so weit gefestigt war, dass sie darüber reden konnte. Obwohl die Ärzte beteuert hatten, das Ganze würde im Laufe der Zeit die starke Röte sowie Schwellung verlieren. Einfach gesagt, es würde sich auswachsen, was letztlich auch der Wirklichkeit entsprach. Obwohl das für sie kaum Trost bedeutete, da das Gefühl des totalen Versagens blieb. Wenn sie des Nachts aufwachte und darüber nachdachte, raubte es ihr den Schlaf. Froh war sie nur, dass sein Gesicht nicht gezeichnet war. Aber Michael entwickelte sich prächtig. Er schien das Ganze vergessen zu haben. Er war ein aufgeschlossener, neugieriger kleiner Junge. Immer wenn seine Eltern Zeit fanden, beschäftigten sie sich ausgiebig mit ihm.

Als er etwa zwei Jahre alt war, wurde Charlotte wieder schwanger. Sie hoffte, dass es dieses Mal ein gutes Ende nehmen würde. Wieder freute sie sich auf das werdende Kind.

Auch bei dieser Schwangerschaft wurde sie von der morgendlichen Übelkeit nicht verschont. Sie wandte alle Tricks und Tipps an, aber nichts half. Es dauerte wieder viele Wochen, bis sie normal aufstehen und essen konnte. Umso mehr genoss sie die Zeit, als es ihr wieder gut ging.

Die Freude und Unbeschwertheit war nur von kurzer Dauer, denn es stellten sich im dritten Monat unerklärliche Blutungen ein. Charlotte war untröstlich. Ihr alter, sehr erfahrene Hausarzt schickte sie zur Beobachtung in eine Klinik, weil er einen bestimmten Verdacht hatte, und das war auch gut so, denn nach einer genaueren Untersuchung stellten die Ärzte eine Toxoplasmose, eine eigentlich für einen erwachsenen Menschen harmlose Erkrankung, aber für das werdende Leben bedeutete es Missbildung oder sogar Lebensgefahr. Es handelt sich um eine Tierseuche, bei der überwiegend unsere Hauskatzen als Überträger in Frage kommen. Nachdem mehrere Ärzte sich beraten hatten, stellte man Charlotte vor die Wahl, entweder das werdende Leben abzutreiben oder aber einer medikamentösen Behandlung mit ungewissem Ausgang zuzustimmen. Die Chance, ein gesundes Kind zu bekommen, lag genau bei fünfzig Prozent. Daran klammerte sie sich und entschied sich für das Kind, obwohl Angst sich in Charlotte auszubreiten begann. Immer wieder klammerte sie sich an den Gedanken, dass einfach alles gut werden würde, dass die Medizin so weit fortgeschritten war und viele Dinge möglich machte, die noch vor Jahren unvorstellbar waren. In einem kleinen Nachbarort gab es einen Professor, der sich genau auf diese Krankheit spezialisiert hatte; zu dem begab sie sich auf Anraten ihres Arztes in Behandlung. Schnell fasste sie zu dem nicht mehr ganz jungen Arzt Vertrauen. Er hörte sich all ihre Sorgen und Nöte an, um ihr anschließend immer und immer wieder Mut zuzusprechen.

Wenn sie für Wochen zur medikamentösen Behandlung im Krankenhaus war, versorgte Jörg ihrer beider Sohn. So vergingen Wochen und Monate, während das Kind sich zu regen begann. Spätestens von diesem Zeitpunkt an begann sie Mut zu schöpfen. Sie war sich so gut wie sicher, dass das Kind sich wohlfühlte in seiner Höhle, woraufhin sie in ihrer Wohnung wieder zu singen anfing, wie es so ihre Art war. Wenn sie zu Bett gegangen waren, hielt sie Zwiesprache mit dem Kind. Sie bat Gott um Hilfe und Beistand, so wie sie sich verbot, etwas anderes zu denken, als dass das Kind gesund sei.

So verbrachte sie die langen Monate zwischen Hoffen und Bangen!

Körperlich fühlte sie sich wohl, denn sie hatte keinerlei weitere Beschwerden, nur die Nerven lagen ziemlich blank, sodass sie bei jeder Kleinigkeit in Tränen ausbrach. Noch am Tag des Geburtstermins stellte sie ihre ganze Wohnung auf den Kopf, damit sie nach der Geburt mehr Zeit für das Kind hatte. Am Nachmittag nahm sie Michael an die Hand, um sich noch mit einigen Lebensmitteln zu bevorraten. Während sie an der Kasse stand, um zu bezahlen, merkte sie, wie etwas Feuchtes an ihrer Strumpfhose herunterlief. Zuerst war sie total erschrocken, doch ganz plötzlich kam die Erkenntnis, dass ihre Fruchtblase geplatzt war. Schnell bezahlte sie, um anschließend auf dem kürzesten Weg nach Hause zurückzukehren. Von einer nahegelegenen Telefonzelle aus rief sie ihren Mann an, der sich sofort auf den Weg machte. Zusammen fuhren sie dann mit dem Taxi ins nahe gelegene Krankenhaus. Die Hebamme bereitete sie auf eine längere Geburtsdauer vor, was Charlotte jedoch anzweifelte, da sie mit jeder Wehe das schmerzhafte Vorwärtsdrängen des Kindes spürte. Da keine Gleitflüssigkeit mehr vorhanden war, hatte sie sehr starke Schmerzen. Sie hörte auch einem Telefongespräch zu, welches die Hebamme in einem Nebenraum anscheinend mit ihrem Mann führte. Es fielen Sätze wie: Das kann noch die ganze Nacht dauern, legen Sie sich ruhig schlafen, denn wir melden uns bei Ihnen." Dann setzten unvermittelt so starke Wehen ein, dass Charlotte aufstöhnte. Als es zu Presswehen kam, wurde ein Arzt geholt. Er beruhigte sie und meinte, sie würde gleich eine Spritze bekommen. Doch bevor der Arzt handeln konnte, kam mit einer gewaltigen Presswehe das Kind, begleitet von einem lang anhaltenden Schrei Charlottes, von dem sie selber so überrascht war, dass sie ihm erstaunt noch lange nachhorchte.

Wieder legte man Charlotte das Kind auf den Bauch. Es war ein Mädchen!

Warum stellte sich nicht die unbändige Freude ein, wie sie es von der Geburt ihres Sohnes kannte? Sie betrachtete das rosige, entzückende Kind. Es war alles an Ort und Stelle, nichts fehlte. Warum bemächtigte sich eine leise Angst ihrer? Auf ihre ängstliche Frage hin, ob das Kind wirklich gesund sei, entgegnete der Arzt, dass er das erst in etwa zehn Tagen sagen könne. Diese Freude über das Kind war die ganze Zeit von der Sorge überschattet, dass etwas nicht stimmte, obwohl Dunja, so nannten sie das kleine Mädchen, einen putzmunteren Eindruck machte. Als dann etwas früher als erwartet das Ergebnis kam - es wurde Nabelblut zur Kontrolle eingeschickt - brachen in Charlotte alle Dämme. Ein nicht enden wollender Tränenstrom ergoss sich aus ihren Augen.

Es waren Tränen des Glücks und der Erleichterung.

Sie blieb noch etwas länger im Krankenhaus, da man sie noch ein paar Tage beobachten wollte. Als sie dann aber wieder einen glücklichen, zufriedenen Eindruck machte, wurde sie mit vielen guten Wünschen für sich und das Kind entlassen. Zu Hause wartete jede Menge Arbeit auf sie, denn da waren plötzlich zwei noch recht kleine Kinder. Michael war gerade zweidreiviertel Jahr alt, somit beanspruchte er seine Mutter noch voll. Er war begeistert von seiner kleinen Schwester. Mit hochroten Wangen saß er im Sessel, als die Eltern ihm das kleine Bündel in den Arm legten. Doch dann kam eine anstrengende Zeit. Auch die kleine Dunja wurde gestillt, aber durch die vorangegangene Nervosität der Mutter bekam sie jedes Mal nach dem Trinken einen Magenpförtnerkrampf, wodurch das eben Getrunkene im hohen Bogen wieder herauskam. So musste sie sieben bis zehn Mal am Tag gestillt werden, damit sie überhaupt etwas in ihrem kleinen Magen behielt. Das stellte ziemlich hohe Ansprüche an die ganze Familie. Aber selbst Michael schien es zu verstehen, sodass er geduldig wartete, bis seine Mutter mit der Kleinen fertig war.

Jetzt merkten Charlotte und Jörg erst, dass die Wohnung doch recht klein war, denn nun schliefen sie zu viert in einem Schlafzimmer. Aber es herrschte noch immer Wohnungsknappheit. Trotzdem bemühten sie sich weiter um eine größere Wohnung. Auch Charlotte hielt Augen und Ohren geöffnet. Es tat sich jedoch nichts. So bekam Michael ein richtiges Jugendbett, während Dunja im Kinderbettchen schlief. Es war zwar alles ein wenig eng, aber ansonsten die beste Lösung.
Die Kinder entwickelten sich gut, selbst die Kleine konnte, nachdem sie feste Nahrung bekam, ganz normal alles bei sich behalten. Charlotte ging noch immer jeden Tag mit den Kindern an die frische Luft. Michel wollte sowieso immer laufen, somit brauchte Charlotte nur den Kinderwagen zu schieben. Nach wie

vor liefen sie zur Schleuse, um den Mann und Vater abzuholen, wenn das U-Boot im Heimathafen anlegte. Die Wiedersehensfreude war jedes Mal groß, nur konnte Charlotte damals nicht verstehen, dass Jörg immer nur schlafen wollte, wenn er zu Hause war. Näherte sie sich ihm zärtlich, schob er sie weg. Sie fühlte sich reizlos und ungeliebt. Sie wussten damals noch nicht, dass Jörg Epileptiker war und somit über ein ungeheures Schlafbedürfnis verfügte. Das alles stellte sich erst viele Jahre später heraus. Bis dahin verbrachte sie aber noch viele Stunden weinend und schluchzend vor Enttäuschung, im Bad. War sie allein, nähte sie nun auch am Abend für Dunja niedliche Kinderkleidung. Ihre Tage waren ausgefüllt.

Hatte sie die Kleinen abends zu Bett gebracht, überfiel sie immer ein ausgesprochen starkes Gefühl der Dankbarkeit und Zufriedenheit.

Jörg strahlte nur so vor lauter Glück über seine kleine Tochter, denn es war seit über fünfzig Jahren das erste Mädchen, was in seine Familie hineingeboren wurde. Charlottes Schwiegervater weinte an ihrem Wochenbett und bedankte sich für die Enkeltochter.

Von nun an kam Michael etwas zu kurz, denn sein Vater hatte nur noch Augen für seine kleine Tochter, ja selbst seine Frau fühlte sich zurückgesetzt, nahm es aber hin und versuchte bei ihrem Sohn auszugleichen. So wuchsen die Kinder heran, während der Vater meistens auf See war. Damit leistete Charlotte die Erziehungsarbeit allein. Weil sie einen ausgeprägten Gerechtigkeitssinn hatte, versuchte sie ihre Liebe zu den Kindern gleichmäßig zu verteilen, was auch gut zu klappen schien. Der Junge blieb aber ein Sorgenkind, da er laufend Verletzungen davontrug. Wurde eine Tür zugeschlagen, konnte man sicher sein, dass er dagegenlief. Seinen neuen Roller weihte er gleich ein, indem er gegen eine Steintreppe fuhr, auf das Lenkrad stürzte und sich an der Wange verletzte. Wieder hieß es: ab zum Krankenhaus, und unter heftigem Protest wurde die Wunde genäht. Aber sonst hatte sie viel Spaß an den beiden Kindern und verbrachte mit ihnen ihre gesamte Zeit.

Als Dunja zu laufen begann, wurden die Tage wieder anstrengend. Sie war noch nicht einmal ein Jahr alt und wollte immer nur allein laufen. Jetzt musste Charlotte auf zwei Kinder achtgeben, war also immer nur auf dem Sprung, wie es allen Eltern mit kleinen Kindern geht.

Auf einen schönen Sommer folgte ein strenger Winter mit Bergen von Schnee, sodass bei dem nachfolgenden sonnigen Frühjahr die Menschen wieder ins Freie strömten. Unter sie mischte sich auch Charlotte mit den Kindern. Eines Tages, sie hatte wieder beide Kinder an der Hand, da sie an einer befahrenen Straße entlangliefen, wurden sie von einem Fahrradfahrer überholt. Es war eine Frau, die sich nach den dreien umdrehte, während so etwas wie ein Erkennen über ihr Gesicht glitt. Auch Charlotte erkannte sie sofort. Es war eine frühere Mitschülerin der Sportschule. Gleich kam sie mit Ida in ein lebhaftes Gespräch, woraufhin diese spontan Charlotte mit den Kindern zu sich nach Hause einlud, da sie ganz in der Nähe wohnte. Sie erzählte unter anderem, dass sie an einer Kieler Grund- und Hauptschule angestellt sei, die Stelle zum Sommer gekündigt habe, da sie zu ihrem Mann in eine andere Stadt ziehe. Sie riet Charlotte, sich dort zu bewerben, da es auch einen guten Kindergarten gebe, in die sie ihre Kinder bis zum Mittag geben könne. Sie könnten dort essen und einen kleinen Mittagsschlaf halten.

Nachdem Charlotte in einer schlaflosen Nacht darüber nachgedacht hatte, beschloss sie, bei nächster Gelegenheit mit Jörg darüber zu reden, was sie auch am Wochenende, als er wieder nach Hause kam, tat.

Aufmerksam hörte sich ihr Mann ihre Argumente für und wider an. Bedacht wählte sie die Worte, denn schließlich waren die Kinder noch klein, wodurch eine Menge Arbeit auf Jörg sowie Charlotte zukam, sodass sie auf Unterstützung angewiesen war. Sie schliefen noch ein paar Nächte darüber, dann meldete sie sich beim zuständigen Schulrat an. Nach der Aufforderung, ihre Zeugnisse mitzubringen, bekam sie eine Zusage für ein Vorstellungsgespräch.

Mit klopfendem Herzen und vor Aufregung hochrotem Gesicht nahm sie den Termin wahr. Nach Anmeldung im Sekretariat wurde sie vom Schulrat hereingebeten. In dem kurzen Blick, den sie austauschten, glaubte sie so etwas wie gegenseitige Sympathie zu erkennen. Das erleichterte sie total, ja es wurde ihr plötzlich ganz leicht ums Herz. Nach Aufforderung nahm sie Herrn Schäfer gegenüber Platz und ließ sich gleich in eine angeregte Unterhaltung verwickeln. Die Zeugnisse schienen ihn gar nicht zu interessieren, sondern er ließ sich aus ihrem Leben erzählen. Da war Charlotte in ihrem Element, denn reden konnte sie besser als alles Andere.

Sie erzählte von ihren Kindern, ihrem Mann, dass sie in ihrer Freizeit Sport trieb - sie spielte damals Handball und Korbball -, am Abend leidenschaftlich gerne Hörspiele im Radio hörte oder ging früh zu Bett, um die halbe Nacht zu lesen. Herr Schäfer hörte sich alles interessiert an. Als er sich später von Charlotte verabschiedete, ließ er durchblicken, dass er sie gern auf der frei werdenden Stelle sähe. Beschwingt und hoffnungsvoll eilte sie zu ihrer Familie zurück.

Nachdem sie Jörg alles erzählt hatte, machte sie sich am nächsten Tag auf den Weg zum Kindergarten. Auch dort gab es keine Schwierigkeiten, da man noch einige Plätze frei hatte.

Es dauerte auch nicht allzu lange, bis der Arbeitsvertrag ins Haus flatterte. Charlotte war glücklich und voller Zuversicht!

Ein kleiner Wermutstropfen blieb: Wie würden die Kinder die stundenweise Trennung von der Mutter verkraften, denn Dunja würde erst ein paar Monate später drei Jahre alt. Sie hing sehr an ihrer Mutter, daher blieb sie nirgendwo ohne sie, nicht einmal bei ihrer besten Freundin oder bei Oma und Opa. Trotzdem, Charlotte freute sich auf ihre neue Aufgabe, denn es war genau das, was sie sich immer gewünscht hatte, jedenfalls zu Beginn ihrer Berufstätigkeit. Jetzt mit Familie sah allerdings alles etwas anders aus. Würde sie allem gerecht werden können? Das Leben wäre dann sehr eingegrenzt und verliefe nach einem festen Plan. Alles müsste wohldurchdacht sein, damit es klappte. Aber Charlotte war ein richtiger Optimist und so schnell nicht zu entmutigen. Sie war der felsenfesten Überzeugung, dass sie schon alles zur allgemeinen Zufriedenheit schaffen würde. Sie verlebte mit ihrer Familie noch einen warmen Sommer, wo sie sich meistens mit den Kindern am Strand aufhielt, um ihre noch Freiheit zu genießen.

Die ersten Tage in der Schule waren so neu und aufregend, dass sie mittags völlig erschöpft nach Hause kam. Aber sie merkte auch, dass es „ihr Ding" war. Mit Michael war alles in bester Ordnung, er ging gerne in den Kindergarten, aber Dunja klammerte sich jeden Morgen beim Abschied an Charlotte fest, sodass das Personal sie nur mit sanfter Gewalt von ihrer Mutter trennen konnte. Das war so nervig, dass Charlotte nur mit Mühe ihre Beherrschung behielt. Sie hatte ein so schlechtes Gewissen, dass sie am liebsten alles wieder aufgegeben hätte. Nur durch gutes Zureden der Kindergärtnerinnen, die Charlotte bestätigten, dass Dunja sich sofort beruhigte, sobald sie ihre Mutter nicht mehr sah, konnte sie die ersten Monate unbeschadet überstehen.

Da sie noch keinen Führerschein hatte, waren alle drei auf den Bus angewiesen. Das war sehr anstrengend, da sie genau pünktlich an der Haltestelle sein mussten, was oft nicht einfach war, weil die Kinder häufig abgelenkt waren oder bei schlechtem Wetter einfach nicht laufen wollten. So hatte sie meistens die Kleine auf dem Arm und kam schon müde am Zielort an. Gott sei Dank war sie noch jung und dementsprechend regenerierte sie sich schnell, sodass sie bei dem anschließenden Unterricht aus dem Vollen schöpfen konnte.

Nebenbei hatte sie sich auch an einer Fahrschule ganz in der Nähe angemeldet, um in absehbarer Zeit den Führerschein zu erwerben, was auch beim zweiten Anlauf klappte, nachdem sie beim ersten Mal etwas zu forsch gefahren war, woraufhin der Prüfer es vorzog, sie noch zu einigen weiteren Fahrstunden zu verurteilen.

Nach dem Erwerb eines kleinen Autos war die Bewältigung der Wege um Vieles einfacher. Auch das Einkaufen war effizienter als mit dem Fahrrad und ließ sich auf einen wöchentlichen Großeinkauf reduzieren.

Jörg und Charlotte, die in der Zwischenzeit in eine größere, teure Wohnung umgezogen waren, wollten sich auch endlich etwas Eigenes schaffen und sahen sich darum nach einem fertigen Haus um. Das Planen machte so viel Spaß, dass sie sich überall an den Randgebieten der Stadt nach etwas Brauchbarem umschauten. Charlotte sprach auch in der Schule darüber, woraufhin sie eines schönen Tages in ihrem Schulfach einen Zettel mit der Adresse eines älteren, unbewohnten Hauses fand, was zum Verkauf angeboten wurde. Noch am selben Tag sprachen Jörg und sie bei dem Verkäufer vor. Schnell wurden sie sich handelseinig, und da sie einen höheren Bausparvertrag hatten, war die Kaufsumme schon einmal gedeckt.

Dann begann aber erst einmal der Ernst des Lebens.

Jörg, an harte Arbeit gewöhnt, leistete die gesamten Vorarbeiten. Somit wurde es abends immer sehr spät, zumal Jörg keinen Führerschein besaß und Charlotte alle Fahrten erledigte. Nicht nur dass sie Jörg hin- und her- fuhr, sondern sie besorgte auch einiges an benötigtem Material. Das war neben der Schule und Kinderbetreuung sowie der Erledigung des Haushalts eigentlich zu viel, wodurch häufiger der Haussegen schiefhing. Beide, ohnehin schon schlank, nahmen ab und sahen sehr mitgenommen aus. Aus der anfänglich überschwänglichen Freude wurde Frust.

Nun kam noch dazu, dass Jörgs Vater, dessen Frau vor einem Jahr an Krebs gestorben war, übers Wochenende zum Helfen kam. Er wollte die gesamte Stromversorgung einrichten. So kam noch mehr Arbeit auf Charlotte zu, die manchmal kaum zu bewältigen war. Sie hatten ihrem Schwiegervater angeboten, nach Kiel zu ziehen, denn in dem neuen Haus war Platz genug. Aber Jörgs Vater konnte sich nicht von seiner toten Frau trennen, er wollte in der Nähe des Grabes bleiben, damit er jeden Tag zum Friedhof gehen konnte.

Das würde noch ein unlösbares Problem werden, da waren Jörg und sie sich einig.

Als der Tag des Einzugs nahte, war das Haus noch bei weitem nicht fertig. Es fehlten z.B. noch alle Türen, außerdem gab es keine Küche. So bat Charlotte ihren Schwiegervater, sie doch erst einmal in Ruhe einziehen zu lassen, um dann anschließend an der Stromversorgung weiterzuarbeiten. Mit einer so heftigen Reaktion seinerseits hatte niemand gerechnet, denn er schrie und tobte und war nicht zu beruhigen. Da sie gerade im Auto saßen, befahl er anzuhalten, um dann augenblicklich das Auto zu verlassen. Jörg stieg ebenfalls aus, um seinem Vater zu folgen. Da saß sie nun, zitternd und um Fassung ringend, allein im Auto, selten hatte sie sich einsamer gefühlt, und Tränen überströmt trat sie die Heimfahrt an.

Doch es sollte noch schlimmer kommen, denn später fand man den Vater tot auf dem Wohnzimmer-Sofa vor. Entweder war sein Wunsch, seiner geliebten Frau zu folgen, in Erfüllung gegangen, oder er hatte selber nachgeholfen.

Es wurde niemals darüber geredet.

Charlotte fühlte sich aber zeit ihres Lebens schuldig an seinem Tod, obwohl sie es nur gut gemeint hatte. Sie wurde immer schmaler und zum ersten Mal in ihrem Leben fühlte sie sich so deprimiert, dass sie am liebsten alles hingeworfen hätte und in ein anderes Leben geschlüpft wäre, aber sie wusste, dass es Wunschdenken war, denn man lief seinem Schicksal nicht davon, sondern man musste es hinnehmen, wie es kam, um dann das Beste daraus zu machen, wenn es auch noch so schwerfiel.

Der Beerdigungstag war trübe und kühl und passte zu ihrer schrecklichen Stimmung. Charlotte quälte sich mit Selbstvorwürfen. Sie fror und hatte den Kopf tief zwischen die Schultern gezogen und konnte mit dem Weinen gar nicht mehr aufhören. Obwohl sie es doch eigentlich gut gemeint hatte, hätte sie die Reaktion eigentlich voraussehen müssen, da ihr Schwiegervater nervlich in einem sehr schlechten Zustand war. Aber irgendwann gewann ihre fröhliche Natur wieder Oberhand, und sie konnte wieder leben!

Es dauerte noch mehrere anstrengende Wochen, bis das Haus fertig war, der Behelf mit dem kleinen Elektroherd, der nur aus zwei Kochplatten bestand, hatte ein Ende, und nun besaßen sie eine eigene, nagelneue Küche, in der das Kochen doppelt so viel Spaß machte.

In der Zwischenzeit hatten sie sich auch einen entzückenden kleinen, pechschwarzen Mischlingshund angeschafft, an dem vor allem die Kinder ihr helles Vergnügen hatten. Den Garten, der jetzt wieder mit Feuereifer nach ihren Vorstellungen umgestaltet wurde, hatten sie eingezäunt, damit der große Auslauf dem Tier genügend Bewegungsfreiheit bot. Jörg und

Charlotte erholten sich gut von den vorangegangenen Strapazen, und endlich stellte sich die große Freude über den Besitz ein. Sie wurden beide nicht müde zu dekorieren, zu hegen und zu pflegen.

Günstig war auch, dass Kindergarten und Schule in unmittelbarer Nachbarschaft lagen und die Kinder, jetzt schon nicht mehr so klein, die Wege allein bewältigen konnten. Für Charlotte war es nur ein Katzensprung, sie benötigte für den Schulweg kein Auto mehr.

Sie freundeten sich mit den Nachbarn an und erlebten in diesem ersten Sommer, mit viel gutem Wetter, was es heißt, Eigentum zu hüten. Mit Nachbarn und Freunden im Garten zu sitzen bei Kaffee und Tee oder am Abend den Grill zu betätigen. Ein Haus, in dem man endlich nach seinen Vorstellungen leben konnte. Die Arbeit im Garten machte Freude, während Dunja und Michael mit anderen Kindern herrlich in der Nachbarschaft spielen konnten. Im Herbst trug der Pflaumenbaum, der schon viele Jahre auf dem Buckel hatte, die herrlichsten saftigen Früchte, und zwar so reichlich, dass sie nicht nur unentwegt davon naschen, sondern auch viele Gläser und Gefriergefäße damit füllen konnten. Endlich gab es sie wieder die herrlich duftenden, dicken Pflaumenpfannkuchen. Oft fühlte sich Charlotte nach all der gewonnenen Freiheit in ihre Kindheit zurückversetzt.

Das Haus verfügte nicht nur über ausreichend Platz, es gab für jeden ein Zimmer, sondern auch noch ein Gästezimmer sowie zwei Bäder. Die Kinder hatten das gesamte Obergeschoss für sich. Dazu kam noch ein großer, geräumiger Flur, in dem sie nach Herzenslust spielen konnten. Aber meistens tollten sie draußen herum. Ihre Mutter ließ sie gewähren, denn sie hatte es so in ihrer Kindheit am eigenen Leib erfahren, wobei sie sich gerne an die vielen glücklichen Stunden erinnerte.

So wuchsen die Kinder heran und ihrer aller Leben war angefüllt mit vielen schönen Momenten!

Charlotte arbeitete viel, und ihre Kräfte sammelte sie aus dem Umstand, dass sie ein positiv denkender, glücklicher Mensch war und dieser Zustand immer wieder Oberhand gewann, auch wenn es mal nicht so einfach war. Alles, was sie tat, verrichtete sie mit Hingabe und Intensität. Sie wurde nicht müde, für alle zu sorgen, während sie selbst schwere Krankheiten bewältigte.

Einen tiefen Einschnitt gab es, als ihr Vater an Magenkrebs erkrankte.

Gleich nachdem sie die Diagnose erfahren hatte, setzte sie sich ins Auto, um ihre Eltern aufzusuchen. Während der gesamten Fahrt zermarterte sie sich das Gehirn, wie sie ihrem Vater gegenübertreten sollte. Sie war aufgewühlt und ängstlich zugleich, aber sie wollte ihm auch für die bevorstehende Operation Mut machen. Sie wusste, wie sehr ihr Vater am Leben hing, denn sie hatte viel von seiner ausgesprochenen Lebensfreude mitbekommen. Es tat ihr auch entsetzlich leid, denn er war erst 69 Jahre alt. Sie wollte tun, was in ihrer Macht stand, um ihm die Angst vor der Operation und der folgenden endgültigen Diagnose zu nehmen.

Wie überrascht war sie, als sie bei ihren Eltern eintraf, denn ihr Vater machte einen fast fröhlichen Eindruck. Herzlich umarmte er seine Tochter, während ihre Mutter einen leidenden Eindruck machte. Nach einem köstlichen Mittagessen rauchte sie mit ihrem Vater zusammen die sogenannte Verdauungszigarette. Es war eigentlich wie immer, wenn nicht das Wissen um die Schwere der Erkrankung gewesen wäre. Im Anschluss setzten sie sich hin, und ihr Vater wies sie in seine Finanzen und Bankgeschäfte ein, weil er wusste, dass seine Frau damit völlig überfordert war. Charlotte war sehr bemüht, alles zu behalten, obwohl sie auf dem Gebiet nicht sehr bewandert war. Außerdem konnte sie sich schlecht konzentrieren, da im Hintergrund immer seine Krankheit stand. Mitleid und Schmerz hielten sie gefangen. Sie verbrachte noch eine Nacht zu Hause, dann hieß es Abschied nehmen. Ihr Vater begleitete sie zum Auto, während sich jäh sein Gesichtsausdruck veränderte, da wusste sie, dass er schon starke Schmerzen hatte. Nach langer, staureicher Fahrt war sie froh, als sie wieder zu Hause war.

Endlich konnte sie wieder durchatmen.

Als er nach kurzer Zeit operiert war, trat sie wieder die gut zweistündige Fahrt an, um ihren Vater im Krankenhaus zu besuchen. Ihre Mutter nahm sie mit, die sich sogleich auf einen Stuhl setzte, um stumm vor sich hin zu starren. Charlotte trat an das Krankenbett; an dem zitternden Kinn ihres Vaters erkannte sie, dass er weinte. Sie schaute auf ihn herab, auf seine zerstochenen Arme, man hatte keine intakten Venen finden können, während sich ihr Herz zusammenzog. Schnell trat sie ans Fenster, um nicht in Tränen auszubrechen, und nahm, nachdem sie sich gefasst hatte, ihren Vater tröstend in die Arme.

Später hat sie oft gedacht, hätte sie nur mit ihm geweint. Warum musste sie sich immer so stark zeigen, denn es hätte ihm sicher besser geholfen, wenn sie ihn weinend in die Arme genommen hätte. Warum verhält man sich oft so, dass man es im Nachhinein anders machen würde, weil man es besser weiß?

Als er nach längerem Aufenthalt entlassen wurde, war er einer der glücklichsten Menschen. Er fühlte sich wieder gut, konnte alles essen und trinken und glaubte unerschütterlich an seine Genesung. Aber dieses überschwängliche Glück war nur von kurzer Dauer, denn die Krankheit schritt weiter fort, und nach schrecklichem Leiden verstarb ihr Vater innerhalb eines halben Jahres.

Warum hatte Charlotte ihren Vater nicht bedingungslos lieben können?

Warum fürchtete sie seine Strenge und musste ihm dauernd etwas vormachen, nur um seinen hohen Ansprüchen zu genügen?

Warum konnte sie sich nicht zeigen, wie sie war?

Sie wusste, dass er sie so nicht sehen wollte. Immer musste sie ihm etwas vormachen, um ihn glücklich zu sehen.

Selten hatte sie ihm einen Blick in ihre Seele gewährt. So war neben der Trauer auch so etwas wie Erleichterung. Ja, als sie ihn in der Leichenhalle sah, war es, als sehe sie in eine Teufelsfratze, nur für einen kleinen Augenblick, denn dann sah sie nur noch das schreckliche Leiden in seinen Zügen.

An einem schönen, noch recht warmen Herbsttag wurde nach einer ergreifenden Trauerfeier, nur im Familienkreis, von ihm Abschied genommen. Stumm und reglos stand Charlotte an seinem Grab. Während zwei heimliche Tränen über ihr Gesicht liefen, wurde ihr zum ersten Mal so richtig bewusst, wie endlich das Leben war. Nichts konnte man mitnehmen von dem, was man einmal so geliebt hatte. Aber die Seele, seine Energie würde irgendwo sein, würde fortdauern bis in alle Ewigkeit, da war sie sich ganz sicher. Dieser Gedanke tröstete sie so sehr, dass die wenigen Tränen versiegten. Bei der anschließenden Kaffeetafel wusste jeder etwas Gutes über den Verstorbenen zu berichten, sodass er für ein paar Stunden wieder ganz nah bei ihnen war. Charlotte nahm sich vor, ihn in ihrer Familie lebendig zu halten, denn nur dann wäre es kein endgültiger Abschied, sondern nur eine räumliche Trennung. Gut ist nur, dass in der Erinnerung mehr die positiven Begebenheiten haften bleiben. Da die meisten Menschen dazu neigen, alles ein bisschen zu idealisieren, bleibt die Erinnerung oft nur angenehm, was eine totale Erleichterung für alle ist. Nur so kommt die Überzeugung zustande, dass früher immer alles besser war.

Nun ging es wieder seinen gewohnten Gang. Alles wäre wunderbar in Ordnung gewesen, wenn nicht plötzlich Charlottes Stiefmutter Sorgen bereitet hätte. Es stellte sich heraus, dass sie absolut nicht allein sein konnte, und wie schon erwähnt, wurde sie nach einem Selbstmordversuch und Einweisung in eine Psychiatrie in einem Kloster, das zugleich als Altenheim diente, untergebracht.

Die Kinder wuchsen heran, nach der Grundschule ging Michael weiter auf die Hauptschule. Er war sehr fleißig, aber das Lernen fiel im nicht so leicht, vor allem wenn Arbeiten angesagt wurden, war er schon Tage lang vorher so aufgeregt, dass er keinen ausreichenden Schlaf fand. Da nützte auch alles gute Zureden nichts. Dunja ging auf die Realschule, weil sie kaum Schwierigkeiten in der Schule hatte, aber sie war nicht besonders fleißig, denn sie erwartete, dass ihr so alles in den Schoß fiel. Den Schulweg legte sie mit dem Fahrrad zurück, während Michael weiter zu Fuß gehen konnte. Mit ihrem zwölften Lebensjahr, am Ende einer schönen ersten gemeinsamen Urlaubsreise, erlitt Dunja einen Krampfanfall, genauso wie ihr Vater. Nach dem ersten großen Schock für alle lernten sie auch damit zu leben, da sie auf Medikamente eingestellt wurde. Falls sie jedoch einmal nicht pünktlich zu Hause war, stellte sich bei den Eltern sogleich eine große Unruhe ein.

Charlotte war ständig auf dem Sprung, denn überall sah sie Gefahren für ihre Tochter, z.B. beim Schwimmen oder beim Fahrradfahren. Aber die Sorgen waren unbegründet, denn bis zum nächsten Krampfanfall sollte noch eine lange Zeit vergehen.

Gerne erinnerte Charlotte sich an den folgenden Winter zur Jahreswende 1978/79 mit einer wirklich beeindruckenden Schneekatastrophe. Sturm fegte über das Land und trieb die wirbelnden Schneeflocken, noch ehe sie richtig die Erde berührt hatten, zu hohen Haufen zusammen, die aussahen wie eine riesige weiße Dünenlandschaft. Kalt war es schon seit Tagen, während in den Nachrichten vor Unwettern gewarnt wurde. Als sie am Morgen die Rollläden hochzog, war das Schneetreiben so dicht, dass sie das Nachbargebäude nicht sehen konnte. Während sie die letzte Müdigkeit aus den Gliedern reckte, spürte sie die Kälte, welche über Nacht hereingebrochen war. Fröstelnd verließ sie das Schlafzimmer, um die Kinder zu wecken.

Sie schaltete das Radio an, um die Frühnachrichten zu hören, während sie das Frühstück vorbereitete. Es war keine Rede davon, dass eventuell wegen des zu erwartenden Unwetters die Schule ausfiel. Dunja konnte unmöglich mit dem Fahrrad zur Schule fahren, somit beschloss Charlotte, ihre Tochter zum Bus zu begleiten. Nach dem Frühstück ließ sie alles, ganz gegen ihre sonstige Gewohnheit, so stehen und liegen, um sich auf den Weg zu machen. Dick eingehüllt, mit einem Schal vor Nase und Mund, während eine Sonnenbrille das Sehen erst möglich machte, verließen sie das Haus. Doch nach kurzer Zeit schon war die ganze Vorderfront so dick mit Schnee behaftet, dass sie sich nur noch rückwärts fortbewegen konnten. Mit allergrößter Mühe erreichten sie pünktlich die Bushaltestelle. Noch bevor sie in das wartende Fahrzeug steigen konnten, erklärte ihnen der Fahrer, dass die Schule für alle Schularten ausfiele. Erstaunt, aber erleichtert traten sie den Rückweg an, der weitaus schneller zu bewältigen war, da der Wind jetzt von hinten kam. Zu Hause angekommen, hörten sie von den Schulausfällen, verbunden mit den ständigen Unwetterwarnungen.

Pflichtbewusst machte Charlotte sich auf den Weg in Richtung Arbeitsstätte, denn sie dachte an die kleinen Kinder, welche vielleicht auch von ihren Eltern zur Schule geschickt worden waren. Nachdem sie ihre Rektorin begrüßt hatte, die sich sichtlich erfreut über ihr Erscheinen zeigte, teilten sie die wenigen erschienenen Schüler unter sich auf, um sie nach Hause zu begleiten, da der Schnee sich an einigen Stellen schon meterhoch auftürmte. Anschließend machte Charlotte sich wieder auf den Weg nach Hause, wo alle zusammen erst einmal das zweite Frühstück einnahmen. Aber es sollte noch schlimmer kommen, denn es gab für die ganze Stadt einen Stromausfall. So suchte sie alles Verwertbare, um in einem Fonduetopf ein schmackhaftes Mittagessen zu kochen.

Da sich langsam die Kälte in den Räumen ausbreitete, hüllten sie sich in Oberbetten und Decken ein. Vor allem die Kinder genossen dieses nicht alltägliche Erlebnis!

Da auch der Busverkehr eingestellt wurde, kam Jörg durchgefroren, aber wohlbehalten zu Hause an. Er hatte sich viele Kilometer durch das Unwetter kämpfen müssen und durch die hohen Schneeverwehungen oft die Orientierung verloren.

Und es schneite immer weiter!

Das Wetter hielt mehrere Tage an. Nachdem der Schneefall ein wenig nachgelassen hatte, gruben sich die Menschen buchstäblich aus ihren Häusern. Mühselig schaufelten sie die Türen frei und mit vereinten Kräften einen Durchgang zur Straße.

Während die Männer im Schweiße ihres Angesichts schaufelten und schaufelten, reichten die Frauen belegte Brote und Tee oder Kaffee. Als Krönung gab es dann für alle noch ein paar Schnäpse.

Es war wirklich in dieser Form ein noch nicht dagewesenes Erlebnis. Zum Teil waren die Straßenlaternen so hoch eingeschneit, dass, hatte man die

Verwehung erst einmal mühselig erklommen, man sich auf der Glaskuppel aufstützen konnte.

Die Kinder bauten Iglus, während die Erwachsenen eine wunderschöne Schneebar erstellten, um in großer Runde eine Eisparty zu feiern. Zur Arbeit konnte sowieso kaum jemand gehen, da es weder mit Auto, Bus oder Bahn ein Durchkommen gab, während die Kinder schulfrei hatten. So vergnügte man sich vereint im Schnee, und es wurde keinesfalls als Katastrophe angesehen, sondern es blieb als eine kurze, aber wunderschöne Zeit in der Erinnerung haften.

So verging die Zeit, die Kinder wuchsen heran, während die Zeit ausfüllt war mit vielen schönen und traurigen Begebenheiten. Gut ein Jahr nach dem Einzug in das neue helle Haus begann für Charlotte der nicht enden wollende Kampf mit der psychischen Erkrankung.

Inzwischen hatte Michael das Haus verlassen und war in eine eigene kleine Wohnung umgezogen. Er fand, nachdem er die Handelsschule erfolgreich abgeschlossen hatte, eine Anstellung bei einem Autohändler, wo er sich recht wohl fühlte. Dunja hatte nach ihrem Fachabitur eine Ausbildung zur Arzthelferin begonnen. Später wollte sie sich zur medizinisch-technischen Assistentin ausbilden lassen, wozu sie in eine andere Stadt zog, in der sie nur sehr schlecht Fuß fasste; erst nach monatelangem guten Zureden gewöhnte sie sich an die neue Situation und das Alleinsein.

Es hätte alles gut werden können. Charlotte hatte sich für die Schule so viel vorgenommen, aber immer wieder schlug eine Krankheit zu, um ihr regelrecht einen Strich durch die Rechnung zu machen. Doch sie gab nie auf!

Im Januar 2001, nachdem die Ärzte bei Charlotte eine Schrumpfniere diagnostiziert hatten, stellte sich nach der Operation heraus, dass sie an einer Nierentuberkulose litt. Es folgte eine 12 Monate lange Chemotherapie mit vielen Kontrollen. Ganz nebenbei nahm sie in dem Jahr 25 Kilo ab, was nicht weiter schlimm war, da Charlotte in den zurückliegenden Jahren, bedingt durch die vielen verschiedenen Psychopharmaka, die zumindest den Stoffwechsel verlangsamen und das Sättigungsgefühl weit nach hinten verlagern, stark zugenommen hatte.

Ihre Krankheit war eine Folge ihrer vorangegangenen Lungentuberkulose in Kindertagen. Lebende Bakterien hatten sich in gesunden Organen verkapselt, um aus unerfindlichen Gründen nach so langer Zeit wieder aktiv zu werden. Schlimm war nur, dass sich alle, mit denen Charlotte näheren Kontakt gehabt hatte, einer Untersuchung unterziehen mussten.

Michael war inzwischen mit einer schönen und reizenden jungen Frau verheiratet, die ihnen zwei entzückende Enkelkinder, ein Mädchen und einen Jungen, geschenkt hatte.

Auch Dunja hatte geheiratet und einem niedlichen kleinen Jungen das Leben geschenkt.

Gott sei Dank hatte sich keiner bei Charlotte angesteckt. Zuerst lag sie allein im Zimmer, während die Ärzte in Schutzanzügen zur Kontrolle erschienen. Nach fünf Tagen, nachdem der Schmerz nachgelassen hatte sowie die Wundheilung fortgeschritten war, wurde sie auf die Isolierstation verlegt. Da sie dort wieder ein Einzelzimmer belegte, fühlte sie sich recht wohl. Das Glück war nicht von langer Dauer, denn eines Morgens wurde ein noch recht junges Mädchen ins Zimmer geschoben. Das hatte die Angewohnheit, bei Tag und Nacht den Fernseher laufen zu lassen. Somit war kein ausreichender Schlaf mehr möglich. Das flackernde Licht des Fernsehers störte sie die ganze Nacht, und selbst die Nachtschwester konnte sich nicht durchsetzen.

Die Tablettenausgabe war mehr als mangelhaft. Die Psychopharmaka bekam sie höchst selten und wenn, dann auch nicht in der vorgeschriebenen Dosis. Zu Anfang beschwerte sich Charlotte darüber, doch irgendwann nahm sie es hin, wie es war, ohne ein Wort darüber zu verlieren. So dauerte es nicht lange, bis sie völlig unterversorgt war, und es stellte sich wieder eine manische Phase ein. Sie war blendend drauf und voller Pläne. Außerdem hatte sie das Gefühl, keine Medikamente mehr zu brauchen, und setzte selber die Dosis herunter.

Nach drei Wochen wurde sie aus dem Krankenhaus entlassen; zu dem Zeitpunkt ging es ihr schon nicht mehr so gut. Sie fühlte sich nicht nur müde und abgeschlagen, sondern eine unendliche Traurigkeit hatte sich eingestellt, denn sie ahnte, dass sie wieder in eine neue Krankheitsphase rutschte. Es konnte passieren, dass sie um eine Hausecke kam, erschrak, da sie unvermittelt eine Person dort sah, die sich bei näherem Hinsehen in Luft auslöste. Wieder begann sie mit der Krankheit zu kämpfen. Sie wollte sich nicht geschlagen geben in der Hoffnung, es dieses Mal ohne Klinikaufenthalt zu schaffen. Da sie schon seit einigen Jahren frühverrentet war, konnte sie sich ihre Zeit frei einteilen, weshalb sie genügend Freiraum zum Malen oder zum Dichten hatte. Wenn sie des Nachts nicht schlafen konnte, stand sie auf, um das, was gerade in ihrem Kopf vor sich ging, aufzuschreiben. Manchmal füllte sie Seite um Seite, um erst gegen Morgen zu Bett zu gehen, wo es dann passieren konnte, dass sie wieder nicht einschlief. Das Geschriebene gab sie ihrem Arzt oder legte es in eine dafür vorgesehene Mappe, welche sie an einem bestimmten Ort versteckte. Sie wollte nicht, dass das Geschriebene gefunden wurde, da sie der festen Überzeugung war, dass derjenige auch krank würde, sobald er es gelesen hätte. Erst viel später wusste sie, dass das ein Trugschluss war, aber da hatte sie die ganzen Unterlagen schon zerrissen, nur um ganz sicher zu gehen.

Tagsüber hielt sie sich sehr viel in der freien Natur auf, da sie wusste, dass das Tageslicht ihrer Gesundheit sehr zuträglich war. Im Stillen hoffte sie, das alles würde helfen, die Krankheit zu besiegen…

Eines schönen Tages im März, das Wetter war mild und sonnig, dass es nur so ins Freie lockte, saß sie im Garten und sah ihrem Hund beim Spielen zu. Er liebte es, ohne Leine auf dem Rasen immer im Kreis zu laufen, wobei er dann und wann ein freudiges Bellen ausstieß. Obwohl Charlotte, die ihren Hund wahnsinnig liebte, immer eine helle Freude an dieser Art von Unterhaltung hatte, wollte heute keine Freude aufkommen. Zusammengesunken saß sie auf ihrem Gartenstuhl, während sie über den Tod nachdachte. Da wurde ihr zum ersten Mal bewusst, dass die Jahre ihres Hundes auch gezählt waren, denn mit seinen knapp 15 Jahren hatte er die Lebenserwartung eines mittelgroßen Hundes bereits erreicht. Das Ganze verschlechterte ihre Stimmung so, dass sie völlig geistesabwesend dasaß. Plötzlich hielt ein Auto an der

Grundstücksgrenze, und Charlotte sah ihren Mann aussteigen, gefolgt von ihrer Freundin Ute. Normalerweise wäre sie aufgestanden, um beide zu begrüßen. Doch sie saß nur da, völlig unbeteiligt, so, als ginge sie das alles gar nichts an. Sie antwortete weder auf die gestellten Fragen noch bat sie ihre Freundin herein. Wieder war es, als stünde sie neben sich, ein Zuschauer in einem Theaterstück, entfernt vom Geschehen, nur kam noch hinzu, dass sie keinerlei Gefühlsregungen verspürte, außer einer unendlichen Traurigkeit.

Nachdem sie ins Haus gegangen war, setzte sie sich in ihre Sofaecke, um sich vom Fernsehen berieseln zu lassen. Sie wusste überhaupt nicht, worum es gerade ging, hatte aber das Gefühl, alles schon einmal gesehen zu haben, was sie wieder aufs höchste sensibilisierte, glaubte sie doch, das Geschehen enthalte eine Botschaft für sie. Zu jedem im Film gezeigten Autokennzeichen erfand sie eine Geschichte oder las ihre Gefühlsregungen an ihnen ab, wie zum Beispiel E-FC 28 hieß so viel wie eben fein Charlotte. Sie tat das so lange, bis sie müde wurde und ins Bett ging, wo sie weiter grübelte, bis sie, wenn sie Glück hatte, in einen unruhigen Schlaf fiel.

Sie fühlte sich verfolgt und beobachtet! Es war, als läge ihr Leben wie ein offenes Buch da, sichtbar für jedermann.

So verstrichen Wochen, und Charlottes Gefühlsleben unterlag einem stetigen Wechselbad. Manchmal war sie so gut drauf, dass sie dachte, sie würde den Kampf mit der Krankheit gewinnen, doch diese guten Phasen waren nur von kurzer Dauer.

Der Sommer stand vor der Tür und somit ihr 60. Geburtstag. Es sollte eine große Feier werden mit Kindern, Enkeln, Geschwistern sowie Nichten und Neffen, sogar Freunde und Nachbarn waren eingeladen. Wenn Charlotte sich wohlfühlte, ergriff sie eine unbändige Freude, wenn sie nur daran dachte. Doch im tiefsten Innern lauerte versteckt und nagend ein ständiges Gefühl der Angst, dass sie die Krankheit vielleicht mal wieder nicht aufhalten könne. Die Worte eines Arztes fielen ihr ein, der meinte, wie alt sie eigentlich werden müsse, um mit der Krankheit fertig zu werden.

Damals war sie sich völlig unfähig vorgekommen und beschämt.

Jetzt dachte sie, sie sei auf einem guten Weg, denn sie begann sich wichtiger zu nehmen und Dinge zu tun, die ihr viel Freude bereiteten. Außerdem begann sie sich so zu akzeptieren, wie sie war. In guten Stunden sogar zu lieben, was ein ungewohntes Hochgefühl verursachte. Sich selbst zu lieben - und ihre eigenen Bedürfnisse zu respektieren -, das war neu für sie, aber unendlich wichtig, das spürte sie, und ein nie dagewesenes Gefühl von Freiheit bemächtigte sich ihrer! Das hielt auch an, als der Ehrentag immer näher rückte. Sie war so intensiv mit der Vorbereitung ihres Festes beschäftigt, dass sie darüber ihre Krankheit fast vergaß. Da die Gäste sich alle zum Nachmittagskaffee einfinden wollten, nahm sie das Zubereiten von herrlich duftendem Kuchen voll in Anspruch. Außerdem mussten für die auswärtigen Gäste noch Zimmer bestellt werden, möglichst alle im gleichen Hotel, während die eigentliche Feier am Abend in einem guten Lokal stattfinden sollte.

Ja, es ging Charlotte zwischenzeitlich wieder richtig gut. Sie las zwar ihr Befinden von Autoschildern ab, wenn sie unterwegs war, oder hörte jemanden reden, obwohl kein Mensch da war, aber gleichzeitig beschloss sie, sich nicht darum zu kümmern. Es war die einzige Möglichkeit, damit zurecht zu kommen. Da sie kaum zum Fernsehen kam, konnte sie auch davon nicht beeinflusst werden; und das war gut so.

Dann war der Geburtstag da! Sie hatte in der Nacht recht gut geschlafen und fühlte sich ausgeglichen und erholt. Kein Gedanke an ihre Krankheit! Am frühen Nachmittag trudelten nach und nach die Gäste ein. Vorsorglich hatten sie im Garten ein großes Zelt aufgebaut, außerdem war da noch die überdachte Terrasse. Aber das Wetter spielte mit, es war warm und sonnig, nur hier und da zogen ein paar Schleierwolken heran und milderten für kurze Zeit die vormals grellen Sonnenstrahlen. Fast alle Besucher hatten sich etwas Besonderes einfallen lassen und zeigten sich äußerst großzügig. Der Gabentisch quoll über vor lauter Geschenken. Alle waren gut gelaunt, während sie sich sichtbar bemühten, Charlotte einen unvergesslichen Tag zu bereiten.
- Und sie war glücklich!-

Nach einem gemütlichen abendlichen Beisammensein, was von vorgetragenen Gedichten, Liedern und kleinen Scherzen angefüllt war, gingen die jungen Leute noch in ein Tanzlokal oder machten sonst wie die Gegend unsicher. Alle anderen unterhielten sich angeregt oder machten sich miteinander bekannt, um sich dann nach fortgeschrittener Stunde ins Bett zu begeben. Lange dauerte es, bis Charlotte einschlafen konnte. War sie doch aufgekratzt durch all die vorangegangenen Begebenheiten, und so ließ sie noch einmal alles Revue passieren, bis sie eingehüllt in freudige Erinnerungen einschlief.

Am nächsten Morgen trafen sich alle in dem Hotel, in welchem die meisten Gäste untergebracht waren, um gemeinsam zu frühstücken. Anschließend löste sich, begleitet von vielen guten Wünschen, die Versammlung auf, während sich Jörg und Charlotte auf den bevorstehenden Inselurlaub vorbereiteten. Sie wollten sich gemeinsam mit Michaels Familie 14 Tage auf Wangerooge erholen. Ihr kleiner Hund, den sie schon viele Male auf die Insel mitgenommen hatten, war in der Zwischenzeit gestorben.

Als Jörg und seine Frau eines Tages aus der Stadt zurückkehrten, in der sie einige Einkäufe erledigt hatten, lag der Hund schwer atmend hinter der Haustür. Nach dem ersten Schrecken trug Jörg den Hund zum Auto, während Charlotte in Richtung Tierarzt fuhr. Der Arzt war ihnen fremd, denn ihr Tierarzt, bei dem sie schon viele Jahre mit kleineren Sachen in Behandlung waren, war über Pfingsten in einen Kurzurlaub gefahren. Der konsultierte Arzt machte ein bekümmertes Gesicht, gab dem Hund eine Spritze, um ihm noch eine Chance zu geben. Voller Hoffnung fuhren Jörg und Charlotte nach Hause, nachdem sie den Hund in sein Körbchen gelegt hatten. Er atmete nur flach, seine Augen blickten traurig, glanzlos und matt. Es war, als ob er sein Ende spüre. Die nachfolgenden Stunden waren für alle so schrecklich, dass der Tierarzt nach einem Blick in die Augen des Hundes beschloss, ihn einzuschläfern. Jörg und Charlotte waren untröstlich, auch wenn sie sich immer wieder sein hohes Alter und schönes Leben vor Augen hielten. Es flossen viele schmerzlich geweinte Tränen. Sie beerdigten ihn wie auch schon seinen Vorgänger im Garten, wo er so gerne gespielt hatte. Aber sie waren auch erleichtert, dass er nun nicht mehr litt. Einig waren sie sich auch, dass sie sich kein neues Tier mehr anschaffen wollten, da sie diesen Trennungsschmerz nicht mehr erleben mochten und sich für einen neuen Welpen nicht mehr jung genug fühlten. Zumal durch Charlottes häufige Klinikaufenthalte Jörg allein mit dem Hund sehr belastet gewesen war. Doch die vielen nachfolgenden Aktivitäten milderten den Schmerz und ließen ihn oft ganz vergessen. Der nachfolgende Geburtstag war eine geeignete Medizin. Noch größere Wirkung zeigte der Inselurlaub. Obwohl Charlotte lange die Augen des sterbenden Hundes vor sich hatte. Als er die Todesspritze bekam, sah sie die Veränderung in seinen Augen, dieses grenzenlose Erstaunen. Noch heute, 13 Jahre später, hat sie diesen letzten Blick im Gedächtnis!

Die ganze Familie erholte sich blendend auf der Insel, zumal Charlotte jedem einen kleinen Wunsch erfüllte, da sie großzügige Geldgeschenke zum Geburtstag bekommen hatte. Sie musste unbedingt ihr sagenhaftes Glück mit den anderen teilen. Sie unternahmen alle zusammen lange Strandspaziergänge, kehrten zum Essen in nette Lokale ein. Tummelten sich in den tosenden Wellen, wobei sie noch unheimlich viel Glück mit dem Wetter hatten. Tag für Tag strahlte die Sonne vom wolkenlosen Himmel, während ein leichter Wind für die nötige

Abkühlung sorgte. Sie bummelten zusammen durch die Boutiquen, um sich so manchen kleinen Wunsch zu erfüllen.

Charlotte war so gut drauf, dass sie ihre Krankheit fast vergaß, obwohl sie manchmal glaubte, dass sie wieder in einer manischen Phase war. Wenn sie darüber nachdachte, raubte es ihr den Schlaf, aber sie war in der Lage, diese Grübeleien in den Griff zu bekommen. Sie ließen sich ganz gut wegschieben. Sie wollte ihr Leben einfach, nach diesen letzten schweren zwanzig Jahren, ein wenig auskosten. Aber an ihrer Seele nagten unaufhörlich Unsicherheit und Angst, leise mahnend, aber Charlotte beachtete sie so wenig, wie es ging; sie stürzte sich voll ins Leben.

Sie war den ganzen Tag aktiv, ohne müde zu werden. Aus dieser Lebenslust heraus trank sie auch wieder Alkohol, obwohl sie eigentlich wusste, dass sie ihn nicht gut vertrug. Aber sie ignorierte auch das, während sie schleichend den Verlust der sogenannten Realität erlebte.

Die Rückkehr nach Kiel stand noch immer im Zeichen wahnsinniger Glücksgefühle. Denn als sie wieder einen Termin bei ihrem Arzt hatte, warf sie die Handtasche im hohen Bogen auf einen Stuhl, strahlte den Arzt an mit den Worten: „Das war der schönste Geburtstag meines Lebens!" Aber diese Freude war nicht von langer Dauer, denn die unregelmäßige Tabletteneinnahme und der wieder unzureichende Schlaf machten sich stark bemerkbar. Sie begann wieder Stimmen zu hören, auch wenn niemand anwesend war. Manchmal flogen irgendwelche Gestalten an ihrem Augenwinkel vorbei, die sonst kein Mensch wahrnahm. Charlotte aber verzog sich nicht in eine dunkle Ecke oder zog sich vor Angst eine Decke über den Kopf, sondern sie ging der Sache auf den Grund, um dann festzustellen, dass kein Mensch da war. Aber auch das rettete sie nicht vor dem sogenannten Absturz, denn es war einfach zu viel, was auf sie einstürzte!

Gebannt saß sie vor dem Fernseher und wartete auf ein Zeichen. Radiosendungen lauschte sie intensiv, immer auf einen Satz oder auf ein Wort wartend, um wieder für sie bestimmte Aktivitäten in Angriff zu nehmen. Der wohlbekannte Kopfschmerz sowie das Klingeln in den Ohren stellten sich wieder ein. Es wurde so schlimm, dass es wieder von ihrer gesamten Person Besitz ergriff, bis sie eines Tages nichts anderes mehr tat als auf dem Stuhl zu sitzen und zu lauschen. Wieder war die Krankheit stärker als sie, sie vermeintlich nicht in der Lage, den Kampf mit ihr aufzunehmen!

Eines schönen Tages im Spätsommer sah sie sich auf dem Vorhof ihres Hauses neben Jörg stehen. Sie wusste gar nicht, wie sie dahin gekommen war. Als sie an sich herunterschaute, bemerkte sie, dass sie mit einer kurzen Hose, die sie eigentlich nur im Garten trug, bekleidet war. Auf ihre erstaunte Frage, was sie dort täten, bemerkte Jörg, sie würden auf ein Taxi warten, um zu Dr. Heller zu fahren.
Scheinbar geduldig wartete Charlotte neben Jörg, aber in Wirklichkeit hatte sie vollkommen abgeschaltet. Ihr Bewusstsein war ausgeschaltet. Keine Erinnerung an die Fahrt, auch nicht an das Eintreffen beim Arzt, noch an irgendein Gespräch. Ihr Bewusstsein setzte erst wieder ein, nachdem der Arzt seiner Patientin eine

Spritze gegeben hatte. Krankenpfleger betraten das Zimmer, legten sie auf eine Trage, banden sie fest und brachten sie zum Krankenwagen. In der Klinik angekommen, geriet sie fast in Panik, als sie bemerkte, dass alle Türen verschlossen waren.

Eigentlich hätte sie es von anderen Klinikaufenthalten wissen müssen, aber sie war zu keiner Überlegung fähig. Unruhig und wie aufgezogen hastete sie durch die Krankenhausflure, immer bemüht, nicht mit anderen Patienten zusammenzustoßen. Verzweifelt versuchte sie die Türen zu öffnen, wollte sie doch auf keinen Fall eingeschlossen sein.

Alles vergeblich. Sie blieb schließlich vor der verschlossenen Tür stehen, zitternd vor Aufregung, und gab auf. Eine Krankenschwester kam, legte sanft den Arm um sie, sie in ihr Zimmer zu führen. Sie setzte sich aufs Bett, da sie nicht zum Abendessen gehen wollte. Die Schwester ließ Charlotte gewähren und brachte ihr nur noch die Medikamente für die Nacht. Später erfuhr sie, dass ihre Schwiegertochter dagewesen war, und als sie Charlotte in diesem schrecklichen Zustand gesehen hatte, gleich wieder gehen wollte. Die Krankenschwester habe sie jedoch in das Zimmer geschoben. Aber an all das hatte sie überhaupt keine Erinnerung. All das wusste sie nur vom Hörensagen!

Nach Tagen kam das Bewusstsein zurück, und sie begann mit einer Patientin Tischtennis zu spielen, da das Spiel auf dem Flur aufgebaut worden war. Regelmäßig nahm sie nun auch an den Mahlzeiten teil, sie wusste wieder, was sie aß, der Geschmack kehrte zurück.

Manchmal durfte sie auch in Begleitung in dem wunderschönen Garten spazieren gehen. Sie nahm die

Blumen wieder wahr, setzte sich unter schattigen Bäumen auf eine Bank, im hintersten Winkel ihres Herzens keimte Sehnsucht nach ihrem eigenen Garten. Zögernd noch, aber stetig nahm sie den Kampf mit der Krankheit wieder auf. Niemals, solange sie lebte, würde sie aufgeben, da war sie sich ganz sicher!

Das Krankenhaus war ziemlich neu, nach modernen Gesichtspunkten gebaut, hell und freundlich. Es war kein Ort, wo die Patienten verwahrt wurden, sondern es wurden viele Therapien angeboten, wie Charlotte erfreut feststellte, nachdem sie auf eine offene Station verlegt worden war. Sie war zwar nicht in der Lage zu malen, dafür fehlte ihr einfach die Fantasie, aber sie webte rein mechanisch einen wunderschönen kleinen Teppich in warmen, zarten Farben. Nur wer ahnen konnte, wie viel Mühe es sie kostete, konnte verstehen, dass sie das für sie wertvolle Stück auch erwerben wollte. Sie merkte schnell, dass die sportlichen Aktivitäten ihre Stimmung hoben. Vor allem die Aktivitäten an der frischen Luft bekamen Charlotte gut, und darum ließ sie sich zur Gartenarbeit einteilen.
Sie pflückte verblühte Blüten und Blätter aus, dünkte die Gewächse regelmäßig oder wässerte die Blumen hingebungsvoll, ganz so, wie sie es zu Hause stets machte. Sie hatte einfach Spaß daran, so war es immer schon gewesen, denn unter ihren Händen gediehen die Pflanzen einfach prächtig.

An einem Donnerstag sollte ein Klinikfest veranstaltet werden. Charlotte wurde zum Grillen eingeteilt. Es wurden auch selbstgefertigte Dinge zum Verkauf angeboten. So weit möglich, wurden alle Patienten zur Mithilfe angehalten. Während tagelang vorher die Hauswirtsschafts-AG mit Kuchenbacken beschäftigt war, zeichneten andere die Bastelarbeiten aus.

Charlottes Allgemeinzustand war noch ziemlich angegriffen; so sah sie mit einiger Sorge dem bevorstehenden Fest entgegen. In der Nacht schlief sie sehr schlecht, auch die ersten Sonnenstrahlen, die sie am frühen Morgen weckten, konnten ihre niedergedrückte Stimmung nicht heben. Leise Musik erklang aus dem Garten, selbst die meisten Patienten waren in froher Erwartung.

Mittags stellte sich Charlotte wie verabredet an den Holzkohlegrill. Sie hatte Mühe, mit ihren zitternden Händen die brutzelnden Fleischstücke umzudrehen oder gar die Esswaren auf die mitgebrachten Teller zu legen.

Als sich dann noch ein Besucher über das angeblich zu kleine Stück Fleisch beschwerte, was sie ihm gegeben hatte, war es mit ihrer Fassung vorbei. Alles stehen- und liegenlassend, verließ sie fluchtartig das Gelände, um sich in den Schutz der Klinik zu begeben. Sie war so erschöpft und fertig, dass sie sich nur noch auf das Bett legen konnte, wo sie den restlichen Teil des Tages verbrachte.

Nichts auf der Welt hätte sie dazu bewegen können, dieses feindliche Draußen wieder zu betreten!

Die Ärzte und Schwestern zeigten sich verständnisvoll und ließen sie in Ruhe. Am nächsten Tag wurde die Dosis ihrer Medikamente wieder erhöht. Es ging ihr noch lange nicht wieder gut. Sie war unruhig und voller Selbstzweifel. Mit ihrer Mitbewohnerin verstand sie sich gut, es war eine liebenswürdige ältere Dame, welche auch an Psychosen erkrankt war. Bei dieser Mitpatientin konnte Charlotte gut zwischen Wahn und Wirklichkeit unterscheiden, nur bei sich selber war sie dazu nicht in der Lage. So zogen sich die Tage und Wochen dahin, bis sich ihr Zustand langsam besserte und sie am Vormittag des 11. September als gesund entlassen wurde. Auch ihre Mitpatientin wurde am gleichen Tag entlassen.

Während sie auf dem Sofa saßen, um auf ihre Entlassungspapiere zu warten, stand ihre Mitpatientin plötzlich auf, das Badezimmer aufzusuchen. Als plötzlich ein schrilles Klingeln ertönte, öffneten sich überall Türen, während Ärzte und Pflegepersonal aus den Zimmern stürzten. Die alte Dame hatte aus Versehen den Alarmknopf gedrückt und so das ganze Haus in Aufruhr versetzt. Keiner nahm es ihr übel, vielmehr machte sich überall Erleichterung breit.

Diesen 11. September 2001 würde Charlotte ihr ganzes Leben niemals wieder vergessen!-

Da Jörg sie nicht abholen konnte, bestellte sie für sich ein Taxi, um den kurzen Weg nach Hause besser zu bewältigen, da sie eine schwere Tasche befördern musste. Nachdem sie bezahlt hatte, schloss sie die Haustür auf und betrat den Flur. Alles war leer und still, kein Hund, welcher sie freudig begrüßte, kein Mensch war da. So schaltete sie den Fernseher an und wunderte sich über den brutalen Film am helllichten Tag, bis Jörg anrief, um ihr mitzuteilen, dass es in Amerika einen Terroranschlag gegeben hatte. Er wollte gleich nach Hause kommen, um den Anschlag am Fernsehen zu verfolgen. Wie erstarrt saß sie da und ließ das Geschehen an ihren Augen vorbeiziehen -

und sie begriff nichts! Ein diffuses Gefühl bereitete sich in Charlotte aus: Sie sah den Tod!

Brennende Türme voller Menschen, eingeschlossen oder sich zum Ausgang durchkämpfend. Türme, die wie Kartenhäuser zusammenfielen. Es war, als weigere sich das Gehirn, das alles aufzunehmen. Sie hörte aufgezeichnete Telefonate, voller Angst und Gewissheit, den Tod vor Augen zu haben, als vormittags gleich zwei entführte Passagierflugzeuge in die berühmten Twin Towers einschlugen.

Unsicherheit war ein zu einfacher Begriff, der Charlotte erreichte. Sie hatte das bestimmte Gefühl, die eigene Unverwundbarkeit eingebüßt zu haben. Sie dachte an ihre Kinder und Enkel und welches Leben ihnen bevorstand. Angst breitete sich aus.

Es war gelungen, an vier Orten gleichzeitig vier Passagierflugzeuge zu entführen, um diese unbehelligt für terroristische Zwecke einzusetzen. 2603 Menschen starben im World Trade Center, 343 Feuerwehrleute kamen um, zusätzlich 60 Polizisten und 8 Sanitäter. Es war, als stünde die Erde still, als am 11. September 2001, im Zeitraum von 8 bis 9.30 Uhr Ortszeit, zwei der entführten Flugzeuge in das New Yorker World Trade Center flogen und explodierten, ein weiteres in das Pentagon, das Verteidigungsministerium der Vereinigten Staaten von Amerika. Ein weiteres hatte ein Ziel in Washington D.C.

Als Jörg nach Hause kam, ließ er den Fernseher den ganzen Tag laufen, um die Ereignisse wieder und wieder zu verfolgen, während Charlotte wie gelähmt dasaß - in der stillen Hoffnung, alles würde sich als ein Missverständnis herausstellen. Sie war nicht einmal in der Lage, ihre Tasche auszupacken. Am

Abend ging sie nur widerwillig zu Bett, denn sie wusste, sie würde nicht schlafen können. Und so war es dann auch, denn sie war aufgewühlt und hellwach und grübelte, Stunde um Stunde.

Am nächsten Tag musste sie Dr. Heller aufsuchen, da sie von der Klinik nur eine Tagesration Tabletten mitbekommen hatte. Schon bei ihrem Eintreffen bemerkte sie den sorgenvollen Blick ihres Arztes. Sie sprachen eigentlich nur über die Ereignisse vom Vortag. Sie brauchte ihm nicht zu sagen, wie sehr sie das alles mitgenommen hatte und welche Befürchtungen sie hegte.

Er wusste es auch so, da er ihre Empfindsamkeit kannte.

Wieder war sie ruhelos, abgelenkt vom Tagesgeschehen. Keine Arbeit konnte sie richtig beenden. Meistens stand sie hinter der großen Wohnzimmerscheibe und starrte in den Garten, in dem jetzt die letzten Sonnenblumen ihre ersten Früchte bildeten. Alle Freude über ihre Heimkehr aus der Klinik war verflogen, vergessen alle guten Vorsätze, es dieses Mal besser zu machen, besser auf sich achtzugeben, nicht mehr alles so nah an sich herankommen zu lassen. Charlotte begann wieder mit dem Gelassenheitsspruch, den sie in einer Selbsthilfegruppe, der sie einige Jahre beigewohnt hatte, zu arbeiten. Immer wieder rief sie ihn sich ins Gedächtnis, um Kraft zu sammeln:

Gott, gib mir die Gelassenheit, Dinge hinzunehmen, die ich nicht ändern kann.

Den Mut, die Dinge zu ändern, die ich ändern kann, und die Weisheit, das eine vom anderen zu unterscheiden.

Zum ersten Mal im Leben begriff sie in ihrer ganzen Tragweite, was es heißt, machtlos zu sein, ohnmächtig dem Schicksal ausgeliefert. Für einen kurzen Moment zog sie in Erwägung, der Gruppe wieder beizutreten, die sie verlassen hatte, um sich ganz der Malerei zu widmen. Außerdem blieben in der Gruppe die sichtbaren Erfolge aus, aber sie hatte weiter mit dem Buch Emotions Anonymous gearbeitet. Sie hatte das Zwölf-Schritte-Programm angewandt und genau befolgt, immer auf Genesung hoffend!
Diese Zwölf Schritte, welche Charlotte so geholfen hatten, lauten:

1. Wir haben zugegeben, dass wir unseren Emotionen gegenüber machtlos waren, dass unser Leben nicht mehr zu meistern war.

2. Wir haben die Überzeugung gewonnen, dass nur eine Macht, größer als wir selbst, uns unsere geistige Gesundheit wiedergeben könne.

3. Wir haben den Entschluss gefasst, unseren Willen und unser Leben der Sorge Gottes, wie wir ihn verstanden, anzuvertrauen.

4. Wir haben von uns eine gründliche und furchtlose Gewissens-Inventur gemacht.

5. Wir haben Gott, uns selbst und einem anderen Menschen die genaue Art unserer Verfehlungen eingestanden.

6. Wir waren völlig bereit, alle diese Charakterfehler von Gott beseitigen zu lassen.

7. Demütig haben wir ihn gebeten, uns von unseren Mängeln zu befreien.

8. Wir haben eine Liste aller Personen aufgestellt, die wir verletzt hatten, und sind bereit geworden, dies wiedergutzumachen.

9. Wo immer möglich, haben wir diese Menschen entschädigt, es sei denn, sie oder andere würden dadurch verletzt.

10. Wir haben unsere persönliche Inventur fortgesetzt, und wenn wir Unrecht hatten, gaben wir es sofort zu.

11. Durch Gebet und Besinnung haben wir versucht, unsere bewusste Verbindung zu Gott, wie wir ihn verstanden, zu verbessern, und haben um die Erkenntnis dessen gebeten, was er mit uns will, und um die Kraft, dies zu tun.

12. Nachdem wir durch diese Schritte ein spirituelles Erwachen erlebt hatten, versuchten wir, diese Botschaft weiterzugeben und diese Grundsätze auf all unser Tun anzuwenden.

Zu Beginn, als sie in die Gruppe kam, dachte sie, es handle sich um eine religiöse Gemeinschaft, bis sie merkte, dass es um den Glauben an eine Macht, größer als wir selbst, ging! Gott, wie wir ihn verstehen. Das kann menschliche Liebe sein, eine Kraft zum Guten, die Gruppe, die Natur, das Universum, der traditionelle Gott oder eine Gottheit.

Charlotte hatte in der Gruppe Liebe erfahren und Annahme, keine Bewertung oder gar Verurteilung. Die Gelassenheit, die sie später erreichte, kam wesentlich daher, dass sie lernte, mit ihren zum Teil ungelösten Problemen in Frieden zu leben. Außerdem erkannte sie, dass sie in ihren Schwierigkeiten und ihrer Krankheit nicht einzigartig war. Der weit größere Unterschied bestand lediglich darin, wie unterschiedlich die einzelnen Teilnehmer mit dem Gelernten umgingen oder aber wie genau sie die einzelnen Schritte befolgten.

Jetzt, nach den Ereignissen des 11. September, fühlte Charlotte sich wieder spirituell mit der Gruppe verbunden, und sie fragte sich, wie es wohl den anderen Kranken erging.

Ja, sie fühlte sich nicht nur machtlos, sondern auch sehr, sehr einsam. Aber auch dieses Mal fasste sie den festen Entschluss, sich nicht unterkriegen zu lassen, sondern den Kampf mit der Krankheit wieder aufzunehmen, wie immer!-

Ein „Nur für heute-Spruch", den sie sich immer so gerne ins Gedächtnis rief, fiel ihr wieder ein; sie beschloss, mit ihm zu arbeiten und ihn sich zu eigen zu machen: *Nur für heute will ich keine Angst haben. Insbesondere werde ich mich nicht davor fürchten, glücklich zu sein – mich an den guten, schönen und liebenswerten Dingen im Leben zu erfreuen.* Sie begann sich im Garten zu beschäftigen, ihre Blumen zu pflegen. Einen Hund hatte sie nicht mehr, mit dem sie in die Natur hätte wandern können, und allein machte es ihr einfach keinen Spaß. Während der Ruhepausen saß sie im Sonnenstuhl, beobachtete die Vögel bei ihrer Futtersuche, einzelne Bienen und Schmetterlinge, die in den noch wenigen Blumen nach Nektar suchten, während der recht kühle Wind das Herannahen des Herbstes ahnen ließ.

Dann wurde zu einer Schweigeminute auf der ganzen Welt zum Gedenken an die vielen Opfer in Amerika aus Gründen der Solidarität aufgerufen. Charlotte hatte an diesem Tag einen Termin beim Hautarzt, dessen Praxis mitten in der Stadt lag. Sie fuhr wie immer, wenn sie noch nicht so gut zurecht war, mit dem Bus in die Stadt. Nebenbei wollte sie noch einige Einkäufe erledigen. An diesem Tag sollten auch sämtliche Fahrzeughalter, soweit möglich, anhalten, um der Opfer zu gedenken. Beim Arzt kam sie gleich an die Reihe und stand schnell wieder draußen auf der Straße. Sie wusste, dass ihre Hautprobleme auch seelischen Ursprungs waren, denn war sie uneins mit sich, was an hässlichen roten Stellen in Gesicht sowie am Hals zeigte. Je besser es Charlotte ging, umso klarer war ihr Hautbild. Nun hatte ihre Haut wieder sehr stark reagiert, sodass nur eine starke Cortison-salbe Abhilfe schaffen konnte.

Während sie die Straßen entlangging, fühlte sie Angst in sich aufsteigen, Angst, dass wieder etwas gesche-hen würde, ein neuer Anschlag oder was man sich sonst an Grausamkeiten ausdachte. Auch in den Augen der Menschen, die ihr entgegenkamen, glaubte sie die Angst zu erkennen, oder war es das Spiegelbild ihrer eigenen Angst, die sie wahrnahm?

Plötzlich sah sie ein Auto herannahen, jedoch mitten auf der Straße erblickte sie einen jungen Mann, die Hände zum Gebet gefaltet. Er ging einfach weiter. Charlotte schloss in Erwartung des kommenden Unglücks die Augen, aber sie nahm nur wahr, dass das Auto weiterfuhr und nichts geschah. Vorsichtig die Augen öffnend, sah sie, dass sich niemand auf der Straße befand. Sie hatte wieder Halluzinationen.

Vor Tagen hatte man in der Stadt ein Kondolenzbuch ausgelegt. Die Bürger waren aufgefordert, sich einzutragen. Dreimal war Charlotte in die Stadt gefahren, zweimal sogar mit einem Taxi, um ihre Gedanken niederzuschreiben. Der Seelenbrand hatte sich wieder eingestellt, sie machte alles wie in Trance - und immer schien es ihr nicht treffend genug, was sie niederschrieb. Bis endlich Jörg nach Hause kam, gleich beruhigte sich ihr aufgewühltes Gemüt. Sie konnten sich austauschen, über alles reden, was kolossal beruhigte. So verging die kommende Zeit mit Grübeleien sowie trüben Gedanken.

Langsam besserte sich Charlottes Zustand; es folgten zwei lange, recht kreative und glückliche Jahre, bis zu dem Zeitpunkt, an dem sie erfuhr, dass Dr. Heller in den Ruhestand gehen wollte. An dem Tag, an dem sie es hörte, war es, als ob eine kalte Hand an ihr Herz griff. Angst breitete sich aus, während ihr Mund vor Aufregung auszutrocknen schien. Was sollte nun werden? Wer würde sein Nachfolger? Konnte sie das Vertrauen, das sie ihrem Arzt entgegengebracht hatte, noch einmal aufbauen?
Fragen über Fragen,
und sie blieben alle unbeantwortet!

Eine unglaubliche Müdigkeit bemächtigte sich ihrer. Es war, als spüre sie erst jetzt, wie viel Kraft sie der mehr als zwanzig Jahre dauernde Kampf mit der Krankheit gekostet hatte. Plötzlich war es, als hätte sie keine Energie mehr weiterzumachen.
Als sei alles umsonst gewesen. Als sei alles zu Ende!

Mit Selbstmordgedanken lebte sie immer wieder zwischendurch schon lange. Sie gehörten fast schon zu ihrem Leben dazu. Aber jetzt traten sie so stark auf, dass sie kaum zu ertragen waren. Wie lange würde sie das noch aushalten können?

Wieder wurde ihr vonseiten des Arztes Schonung angeraten, aber auch das nützte nichts mehr, denn ein wochenlanger Klinikaufenthalt schloss sich an. Es ging Charlotte einfach nur schlecht, sie war zutiefst niedergeschlagen und verzweifelt. Auch als sie wieder zu Hause war, ging es ihr nicht viel besser. Mühsam erledigte sie ihre Hausarbeit und tat sonst nichts. Selbst für ihre Malerei konnte sie sich nicht begeistern. Sogar das Laufen fiel Charlotte schwer, ihre Schritte waren unsicher und zaghaft. Oft fühlte sie ihre Extremitäten nicht mehr, ja sie fühlte sich nicht mehr als Lebewesen. Auch das Beten hatte sie aufgegeben, denn selbst dazu war sie zu müde, zu gleichgültig. Aber sie hatte keine Wahnvorstellungen, sie war einfach nur müde und entkräftet. Lebensmüde!

Ihrem Mann erzählte sie nichts davon, da er einen Kurantrag gestellt hatte. Wenn er aber gewusst hätte, wie schlecht es seiner Frau ging, wäre er nicht gefahren. Das wollte sie unter allen Umständen vermeiden, da er eine Kur gewiss nötig hatte, sind doch Angehörige psychisch Kranker einem hohen emotionalen Stress ausgesetzt.
Sie ließ ihn also fahren.
Als Charlotte auf sich allein gestellt war, fing sie alle Arbeiten nur an, während sie nichts zu Ende brachte. Es war nicht nur dieser große, unüberwindbare Widerstand da, sondern eine sich ständig verstärkende

Gleichgültigkeit. Es war gleichgültig, was sie aß, ob sie überhaupt aß. Es war auch uninteressant, ob sie am späten Abend ins Bett ging oder einfach im Sessel sitzen blieb. Auch das Fernsehprogramm übte keinen Reiz mehr auf sie aus. Der Fernseher lief, ohne dass sie etwas begriff, denn sie ließ sich einfach nur berieseln. So vergingen ungefähr zwei Wochen, in denen sie allein war. Beim nächsten Arzttermin erkannte Dr. Heller ihren schlechten Allgemeinzustand, woraufhin er eine Einweisung in die Klinik ausstellte.

Nicht einmal ihre Tasche konnte Charlotte packen, so sehr sie sich auch bemühte. Eine Nachbarin, der sie Bescheid gesagt hatte, griff ein, packte alle nötigen Kleidungsstücke zusammen, um sie anschließend in die Klinik zu begleiten. An diesem Tag war dort die Hölle los. Viele Kranke warteten auf ihre Aufnahme. So wurde es Abend, bevor sie ein Zimmer bekam und etwas zu essen. Freudlos nahm sie in den nächsten Tagen an ihren Therapien, welchen sie sonst immer freudig entgegengesehen hatte, teil.
Sie bekam jetzt auch andere Medikamente, wurde jeden Tag gewogen, es wurde Blut abgenommen, wodurch der Medikamentenspiegel festgestellt wurde. Jörg, den man in der Zwischenzeit von ihrer neuerlichen Erkrankung unterrichtet hatte, rief jeden Abend zu einer festgesetzten Zeit an. Er hätte am liebsten die Kur abgebrochen, was seine Frau ihm Gott sei Dank ausreden konnte. So vergingen Wochen, und der gemeinsame Inselurlaub stand vor der Tür.
Charlotte kehrte für ein verlängertes Wochenende nach Hause zurück. Die Ärzte wollten feststellen, wie belastbar sie wieder war. Es klappte auch alles so gut,

sodass sie am Montag bei der Chefvisite nur Positives zu berichten hatte.

Die erste Woche ihres Urlaubs verschenkten Jörg und sie an ein befreundetes Pärchen.

Als Charlotte das zweite Mal einen Wochenendurlaub hatte, ging es ihr unbegründeterweise plötzlich wieder schlecht. In der Nacht zum Montag überlegte sie es sich die halbe Nacht, ob sie den gesundheitlichen Einbruch verschweigen sollte, da am kommenden Freitag die zweite Woche des Inselurlaubs begann. Wie hatte sie sich immer auf ihre Insel gefreut. In der Klinik fühlte sie sich doch eigentlich schon recht stabil. Sie konnte wieder an allen Therapien teilnehmen, ja sie machten Charlotte sogar Spaß. Sie konnte sich wieder konzentrieren und war voller Pläne und Ideen. Dann kam der Montagmorgen, wieder Chefvisite!

Ganz plötzlich entschloss sie sich, die Wahrheit zu erzählen.

Noch am selben Tag wurde Charlotte zu ihrem betreuenden Arzt gerufen. Der Arzt teilte ihr mit, dass man sich entschlossen habe, drei neue Medikamente zu verabreichen. Wunderbare neue Medikamente, die nur den einen Nachteil hätten, in dieser Kombination dick zu machen. Zuerst wollte sie alles ablehnen, ließ sich dann aber davon überzeugen, sie auszuprobieren.

Es war wie ein Wunder: Schon nach ein paar Tagen fühlte sich Charlotte wie ausgewechselt. Und was noch schöner war: Sie wurde entlassen. Sie brachte nur noch ihre Wäsche in Ordnung, denn alles Andere hatte Jörg schon erledigt; am Freitag ging es für zwei Wochen nach Wangerooge.

Es wurde für beide einer der schönsten und erholsamsten Urlaube!-

Diesen letzten Schub hatte Charlotte 2003, aber durch einsetzende Selbstheilungskräfte, gute Gespräche mit den Ärzten sowie moderne Medikamente wurde sie gesund. Getröstet durch die Worte Jesu, welche er zu den Schriftgelehrten und Pharisäern sprach: Wer von euch ohne Sünde ist, der werfe den ersten Stein! Als sie aber davongingen, wandte er sich an die Ehebrecherin mit den Worten: Geh' hin und sündige hinfort nicht mehr!
Charlotte hatte gefehlt, immer wieder gefehlt, was sie unter anderem in tiefste Depressionen stürzte, welche sie fast das Leben gekostet hätten. Heute nach vielen langen Jahren fühlt sie sich gesund.
Wenige Medikamente nimmt sie nur noch prophylaktisch.

Sie liebt ihren Mann, ihre Kinder, Enkel und Geschwister. Nicht zu vergessen sich selbst. Endlich kann sie sich so annehmen, wie sie ist: ein liebenswerter Mensch aus Fleisch und Blut, mit Schwächen und Stärken.
Empfindet Dankbarkeit gegenüber den Ärzten, welche an sie geglaubt haben.
Eingebunden in eine schöne Nachbarschaft, aufgenommen und gemocht.
Angenommen von einer höheren Macht!
Das ist mehr, als je ein Mensch erwarten kann, und dafür ist sie aus tiefster Seele dankbar!

Denn jeder Mensch ist für sein Leben selbst mitverantwortlich.

Wilhelm Hempen

Späte Suche nach der persönlichen Schuld?

Eine kritische Auseinandersetzung

„Jedem psychiatrischen Problem liegt zugrunde, dass ein Mensch und seine Angehörigen/ Bezugspartner Gefühle von Angst, Schmerz, Verunsicherung, die ein gemeinsames Lebensproblem signalisieren, **nicht zu nutzen wagen, sondern sie abwehren**."[1]

Charlotte sucht in einer Generalabrechnung mit sich selbst ihre Schuld: „Charlotte hatte gefehlt, immer wieder gefehlt, was sie unter anderem in tiefste Depressionen stürzte, welche sie fast das Leben gekostet hätten."

Charlotte blendet ihren Lebensweg zurück: Sie beleuchtet sich und diejenigen Menschen, die Lebensgefährten waren und sind;
sie seziert geradezu sich, ihre menschlichen Bezüge, ihre Kindheit, ihren Vater, ihre kindlichen Sehnsüchte, ihre Ängste - und bekennt sich am Ende - zu ihrer Schuld.

Was aber ist ihre Schuld?
Charlotte ist ein lebensfroher Mensch, in sich und ihren Begleiterinnen und Begleitern Liebe suchend, wie *sie* Liebe versteht: in der Ursprungsfamilie, an

---

[1] Klaus Dörner und Ursula Plog, Irren ist menschlich. Lehrbuch der Psychiatrie/ Psychotherapie, S. 202

wechselnden Arbeitsstellen, in der Gründung einer eigenen Familie, in Freundeskreis und Nachbarschaft. Diese fortdauernde Suche findet im Lebensweg wiederholt ein jähes Ende, ist doch *ihre* Liebe nicht stets auch die der Anderen!

Max Frisch hat einmal gesagt: *Eine Krise kann ein produktiver Zustand sein. Man muss ihm nur den Beigeschmack der Katastrophe nehmen.*

So gilt, dass die Gestaltung eines erwachsenen Lebens vielen Gefahren, Rückschlägen, Risiken, Umwegen, Stillständen, Krisen, Neuanfängen ausgesetzt ist. Den ständigen Änderungen entspricht die mehr oder weniger große Offenheit unserer Anpassungsfähigkeit. Zur Anpassung gehört die Fähigkeit, sich binden und sich lösen zu können. Somit wird das Leben Mühe. Es läuft nicht, ist nicht glatt, ist nicht eine Frage des Willens und der Selbstbestimmung allein.

Charlotte steht, wie jeder erwachsene Mensch ab spätestens dem 25. Lebensjahr, vor zwei Aufgaben:
1. Sie muss lernen, mit ihren negativen Gefühlen in diesen Situationen umzugehen.
2. Sie muss die Stress-Situation verändern oder sich an sie anpassen und sie zukünftig, wenn möglich, vermeiden.

Ihr stehen nach ihrer Wahrnehmung keine geeigneten seelischen und kognitiven Bewältigungsstrategien zur Verfügung. Adaptive Bewältigungsstrategien hätten ihre Probleme gelöst, hätten sie kurz- und langfristig befreit. Sie jedoch greift auf ungeeignete Strategien zurück, zu denen die Übertragung der Verantwortung auf Alkohol und vor allem Medikamente gehört.

Wenn es an probaten psychischen und kognitiven Bewältigungsstrategien mangelt, kann dies seelische Probleme zur Folge haben. So sind z.B. Depressionen sehr häufig die Folge mangelhafter Coping-Strategien. Es existiert ein Problem, Charlotte weiß aber nicht, wie sie das Problem lösen soll. Sie beginnt an sich zu zweifeln, ihr Selbstvertrauen wird in Mitleidenschaft gezogen, sie redet sich ein, unfähig zu sein - und verstrickt sich immer mehr im negativen Denken. Sie befindet sich in einer Abwärtsspirale aus negativem Denken und negativen Gefühlen.

Geglaubte Ohnmacht, etwas zu wollen, aber es nicht leisten zu können: Verantwortung wird delegiert an Krankheit, der Mut zur personalen Verantwortung entlastet durch ein generalisiertes Schuldbekenntnis.
Charlotte macht sich nicht schuldig, wenn sie Liebe sucht, wie *sie* sie begreift!

Charlotte macht sich nicht schuldig, wenn diese Suche auch Wege nimmt, die Nicht-Betroffene als unmoralisch bezeichnen wollen!

Charlotte macht sich auch nicht schuldig, wenn die Lebenswege nahestehender Menschen ein unerwartetes Ende nehmen!

Und doch: Charlotte macht sich sehr wohl schuldig, wenn sie statt ihrer persönlichen Verantwortung die Sprache von Krankheiten annehmen lässt; wenn sie Getriebene ihrer Sehnsucht nach Harmonie, nach

Selbst- und Fremdakzeptanz, eben: nach Liebe, wie *sie* sie versteht, wird und gleichzeitig beschwört, einen Weg der Selbstverantwortung finden zu *wollen*. Ihn aber nicht geht! Weil sie ihn nicht gehen *kann*, sagt sie.

Woher kommt es, dass wir uns allgemein schwer tun, Verantwortung zu übernehmen, dass wir *meinen*, diese nicht übernehmen zu *können*?
Meist hängt es mit Erfahrungen zusammen, die wir in unserer Kindheit gemacht haben. Wir haben erlebt, dass man zu Ausreden und ggfs. Lügen greifen muss, um ungeschoren davonzukommen. Sind wir nämlich bei der Wahrheit geblieben, mussten wir uns einen Vortrag über unsere Unvernunft und Dummheit anhören und einen angerichteten Schaden wiedergutmachen. Unsere Eltern bestraften uns durch Liebesentzug, Schläge, Taschengeldkürzungen oder sonstige Einschränkungen und Verbote.
Wir wurden also für unsere Ehrlichkeit bestraft.
Unsere Eltern zeigten kein Verständnis für unsere Fehler und Missetaten. So ist es verständlich, dass wir uns angewöhnten, anderen die Schuld für unser Versagen zu geben. Wir wurden sehr erfinderisch, wenn es darum ging, die Erwachsenen von unserer Unschuld zu überzeugen.

Alle Menschen wollen ein zufriedenes, glückliches und selbstbestimmtes Leben. Und viele Menschen sind der Überzeugung, dass es unsere eigentliche Bestimmung ist, auf dieser Erde und in diesem Leben selbstbestimmt und glücklich zu sein. Dennoch sind wir es oft nicht. Immer wieder erleben wir Situationen, in denen es nicht ganz so einfach ist, glücklich zu sein, in denen es vielmehr naheliegt, zu hadern und uns als das Opfer widriger Umstände zu fühlen.

Das Leben bietet uns immer wieder Schwierigkeiten an, damit wir uns bewegen, uns verändern, damit wir etwas lernen, etwas verstehen, etwas akzeptieren und weitergehen.

Eine der wichtigsten Voraussetzungen, um diese Schwierigkeiten nicht nur als Probleme zu empfinden, sondern als Chancen für sich zu nutzen, ist meiner Einsicht nach die Selbstverantwortung.

Die Gretchenfrage in diesem Zusammenhang lautet: Wer trägt die Verantwortung für mein Leben – ich oder andere?

Bin ich verantwortlich oder bin ich das Opfer?"

Während das Opferdasein den Menschen definitiv schwächt, führt konsequente Selbstverantwortung zu innerer Freiheit und innerer Stärke.

Und ich wiederhole Max Frisch: *Eine Krise kann ein produktiver Zustand sein. Man muss ihm nur den Beigeschmack der Katastrophe nehmen.*

Was hätte Charlotte an Leistungen erbringen müssen? Hätte sie nicht diese eine, zweifelsfrei wenig einfache Frage beantworten müssen: Bin ich selbst verantwortlich für meine Gedanken?

In Bezug auf die Gedanken ist es für viele Menschen schwierig, theoretisch oder praktisch die Verantwortung zu übernehmen. Stattdessen betrachten sie sich als Opfer ihrer Gedanken. Diese Haltung wird besonders deutlich, wenn sie sich von quälenden Gedanken verfolgt und ihnen ausgeliefert fühlen. Selbstverantwortung für seine Gedanken zu übernehmen bedeutet aber, auf einer tieferen Ebene zu erfassen, dass wir selber die Schöpfer unserer Gedanken, Konstrukteure unserer Wirklichkeit sind.

Charlotte erkennt – spät – ihr gelebtes Missverhältnis. Sie erkennt – spät –, dass es in ihrem Leben nicht um Schuld geht, sie erkennt – spät -, dass sie sich gegen sich *selbst* durchsetzen muss, wenn sie ihr zweites Ich, das entschuldigende, weil kranke Ich, integrieren will in ihr Selbst, in die Aussage: Das bin ich!
Und *ich* übernehme die Verantwortung für *mein* Leben! *Ich* stelle mich *meiner* Verantwortung!

Charlottes Lebensweg ist nicht derjenige eines gescheiterten Menschen. Sie hat viele Entschuldigungen gebraucht, um keine Eigenverantwortung zu übernehmen, um sich ihrer Vergangenheit ausgeliefert zu fühlen. Sie glaubt, dieser Vergangenheit nicht entfliehen zu können und deshalb verurteilt zu sein, ein „unglückliches Leben" zu führen.

Dies stimmt jedoch eher nicht. Wir sind mit unseren Bewältigungsfähigkeiten nicht hilflos an unsere Vergangenheit gekettet. Wir können unsere Vergangenheit und ihre Auswirkungen auf unser Leben zwar nicht ungeschehen machen. Wir können unserem zukünftigen Leben jedoch eine neue Richtung geben.

„Voraussetzung hierfür ist jedoch, dass wir die Verantwortung für unser Leben und unsere Probleme übernehmen und uns nicht als Opfer sehen." (Rolf Merkle)

In demjenigen Verhältnis, wie Charlotte ICH sagt und insoweit Selbstachtung erwirbt, kann sie auf die über viele Jahre verordneten Medikamente größtenteils verzichten, ein Aufenthalt in einer Psychiatrie ist nicht in Sicht!

Darauf ist sie stolz.
Und Charlotte hat recht!